男の粋な生き方

石 原 慎 太 郎

幻冬舎文庫

男の粋な生き方

目次

第一章

酒について

タフに生きていくためには、時々何かに酔わなくちゃならぬことがあるよな、特に男は。何だろうとイントクシケイション、酩酊《めいてい》というのはその瞬間は人間を助けてくれるものだ。自己陶酔、自惚《うぬぼ》れだってそうだ。傍《はた》から見れば滑稽に見えるかも知れないが、当人は結構それで救われることもあるから。

しかしなんたって一番の手立ては酒だな。どこの誰がいつ酒を考え出したかは知らないが恐らく昔々、蓄えていた何かの食べ物が知らぬ間に発酵してしまっていて、酒なるものが見つかったのだろうが、酔っ払うということを初めて知った人間は驚いたろう。その時は死ぬかも知れないと思ったかも知れないが、醒《さ》めてみたら、酔っ払っていた時のことは、たまらなく懐かしかったろう。

酒に酔うというのは一種の現実逃避かも知れないが、一時だけ嫌なことを忘れちまうというのは、有り難いことだよ。それが次への活力にもなるんだから。

別にとりたてて嫌なことがなくっても、酒を飲んで気分が変わるだけで人間というのは新しい気力が湧いてくるものだ。人間というのは他人との関わりなしで生きちゃいけないから、いろいろ摩擦も起こる。別に上司下司の関係じゃなくても、たとえ恋人同士でも、まして夫婦となれば、折節に自分を折る、折らなきゃならぬということはままある。

そんな時に酒は格好の手立てだよね。酒が飲めぬ奴とか女はなかなかそうはいかないから、それを変な薬とかに頼るということになると厄介なことになるんだろうな。芸能人にそんな薬で問題を起こす手合いが多いのは、それだけあの世界は厄介なことが多いのかね。

芯の弱い人間は酒に飲まれちまう

昔ね、誰かからの紹介で妙な男が助けてほしいと僕の事務所にやってきた。

なんでもアメリカのプリンストン大学の助教授とかで、好ましくない外国人ということで日本から強制退去を強いられているので、滞在延期の助けをしてほしいということだった。

何しにこの国に来ているのだと聞いたら、文化講演だという。向こうの一流大学の先生で、文化講演をしにきてどうしてこの国から出ていけといわれるんだと聞いたら、とにかく当人に会ってまず話を聞いてくれ、決して悪い者じゃないという。そりゃ名門大学の教師をしていて悪人もいなかろうと、一応会うことにした。

事務所に来た当人を見たら四十そこそこの男でね、どんな講演をしにきたのと聞いたら、なんと、「マリファナは決して有害ではない」という講演に来たという。

そりゃ土台無理だ、僕が総理大臣でも君をかばいきれないよといったんだが、何の学者かしらないが滔々《とうとう》とマリファナ無害説をぶってみせた。どうも薬物か、あるいは精神病の専門家らしかったんで、ついでにこの世で一番有害危険なドラッグ（薬）は何かと聞いたら、逆にあんたは何だと思うというから、ヘロインかね、あれは確か阿片を精製して作られるのだろうといったら、全然違うという。

じゃあ何だと聞いたら、酒だとさ。酒は世界で一番多量に作られ一番いきわたっているドラッグだ。みんな安心して飲んでいるがあるリミットを超すと習慣性になってアル中になってしまう。故にも世の中で他の薬の中毒よりもアルコール中毒が一番多いとね。ならば、酩酊はしなくとも毎晩とにかく一杯やらないと気のすまない僕なんぞは、中毒者ということかな。

とにかくアルコールの魅力というのは不思議なものだよな。僕も時折酒を飲まない、というより飲めない日がある。スポーツで怪我《けが》して、医者からある期間酒を禁じられたことが何度かあった。それでも、意地汚くノン・アルコールのビールなんぞを買ってきて飲むが、あんなものでもほんの少し本物のビールを混ぜると格段に美味《うま》くなるんだよ。酩酊にはほど遠いが、ほんの少しでもアルコールが入ると入らぬでは格段に違うからね。

ということは、酒はまさに危険な飲み物ということだろうが、要は飲んでも、酒に飲まれぬということだよ。

二人して妙な死に方をしてしまった中川一郎と昭一親子は、二人とも酒に飲まれてしまうタイプだった。あれを見るとあのアメリカの学者がいっていたみたいに、酒は危険なドラッグということになる。結局、芯の弱い人間は酒に飲まれちまうということだ。

中川一郎は僕の人生の友ともいうべき男だった。互いに意気投合して新しい派閥を作ったりしたし、僕が画策して総裁選挙にも出させたりしたが、その成り行き次第では変に弱気になって、酒を飲むと愚痴をいって泣いたり、部下に当たったりしてね、その度ほっぺたをひっぱたいたことが何度かあった。

ちっぽけな派閥の将来のためにもと思って仲のよかった渡辺美智雄と図って中曽根康弘さんと握手させようとして場を作ったんだけれど、一時間も遅れ泥酔してやってきた。もともと中曽根さんに対して妙な劣等感というか憧れというか、あったんだろうな。それを隠しきれずに酒の力を借りて、やってきたら中曽根さんにからむんだよ。相手もあきれて苦笑いして早々に帰ってしまったよ。

渡辺ミッチーが、なんでこんな時にあいつに酒を飲ませたりしたんだと怒ったけれど、こっちも彼の子守りじゃないからね。あの酒のせいで彼は自分の人生の芽を摘んでしまったな。

カクテルを知らない酒飲みは幼稚な酒飲みでしかない

酒はさまざま人の人生を変えてしまうよ。そんな逸話には事欠かないが、僕の一番好きなのはヘミングウェイに関する話だな。

彼の取り巻きだったライターのA・E・ホッチナーが書いた『パパ・ヘミングウェイ』の中にあるんだ。功なり名とげた後のヘミングウェイが取り巻きたちを連れて懐かしのパリに行った時、これからロンシャンの競馬場に行って馬券を買って当てようと、ホテル・リッツのロビーで彼が予想表に夢中で見入っていたら、横でグループの女の子が、「私、失恋しちやって気が晴れないから、思い切って生まれて初めてお酒を飲んじゃおうかしら」とつぶやく。多分クエイカー教徒か何かごくお堅い家の娘なんだろう。

それを聞いた途端ヘミングウェイが向き直って、「本当に生まれて初めてお酒を飲むのかい」と質《ただ》して、「そうよ、でも何を飲んだらいいのかしら」と尋ねられ、「いやそれは大事なことだぞ、何がいいか俺に任せろ」。いって考えた末にある酒を勧めてホテルのバーで飲ませてやった。

それを飲んだ彼女が、「ああ、おいしいわ。お酒ってこんなにおいしいものとは知らなかった」といってさらにお代わりをしたという。

その後彼女はすっかり酒びたりになって、失恋の傷が癒えぬまま、アル中になっちまったとさ。

これはかなりいい話じゃないか。

でだな、君らがヘミングウェイなら彼女に、生まれて初めての酒として何を勧めるかね。

これはなかなかいい設問でね、その答え次第で酒の知識の幅っていうより、どれだけの酒通かがわかるというものだ。

でね、僕は相手がベテランらしいバーテンダーだと初めてのバーでもそれを尋ねてみる。

相手は若い女、それが生まれて初めて飲む酒を何にするかとね。優れたバーテンダーは大抵同じ答えをするな。

第一ヒントは、当然のことカクテルだよ。

日本人はあまりカクテルを飲まないが、カクテルというのは複数の酒を混ぜたものだ。酒に限らずものを混ぜるというのは文化的ということなんだよ。ものが混ざるということで初めてアウフヘーベン、向上があるんだ。

ハンチントンは彼の文明論の中で世界の文明をいくつかに分類しているが、日本文明だけはそのどれにも属さぬ全く独自のものだといっている。その日本文明だって実は日本民族のルーツが広範にわたっているように、さまざまな文明が混合して日本独自の風土に濾過《ろか》されて出来上がった、いわば独自のカクテルだ。

だからカクテルを知らない酒飲みは、実は幼稚な酒飲みでしかない。世界中のバーテンダーはそれぞれ美味いカクテルを作り出してやろうと苦労している。

短編小説の名人オー・ヘンリーの作品の一つに、カリブ海で酒の原液の密輸をしている船が監視艇に見つかって逃げ回り、最後に原液をごまかすために積んでいたものをめちゃくちゃに混ぜちまう、というのがある。

役人が乗り込んできて一つの樽《たる》を調べたらとてもまずくって何が何だかわからないから放免してしまうが、後でもう一つの樽を飲んでみたら素晴らしい味で、さて何と何を混ぜたのだったかを調べるが咄嗟《とっさ》のことだったのでわからない。謎のカクテルが誕生したがそのレシピがわからないという落ちだったがね。

さてへミングウェイの残した謎々だが、優れたバーテンダーは皆同じ答えをするよな。「まず、フィーズものでしょうな」とね。そして「ジンフィーズか、ブランディフィーズのどちらかでしょうな」と。

正解だね。へミングウェイが決めて彼女に勧めたのはブランディフィーズだった。いいチョイスだよ、さすがだね。口当たりが甘くそして爽やか。そしてかなり強い。日本で戦後一時カクテルが流行《はや》りかけた頃、女を口説いて落とすにはジンフィーズというのが通り相場だった。

下手にドライマティーニを作ると沽券に関わる

カクテルというのはある意味じゃ優れた文化の象徴の一つだよ。だから優れたバーテンダーは懸命に新しいカクテルを工夫したり、スタンダードなカクテルでも自分なりに上手《うま》く作ろうと心がける。例えば代表的なカクテルのドライマティーニなんぞも、代表的なものだけに一層、懸命に作る。とにかくこのカクテルに関しては無数のエピソードがあるからな。

レシピは割に簡単で、ジンにごくわずかなドライ・ベルモット、そしてレモンのピール。レモンにしたってレモンの皮の一片を入れさせる者もいるし、人によっちゃあそのわずかな皮をミキシング・グラスの上でつまんで匂いだけ落とさせるだけの奴もいる。

ベルモットの量も微妙でね、ドライにさせる奴はほんの匂いだけ。このカクテルが好きだったアメリカのルーズベルト大統領はドライが好きで、目の前にベルモットの瓶を置いて瓶の栓を開けてその微《かす》かな匂いを嗅ぎながらジンだけをすすってたという伝説まである。

昔見た『先生のお気に入り』というクラーク・ゲーブルとドリス・デイ主演の映画は、ある新聞社の叩き上げの社会部長と小生意気な大学の新聞学の女教授のラブストーリーだが、彼のアパートに連れ込まれた彼女が、何を飲むかと尋ねられドライマティーニという。「おっ、あまり無理するなよ」といわれ彼女が粋がって私はいつもそれなのよって。じゃあどう作るかね、と聞かれて彼女が、「メイクイット・ベリーベリードライ」、うんとドライにしてよと。

それを聞いて彼がにやっと笑って頷《うなず》き、どうするかと思って見てたら氷を入れたミキシング・グラスにジンをじゃぶじゃぶ注いで、その後バースプーンでベルモットをすくい、それを入れるのかと思ったらぱっと捨ててしまって、空になったスプーンでミキシング・グラスの内側の縁をすうっとこすっただけで中身をグラスに注《つ》いで差し出した。

どうだねと聞かれ、粋がった彼女が結構ねと答えて一気に空けてしまい、おう、気に入ってもらったようだねもう一杯どうだい、ええいただくわ、ということでグラスを重ね彼女はたちまち彼の腕の中でダウンということで、後はめでたしさ。

ドライマティーニ飲みは楊枝《ようじ》に刺して出されるオリーブの実は口にせずに、そのまま次のオリーブと繋《つな》いで四角にし、その上に同じようにオリーブと楊枝で柱を立て、さらにその上に梁《はり》を張り、最後に頂上のオリーブ一つに向けて斜めに屋根をかけるというが、まあそれも伝説で、合わせて十六杯もマティーニを飲んだら死んでしまうよ。

それくらい挿話の多いカクテルなんだ。だからどのバーテンダーも、うるさそうな客がドライマティーニを注文したら身構えるものだ。下手に作るとそいつの沽券《こけん》に関わるからな。

僕自身に関してもこんなことがあった。

都知事になって何年目かな、えらく評判のよかった頃、僕の親友のある男が、そいつはその頃日本郵船の副社長をしていたが、三菱系の会社の社長会で、他のある商社の社長から、石原はこの頃少し評判がいいのでいい気になっているみたいで、この前ホテルオークラで、ごく些細《ささい》なことで従業員をひどく叱っているのを見たが、あれは見苦しい、君からそれとなく注意してやったらどうかといわれたそうな。

僕は滅多にそういうことはしないたちの人間のつもりだから、どうも思い当たらない。オークラには時々行くが、場所はどこだったのか聞いてくれと答えた。その友達も気にしてくれて相手に質したら、ホテルのバーでだという。

いわれて思い当たったよ。オークラのメインバーで誰かと待ち合わせしていた時、目の前に現れたバーテンダーが、初老の見てくれのいい、ちゃんとメスジャケットを着こなした男だったので、ドライマティーニが出来るかねと聞いたら、もちろんという。なら、と頼んだら差し出されたのが酷《ひど》いものだった。大体グラスが冷えていない。それにベルモットの度合いも尋ねずに、レモンピールも使わない。

こんなものが飲めるかと叱って突き返し、他のバーテンダーを呼べといってやった。天下のホテルオークラの、レストランでならともかくそのメインバーで出される肝心のドライマティーニがあんなものではホテルが恥をかくだけじゃなし、日本の恥にもなるぜ。

それにそんな僕を横で眺めていて、阿漕《あこぎ》な奴だというどこかの社長もカクテルが何たるかを知らぬ田舎っぺえだよ。だからそれを教えてくれた友達に、どこの社長か知らねえが、マティーニも飲んだことのないそいつに僕が自分で作るマティーニを飲ませてやるから連れてこいといってやった。僕が家で作るマティーニもなかなかのものだよ。

で僕がその話を、他のどこかのホテルの見知りのバーテンダーにいったら彼が、あそこでそんなことがあるとはと首を傾《かし》げていたが、彼等の仲間同士の世界でか、それが伝わっていってオークラのスタッフにも知れて、文書が回ってオークラ全体での反省会になったとさ。

バーテンダーというのは一種の芸術家だよ

大体、日本の酒飲みはバーの主人たるバーテンダーに対する敬意を欠いているな。世間じゃよくただバーテンと呼ぶが、バーテンダーは船でいえば船長だよ。命をあずけて乗り込んでいる船の船長を、船チャンとは呼べないぜ。よくバーテン崩れなどというが、あれはただのカウンターの中にいて、せいぜいビールを出したり水割りを作って出すくらいの男のことで、本物のバーテンダーというのは他の従業員なんぞとは違って、れっきとした技をしこんだ一種の芸術家だよ。だから外国の一流のバーのバーテンダーというのは一流の人物として社会的にも尊敬されている。

ロンドンのサボイ・ホテルのメインバーの何とかいうバーテンダーは彼の作る何とかいうカクテルで世界中で有名で、用事があってロンドンに行った酒飲みはサボイに泊まらなくてもとにかく彼のカクテルが飲みたくてホテルのバーまで行ったそうだ。昔々の話だが。

飲んでみりゃ、他のましなバーテンダーの作るものとそう大差はないんだろうが、やはりそのカクテルに関する伝説の主人公となりゃ、飲む酒のかもし出す雰囲気が違うということだろうな。

それくらいバーテンダーというのはバーの好きな、バーで飲む酒の好きな男にとっては大切なたまらぬ存在なんだ。

それを端的に書いたいい小説がある。洒落《しやれ》た小説の上手かったアーウィン・ショーの『ビザンチウムの夜』だ。

マッカーシーの赤狩りで仕事を失ってヨーロッパで雌伏《しふく》していた有能な映画監督が、赤狩りのヒステリーもなんとか治まったアメリカに帰ってまた映画を撮ることになった。そのためのシナリオ作りやいろいろの準備で忙しく、その間繋ぎに酒を飲みすぎた彼は、ようやく帰った母国で胃潰瘍で吐血して倒れてしまう。

病院で長らく手当てを受け、奇跡的に手術は免れて回復した彼は、退院の日、彼がもう少し若けりゃ本気で口説いたかも知れぬ魅力的な婦長に、あなたがここまで回復できたのは神様のおかげですよ、ですから私の前でもう決してお酒は飲まないと神様に誓いなさいと説教され、はいはいと十字を切って誓う。

病院を出たらマンハッタンは夕暮れで、気持ちのいい風が吹いていた。彼はタクシーを拾って真っ直ぐに以前行きつけだったバーに行った。バーテンダーもちゃんと彼を覚えていてくれて、病気で仕事が挫折したのは残念でしたね、でもまたいい仕事をしてみせて下さいといい、彼がいう前に黙って飲みつけていたあのウィスキーをダブルで注いでくれた。一気にそれを空けると、黙ってさらにもう一杯。当然それを飲みほした。バーを出ると空は一面の夕焼けだった、とね。

そして最後の一行。

「バーテンダー・ワズ・ビューティフル」

わかるね。

第二章

スポーツの味わい

人間の体というものは不思議なもので、競走馬に似ていて、それに乗る騎手の鞭《むち》さばき次第で目に見えて走り方が違ってくるんだな。

いやその前に、体というのはあるところまではいじめればいじめるほど、応えて強くなる、したたかになるのだ。専門の医者にいわせると、九十歳までは筋トレすると筋肉がついてくるそうだ。そう聞けば嬉しいじゃないか。この僕も今じゃいい年だが、まだまだ捨てたものじゃないということだ。

スポーツなるものは世に沢山あって、ものによって向き不向きがあるが、何にせよやらずにいるよりやった方がいい、というのは人世の公理といえる。

かくいう僕は今までいろいろなスポーツを手がけてきた。通じていえることは、僕は大方あくまで二流のスポーツ選手でしかないが、しかし超一流の、スポーツマニアではある。負け惜しみでいう訳じゃないが、どのスポーツにおいてもプロの選手たらんと思ったことはない。しかし、未《いま》だに極めて熱心なスポーツマンではある。

スポーツの効用の最たるものは堪え性が培われることだ

スポーツへの熱中というのは当然肉体の酷使を伴うが、それが単に自分の肉体を育てて変える、筋肉を強くし背丈を伸ばすなどといったことだけじゃなしに、もっと芯にある何かを変えてくれるんだ。

それは大脳生理学的にいうと、まさに脳の中でも一番大事なところ、脳幹をしたたかに鍛えてくれるんだよ。脳幹というのはその名のとおり脳の幹だが、これは脳のただの部分じゃない。脳の生理学からいうと、脳には大脳とか小脳とか海馬《かいば》とか大小いろいろな部分があるが、脳幹くらい大切な脳の部分は他にありはしない。大脳なんぞは、凶暴な精神病患者を沈静させるために、昔流行《はや》ったロボトミーなどという手術で脳の一部を少し削り取っても当人は生きていられたものだが、脳幹はそういかない。これが少しでも損傷されると誰でもたちまち死んでしまう。

とにかく脳幹というのは人体で一、二を争う致命的な部分なんだ。なぜかといえば、ここは人間が生きていくために必要な心身の反応の全てを司《つかさど》るところ、気温が上がれば暑い、下がれば寒い、怖いものを目にしたら身震いし、面白いものを見たら思わず笑いだす、嫌な思いをさせられればその相手を憎む、喧嘩《けんか》で勝てば嬉しい、負ければ悔しくて涙する、そうした人間としての自然な感情の全てを司っている。恋をして胸をときめかすのも、失恋して涙するのも、さらに何か厄介な仕事を成し遂げた後の満足、達成感等々、全て脳幹の働きなんだよ。

スポーツの効用の最たるものは、その競技でなんとか強くなってやろうと努め、つらい練習に耐えることで培われる堪《こら》え性《しょう》だ。心理学ではそれを人間の「耐性」というけど、耐性の弱い奴は人生でまともに生きてはいけない。

動物行動学の泰斗《たいと》コンラート・ローレンツは「子供の頃肉体的な苦痛を味わわされることのなかった者は、成長した後不幸な人生を送ることになる」といっているが、これはスポーツに限らず、家庭で甘やかされ厳しい躾《しつけ》を受けなかった子供の将来をいっているんだ。それは単に少年期、青年期の肉体や健康のことだけではなしに、子供なりの社会の中での生き方を暗示している。

僕自身、少年期に手がけたスポーツが、いかにこの自分を変えたか、変えてしまったかを痛感している。

二人兄弟だったが、弟の裕次郎は僕に比べてはるかに健康で、北海道にいる頃、冬になると僕だけが風邪を引いて寝込んでいるのに、弟は雪の積もった庭で友人たちと遊び回っていた。それがなんとも羨ましく悔しくってね。親も心配して、扁桃腺《へんとうせん》を切る手術をさせようかどうかと迷っていたが、切らずにはすんだ。

親父の本社への転勤で湘南に引っ越してきて旧制の中学に進んで敗戦となり、復活したサッカー部に入った。そこで受けた訓練というのは、しごきというよりもまあ今でいえばいびりだったな。その頃のサッカーといえば今とはかけ離れてフォワード五人、ハーフバック三人、そしてフルバック二人という古めかしいもので、僕はライトハーフだったが、練習でバックスはゴールラインに立たされて目の前のペナルティ・ポイントから先輩の蹴るボールをヘディングで返す練習をさせられたもんだ。

当時のボールというのは今と違って革製の、空気の入れ口は革紐《かわひも》で綴《と》じられているものでね、いくら油をすりこんでいても、湿っけてすごく重い。まして空気の入れ口を綴じている革紐が当たると凄く痛い。それをＰＫで蹴ってくるのを頭で返すんだぜ。一人何本もやらされて、そのうち低いボールが来たから足で蹴り返したら、馬鹿野郎、あくまで頭で返せという。

次にまた低いボールが来たからまた蹴り返したら、この野郎跪《ひざまず》いても頭で返せと、さらにわざと低いボールが来る。それも蹴り返したら、今度はゴロだ。当然足で蹴り返したけど、それもヘディングで返せという。どんな試合ででも地面を転がってくるボールを頭で返すなんてことありゃしないが。今時の親があれを見たら学校を訴えたろうけれど。

恍惚の瞬間があるからスポーツに夢中になれる

でもそんなことの繰り返しで、僕の体質は完全に変わった。そんな経験のオブセッションからかな、未だに、いつも何かで体を動かしていないと気が治まらない。何か不安になってきて、あれは貯金がなくなっていく時の心理に似ているな。だからいよいよ運動が足りていないなと思うと、仕事の帰りに途中で車を降りて五、六キロは歩いて帰る。

スポーツを手がける、それも時に応じていくつかのスポーツをやっていると人間てのは、なんとかもっと上手《うま》くなろうと思っていろいろ工夫するものだ。それが実は仕事での発想にも繋《つな》がってくるんだな。プロでない限り、何だろうとスポーツというのは所詮息抜きの、無償のものでしかないから、それをしている間は完全に自分を解放しているんだよ。だから頭も自由になっていて、体を動かしている間にもうちょっと上手く打ちたい、上手く蹴りたい、上手く受け止めたいと頭は無意識に努め工夫しているんだ。そしてある瞬間、ある技に関しての会得がある。

僕にも僕なりのそうした経験があるが、あれはなんともいえぬ恍惚《こうこつ》の瞬間だったな。自分の肉体の新しい可能性についての認識ということかね、あれがあるからこそ人間はスポーツに夢中になれる。これは他の芸事に関しても同じことじゃないか。

あの瞬間の脳と肉体の関連性というのを、専門家に解析してもらいたいものだ。ある意味じゃ当たり前のことすぎて興味の対象たり得ないのかも知れないが、でもあれは一種神秘な瞬間でね、アスリートなら誰しも経験していることに違いない。僕もサッカーを始めたての頃、高く飛んでくるボールを地上に落ちる瞬間足下に止めるトラッピングが出来ずに苦労していたが、ある瞬間にそれが出来た。そしてその瞬間、その技が完全に身についたのを感じていた。あれは一種の解脱《げだつ》ともいうべきもの、いい換えればささやかだが確かな達成感でね、あれこそがなまじの仕事なんぞでは味わえぬ、スポーツの醍醐味《だいごみ》ということだろうな。

人間というのはあることを成し遂げた時にこそ、完全な自分の解放がある。その解放の中でこそ頭は初めて自由になって新しい発想も生まれてくるんだな。

スポーツでの人間なりのささやかな達成感というのは、当人にとってはもの凄く大切なものだと思う。僕が他人を眺めてそれを改めて感じるのは、僕が都知事として始めた東京マラソンで、制限時間ぎりぎりでフィニッシュしたランナーたちだ。あれはしみじみ感動的な眺めだよ。

先頭を切って走り込んでくる連中は半ばプロみたいなもので、いつも一応、その時間にはゴールラインまで行って出迎えメダルをかけてやりはするが、とんでもない記録が出たならともかく彼等を眺めてもさしたる感動はないな。逆に制限時間の七時間をかろうじて切って走り込む、というより多くはよたよたと歩くに近い姿でゴールインしてくる連中が、その後着替えのホールで座り込み、一人でしみじみ満足の溜《た》め息をもらしたり、中には涙しているのを見ると、人間万歳といいたくなるね。

「おめでとう、よかったね」と声をかけると、誰しもがなぜだか僕に向かって「ありがとう」という。「それは自分に向かっていえよ」といってやるんだ。

僕は自分の人生を年で数える代わりに、十年ごとに何か新しいスポーツを始めることにしてきた。

旧制中学の頃に始めたサッカーにそろそろ体がついていけなくなった頃、三十代に入ってテニスを始めた。以前は傍《はた》から眺めていてお嬢さんくさいスポーツだなと思っていたが、実際にやりだしてみるとなかなかのものだよ。特にシングルスは並のものじゃない。これもまあまあのところまでいって、議員になりたての頃、軽井沢の毎日トーナメントの男子ダブルスではパートナーにも恵まれて四回戦まではいけたこともある。

四十代に入ってスクーバダイビングを始めたが、これは僕の人生観というか、人間に関する存在論に強い影響を与えてくれたな。そのことについちゃ、いつかとっくり話すよ。海に呼吸を気にせずに潜っていると、人間は元は水棲《すいせい》動物だったというのが如実に感じられてわかる。魚の言葉も感じられてわかるんだな。

五十代では、子供の頃からしていたヨットのカテゴリーではあるが、いささか性能の異なるカタマランをやりだしたが、これはややあてが外れてあまり面白くなく止《や》めちまった。

七十代になったら何にしようかと思って、練習が簡単なスカイダイビングに決めて、インストラクターに教わって、といっても練習なんぞ簡単なもので、事務所の床に本を積んでその上から両手を広げてぴょんと飛び下りる。多分、最初は目をつむってしまうだろうが、その後ゆっくり十数えて胸元のストラップを引いてパラシュートを開く、それだけだ。

でね、ある週末の日曜日いよいよある飛行場に行って初降下と思い、その前の夜のテレビのニュースを見ていたら、他のどこかの飛行場から飛び立った初心者の女性が、連れのインストラクターともどもパラシュートが開かずに二人して近くの河原の土手に落ちて死んだという報道で、河原の土手に落ちた二人の開けた穴が映っていた。

多分パニックになった女性が教官にしがみついて、教官も身動きがとれずストラップが引けずにそのままということだったらしい。やっぱりあまりいい気がせずに、翌日の約束は取り消してそれっきりということだが。少なくとも事務所の中での練習では、飛行機から飛び出してゆっくり十数え、ストラップを引く自信はあったんだがね。

その代わりに水泳を始めた。水泳といったって子供の頃から泳いでいるし、スクーバダイビングでも場合によってはかなりの距離を泳ぎもするが、週のうち三度は千メートルを泳いでいる。そのために工夫して、プールでもダイビング・マスクをつけシュノーケルをつけて泳ぐ。これは多分僕の発明だ、まあコロンブスの卵みたいなものだが。ちなみに若い連中は知るまいが、コロンブスの卵とは、ある時コロンブスの仲間がテーブルに卵をどうやって立てるかに苦労していたら、コロンブスが卵の底をぶつけて平らにして立ててみせたということと、要は思いつきということさ。

シュノーケルをつけて泳ぐと息継ぎが楽で、地上を歩くのと全く同じ。独り言をいったり、くしゃみや咳をしながらでも楽々泳げる。これは最近では湘南地方のクラブでは当然のことになって、みんなに感謝されてもいるよ。

ただダイビング・マスクをつけていると、人で込み合うプールなるものがいかに汚いかがよくわかってね、中にただよう汚物を時にはかき分けて泳いでいるよ。

スポーツというのは、理屈じゃなしに直截《ちょくせつ》に人生にとって大切なことを教えてくれるな。同じ人間でもそれぞれの奴がそれぞれ特異なものを持っていて、それにはどうにも敵《かな》わないということを覚《さと》らされるんだ。

サッカーを始めた頃、こっちは毎日練習に出ているのに、部員の籍はあるのにろくに練習に来ない奴が、試合のシーズンが近づいてくると練習に出るようになる。そしてそいつが練習をしていないくせに上手いんだ。どう見ても、上手い。当人は他にさしたる能力もない、普通というより存在感もない奴なのに、サッカーでのドリブルやフェイントが巧みで、大方の奴が競り合っても軽くかわされてしまう。

僕なんぞは背は高いが腰も高くて、その気になればなるほど腰が浮いてかわされてしまう。最初のシーズンは結局そいつにポジションを奪われて補欠に甘んじた。

あれは今思えば、人生で初めて味わった挫折だったな。しかしその挫折の中で、人間の資質の違いというやつは、気に食わなくてもどうしようもないという悟りというか、妙な苦い、しかし確かな納得もあった。あれは今思うと、人生における一つの糧だった。

同じ二人きりの兄弟でも、弟の裕次郎は抜群に運動神経があって、中学生の頃から道路の上で走っていって倒立回転をしてみせたからね。こっちはそれどころか、跳び箱や鉄棒が大の苦手で往生していた。

世の中に出たての頃、娯楽雑誌が兄弟の写真を撮りにきて近くのヨットハーバーに行って、カメラマンが、あの防波堤の上で海をバックに撮りましょうといったら、あいつがいきなり傾斜のある四メートルくらいの壁をあっという間に駆け上ってしまった。カメラマンが驚いて僕を振り返って促すみたいな顔をしたが、こちらは到底そんな真似は出来ず遠回りして階段から上ったよ。

そういうことだよ、それが人間それぞれの価値というより、人間としての面白さなんだ。

スポーツの世界には天才が往々いるもの

スポーツに関しても何についても、それをする人間の資質というのは千差万別で、それが人間なるものの価値なんだ。特にスポーツに関しては歴然たるものがある。野球でもサッカーでも、ボクシングでもね。

昔、日本にまで流れてやってきたマヌエロ・アルメンテロスというボクサーがいた。キューバ辺りの出身で、とにかく強い。ただ強いというのじゃなしに、上手くて強くてガードも天才的で、目が抜群にいいのかほとんど相手に打たれない。そして相手のごくごくわずかな隙に電光石火のパンチを送り込んで倒してしまう。それでいてあまり練習はしないという。

彼は金のために相手次第でフライ級からバンタム、フェザー、ライトまで当時としては四階級の試合をこなして負けたことがなかった。ただ世界選手権はとれなかった。チャンピオンの方が怖がって挑戦を受けたがらなかったので、タイトルに手がとどかなかった。

僕も彼の試合を二つ日本で見たが、まさにデモニッシュなファイターだった。当時日本の代表的なジムの経営者であの世界では珍しい紳士だった帝拳プロモーションの本田明会長が僕に、「私はこんな選手を育てたかったんですがねえ」と慨嘆《がいたん》していたな。

あのアルメンテロスは、間違いなく天才だった。

そんな奴がスポーツの世界には往々いるね。野球のイチローもそうだ。彼と松井秀喜を比較してみるとわかるだろ。松井は名選手には違いないが、天才じゃない。その証拠にイチローは怪我《けが》をしない。天才は怪我の前に気づいてそのプレイを止めてしまう。何かによる予感のせいなんだろうな。

三島由紀夫という人は自ら文学の天才と自任していたみたいだが、後年ボディビルでとち狂ったのか、スポーツに関しても才能があるととんでもない勘違いをしてしまっていた。その結果は無残なものでね。自作の映画に主演した時、情婦役の若尾文子《あやこ》に向かって怒って灰皿を投げつけるシーンで上手く投げられない。監督がうんざりして、付き添いの青年に命じて半日スタジオの裏でキャッチボールの練習をさせたそうだが、全く駄目だった。撃たれてエスカレーターに倒れ込むシーンもどうにも出来ずに、そのうち捨て身のつもりでまともにあお向けに棒倒しに倒れて頭を打って大怪我をし入院しちまった。文章の手管と芝居の演技とは使う体の部分が違うんだから、スタントマンにでもまかしときゃいいのに、ある種の才に溺れそれを盲信しちまった完全主義者としては、何もかも俺がということだったんだろうが、大外れだね。

三島さんは己の文才を信じすぎて己は万能と勘違いしたんだろうが、それは肉体なるものの神秘を知らない浅はかというか、僭越《せんえつ》というか。

彼は幼い頃からの芝居通だったようだが、芝居は見てたが、何かのスポーツのとんでもない試合を見たなどということはなかったんだろうな。そんな経験があれば、この世には逆立ちしても自分が及ばぬものを持っている人間がいると悟れていたろうに。

前に述べたアルメンテロスもそうだが、天才中の天才というのは他の世界にも時折いるんだ。これが芸術の世界だと、モーツァルトとベートーベンのどっちが上かなんて比較は出来ようもないが、スポーツの世界では優にあり得る。

かつて世界のグランプリのいくつかを制した天才的ライダーの片山敬済《たかずみ》という男がいた。彼が急速にのし上がってきた頃、完勝したレースで際どいコーナリングの最中に何度か音楽を聞いたというんだね。

最初は鈴鹿のサーキットでぶっちぎって勝った時、ポールポジションで待機している間、サーキットのある鈴鹿の山の上から遠く、恐らく伊勢湾だろう、海が光って見えたって。あれはどこの海かなと考えながら、今この満員のサーキットの中であの海が見えているのは俺一人だろうと思った。そしてそのレースの最中に彼は初めて音楽を聞いたそうだ。そしてそれから何度か、レースの最中のふとした折に妙《たえ》なる音楽をね。

さらに後に南フランスのサーキットで、初日のタイムトライアルで彼が一番、次の日のトライアルでは当時の世界チャンピオンのケニー・ロバーツが一番になってその差がわずか〇・四秒だった。これも天才といわれていたケニー・ロバーツに夜ホテルのロビーで出会った時、ケニーが突然片山に、

「君はレースの最中に音楽を聞くことがあるかい」と質《ただ》し、片山が頷《うなず》くと、

「そうか、やっぱりな」

「あの音楽は、誰が演奏しているんだろう」

「それは君自身じゃないのか。だってあれが聞こえるのは君一人だろう。他人には絶対に聞こえぬ音楽だものな」

「僕はあれを、出来たらいつも聞きたいな」

「そうなりゃ、神様になれるということだよ。いずれにせよ、あれが聞こえる俺たちは、ある選ばれた者ということさ。あの音楽は、俺のＦＡＩＴＨ（信仰）だよ」

最後にケニーはいったそうだ。

あきらめたらただの敗北だ

これは聞くだに凄い話じゃないか。スポーツの極意の表象だよ。世の中には何につけそんな奴がいるんだよ。

練習にも来ずにさあっとレギュラーになっちまう奴もいれば、僕みたいに、次には歯を食いしばってなんとかなれる奴もいる。後れをとる者から見れば不条理かも知れないが実はそれが人生の条理なんだ。しかしそれであきらめていたら結局ただの敗北だからね。

次のシーズンが来て新しいチーム編成のための最後の練習の時、密かに決心したよ。今日の練習試合でのタックルでたとえこの足が折れたっていい、それよりも相手の足を折ったっていい、それで憎まれても結構だと心に決めてやった。

メンバーを何度も入れ替えてフォワードとバックスの攻防練習で、ボールよりも相手の足を狙うつもりでタックルをかけつづけた。それが相手たちにはわかるんだな、この野郎なんだか今日は険しいなって。こっちも血相が変わっていたんだろう、だから相手は用心しだす。

それで最後の競り合いの時、レギュラー中のレギュラーから強引に奪ったボールを、他のフォワードが取り返しにきたがフェイントではなしに体ごとのタックルでボールを運んでくるこっちの気迫に押されて相手は及び腰で逃げちまった。

その後、僕は後ろでホイッスルが鳴っていたけれどそのままボールを転がしていって、学校のグラウンドは野球部と半々に使っていたんだが、反対側のいつも仲のよくない野球部の連中の真ん中を突っ切って逆のゴールにボールを蹴りこんで、そのボールをまた自分で拾って戻ってきたよ。

その時野球部には後にプロになった佐々木信也《しんや》がショートを守っていて、その脇を誰だかサッカー部の乱暴な奴が突っ切っていって一人でシュートしやがったと思っていたら、それが石原だったと後で知ったといっていたそうだ。

練習が終わった後キャプテンの、これはその頃から名選手で、後には慶應大学の主将にもなった奴が新しいレギュラーを決めていい渡した時、何故か緊張もせずにただ俯《うつむ》いて発表を聞いていた。

フォワードからきて次にハーフバック、まずセンターハーフが呼ばれ、ついで「ライトハーフ石原」といわれた時、興奮なんてよりもむしろしみじみした気分で聞いていたな。俯いたまま、よしそれでいい、それで当たり前だと自分にいい聞かせていたよ。

あれは多分僕が人生の中で初めて味わった、なんというのか、しみじみした達成感だったな。

ああこれで、サッカーをやっていてよかったなんていう感傷じゃなしに、そうだろう、やっぱりそのとおりだ、こういうことなんだという、中学三年の少年にしてはやや大それた人生についての感慨だった。

東京マラソンで制限時間ぎりぎりにゴールインして、座り込み着替えながらしみじみ涙ぐんでいる三流ランナーの心境も、あの時の僕と同じことだろうな。

充足感というのは何にたとえようもない

子供の頃から手がけてきたヨットの試合で味わうものも同じだよ。賞金もかかっていない、ろくなトロフィーも出ない日本のオーシャンレースで、何十時間、時には何日もかけ荒天の中を走ってきてたどり着いた陸の上で、くたびれきった体で感じる虚脱の中の満足感も、ただの達成感以外の何ものでもありゃしない。しかしあの充足感というのは何にたとえようもないね。

ずっと以前、まだ駆け出しのオーシャンレーサーの頃、いいとこまで行くんだがいつも際どくかわされて勝てなかった「シレナ」というヨールがあった。こちらは相手より少し大柄のスループ、向こうはやや小さいヨール。ヨールというのは今じゃもう全く流行《はや》らなくなった二本マストの船でね、あの船尾にあるもう一本のマストとその帆が羨ましくってしかたなかったが、何度目かの初島、大島を回る、いわゆる「花の大島レース」で、最後ぎりぎりのところで相手を押さえてファーストホームを成し遂げた。

ようやく勝てたと知った時、万歳も叫ばなかったな。ただ舵《かじ》を握りながら涙がこみ上げてきて、夜だったがクルーに見られまいと、バウ（前甲板）でセールを収《しま》っているクルーに声をかけにいくふりをしてコックピットから出ていったら、前にいたクルーたちの中で鈴木のリクという若いクルーが、帆をたたみながら、「畜生、ジンとくるなあ」といって手の甲で頬を拭っているのを垣間見て、こっちも改めてジンときてしまった。

年は十離れていたが、男同士の共感の火花が静かに散ったね。以来彼とはなんとなく気持ちが通って、僕が見込んだ訳じゃないが、クルーたちの中で彼だけが大成功して、後に会社「サザビー」を立ち上げ、加えて日本での「スターバックス」コーヒーも立ち上げ、仕事は次兄にまかせているが、その実際のオーナーにもなりおおせた。

最初のうちはアメリカ側が株は49%にしろといってきていたが、僕はあいつらを信用してかかると尻の毛まで抜かれるぞ、絶対に反対に51対49にしろといったが相手も譲らず、結局50対50でけりがついて、その後アメリカ側は左前になってきたが、日本側に支えられて保っているとのことだ。

オーシャンレースは他のスポーツと違っていささか金がかかるが、無償であることに変わりはない。

しかしアメリカまで行くと、これはレースを主催するどこのクラブもしっかりしていてかなりのトロフィーが出る。

だいぶ以前フロリダであった伝統のSORCレースに友達の船で舵引きの一人として参加し、最長のバハマレースの前のデイレースでクラス三位に入り、それでも結構豪華な銀製のカクテルグラスが一ダースついているカクテルセットを手にして喜んでいたら、同じレースマニアのテッド・ターナーがやってきて、「馬鹿高い金をはたいて船を造り、こんなちゃちなトロフィーに喜んでいるお前らも俺も大馬鹿野郎だな」とほざいて祝福してくれたのは嬉しかったな。

それが、スポーツというものさ。

第三章

貧乏の魅力

男が男らしい男、タフな人間として生きていくためには、一度は貧乏を味わう必要がある。ハードボイルド作家のレイモンド・チャンドラーが生んだ名探偵フィリップ・マーロウの名言に、「男はタフでなければ生きていけない。優しくなければ生きている資格がない」とあるが、男がタフになるためにも、また芯に優しさを溜《た》めた人間になるためにも、貧乏を体験するというのは大切なことだと思うな。

つまり貧乏するということは、生きるための全てに耐えるということなんだ。そんな体験を経ることなしに成長してしまった奴は、前にもいったコンラート・ローレンツの脳幹論のとおりひ弱な人間にしかなり得ない。

昭和四十年代、世界中で学園紛争なるものが大流行《おおはや》りして、どこの先進国でも学生たちが大学に立てこもって大騒ぎしていた。

日本でも同じことで、元はといえば東大の医学部の閉鎖性に抗議して医学生たちが騒ぎだし東大全体が巻き込まれ、それがさらに日本中に蔓延《まんえん》していったんだが、結果としてどこでも、何も改革なんぞされはしなかった。

関西のある大学なんぞではすることがないので、馬鹿な学生どもは手当たり次第に、キャンパスにある何十年かかけて育った大きな並木道の木という木を切り倒してしまった。若者の稚気《ちき》の代償としても大きすぎる話だ。まさにシェイクスピアの芝居『から騒ぎ』の原題、『マッチ・アドゥ・アバウト・ナッシング』そのものだったよ。

丁度あの頃日本によく来ていたフランスの哲学者のレイモン・アロンとある縁で親しくなってね。アロンは戦後一世を風靡《ふうび》した実存主義をサルトルと一緒に世に問うた男で、後にサルトルとは喧嘩《けんか》別れし、サルトルは共産主義に走り、アロンは逆にカソリックを再評価する立場になったが、結局サンジェルマン＝デ＝プレで再会し仲直りして周りをほっとさせたそうだ。

彼は当時のフランス人としては珍しく英語で喋《しゃべ》ったので、いろいろ話すことが出来た。で、ある時の会話で、話題が当時世界中で大流行りだった、しかしどこでもさしたる変革をもたらすこともない無駄騒ぎでしかなかった学園紛争に及んだら、彼がいかにもシニカルに肩をすくめて、

「私は彼等に極めて同情するね」

「なぜです、腹がたちませんか」

「いやいや、極めて気の毒に思うよ」

「なぜ」

「だって我々が彼等から、彼等が今青春にあって、自分の青春を青春として強く自覚するための術《すべ》を全て奪ってしまったんだからね」

「何を奪ったというんです」

僕が聞いたら、ごくごく真面目な顔で、

「まず戦争だよ。そして戦争がもたらす貧困、貧乏をね。そして平和のもたらす自堕落は、若者が血反吐《ちへど》を吐いてでもぶつかっていく気になる、偉大な思想を淘汰《とうた》してしまったじゃないか」

いったものだったな。

これは逆説的な言い分だが、ある意味で当を得ている。人間というのは今置かれている立

場がぐらつき危うくなって初めて、今在る立場の貴さに気がつくもんだ。僕が学生の頃は国《くに》立《たち》の一橋大学の本学部校舎のトイレにはまだ沢山、反戦の落書きが残っていたな。「この戦争は間違っている」「俺は天皇のためになど絶対に死にたくない」とかね。

あと三年も早かったら戦争に駆り出されたかも知れぬ僕にもまだ戦争の余韻が残っていたから、その落書きにはつくづく共感できたな。この僕よりたった三つか四つ年上の若い身で、女も知らずに、天皇陛下万歳なんて叫んで死ねる訳がないと思ったよ。

といって誰が、青春の確立のためにと、戦争を肯定できるものでもありはしない。アロンのいったことは逆説的な真実とはいえるがね。

そして貧乏、これも誰が望んで招き寄せ甘受するものでもありはしない。豊かさを望まぬ人間などいはしないし、誰もがそれを望んで努力もする。戦後、勝った者、敗れた者も共に努力して一応穏やかな豊かな社会が出来上がりはしたが、そこに漕《こ》ぎつけるまでの苦労は貧乏の中で行われてきたんだ。学園紛争をやっていた世代の連中はもうすでにそれを知らずにいたからな。

この国が高度成長の波に乗って今日にいたるまでの、あの敗戦後暫《しばら》くの間に味わわされた貧乏、欠乏なるものが実は今では無類に懐かしいし、味わい深いものなんだな。僕の世代の人間はそれぞれにそれを体験してきたし、それは思い出しても決して嫌な思い出じゃなしに、

大学の寮で。前列左から２番目が著者。

むしろ懐かしい。いや何というか、この今になれば楽しい思い出だよ。

そりゃ僕は今、他に比べても結構な暮らしをしてはいるよ。まあ今はそうしているからあの頃が懐かしいといえるのかも知れないが、いってみりゃ、生まれながらの金持ちにとっては、金の意味はわからないということの裏返しかな。貧乏というのは間違いなく、人生での堪《こら》え性《しょう》を培ってくれるからね。まさに、「武士は食わねど高楊枝《たかようじ》」で、貧乏こそ意気軒昂な人間を作ってくれるものだ。

忘れられない貧乏の中で味わう安酒の味

とにかく、あの頃貧乏していてよかったとつくづく思う。

そりゃあの後日本全体が高度成長期に入っていったから、家によって人によって貧乏からの脱却はそれぞれずれがあったろうが。

大学の寮にいた頃は、父親がまだ外地に抑留されていて家族だけでようやく生きているなんて奴もいたし、高級官僚だった父親がパージを食らって今では全く収入のない家庭とか、いろいろいたな。そんな仲間たちの、なんてのかな合い言葉は、「消耗、消耗」だった。

僕も親父が急逝してしまって、親父が生きている間は、高校生の時にせがんでヨットのA級ディンギーを買ってもらったり結構贅沢させてもらっていたが、親父が死んだ後、弔慰金とかまとまった金が入っていたのに、その金が郵便貯金に預けてあったせいで三文判一つで簡単に引き出せるんでね、弟の奴がそれを勝手に引き出しては遊びに使いだし、あっという間に減っていった。

お袋が判子を隠しても、裕次郎の奴が同じ判子をどこかで作ってそれで勝手に引き出す。あいつが行っている学校が慶應高校だったから、周りの遊び仲間には金持ちの倅《せがれ》が多くて、そいつらの見栄の張り合いで使う金には切りがない。

隣の鎌倉には国際自動車の波多野一族が住んでいて、そいつの家に行けば当時はまだ珍しい電気冷蔵庫もあって、中にはいつもビールやバヤリースのオレンジジュースが山と入っているんだとさ。

そんな連中と一緒に対等に遊ぶ金が要るうえに、それにあいつには年上の彼女が出来て、その彼女は青森県のどこかの町長の娘だったそうだが、気立てのいい美人だったな。彼女はその頃銀座に出来立ての、「ディンハオ」というナイトクラブのホステスをしてて、そこでいつも彼女の奢《おご》りで遊ぶ訳にはいかないしな。そんなんで割を食ったのはいつも僕だった。いまいましく、また羨ましくもあったが、何しろ僕は新しい家長だからストイックに自らに説いて我慢していたがね。

ある雨の日、その日は後に結婚した彼女と会う約束もなしに家に一人でくすぶっていて、することもないから映画にでも行こうと思ってお袋に金をねだったら、とんでもないそんなお金はないと突き放された。弟の奴は兄弟して一着だけ作った背広に着替え、前日から東京に行っちまって姿もない。

当時逗子《ずし》の町にあった映画館は二本だての三番館で、入場料が七十円だったが、その金もない。畜生めと思って、念のために弟の学生服を探ってみたら、なんとポケットから丁度七十円出てきたんだ、まさに天の恵みと思ったね。早速それを握って、雨の日だったが傘をさしほいほいと映画館まで歩いていったよ。あれは貧乏の思い出の中でも妙に印象に残っているな。

それと寮にいて、いよいよ金がなくなって手元に十五円しか残っていない。当時は餡《あん》パン、ジャムパン、クリームパンといった菓子パンの値段が一個十円、一番贅沢なカレーパンが十二円、中身のない甘食のパンが一個五円。これをどう使おうか考え、結局ジャムパンと甘食にして密かなおやつにしたものだったがね。あの時の残った金の使い道の算段も懐かしいよ。それにまた、金が乏しくなって、一人で寮の近くに一軒だけあった飲み屋に行った時、ポケットの中身を算段して格段に安い合成酒を頼んだら、店のオヤジがなんでそんなものを飲むんだという。いや、今夜は金がないからといったら、ならば焼酎にしろと。

寮に住むようになった時、お袋から安い酒は飲むな、焼酎なんぞ飲むなといわれ、裕次郎の奴までしたり顔でそういうので焼酎を避けていたんだが、そういったら、オヤジがとんでもない合成酒なんぞよりも焼酎の方がずっと体にもいいよ、ならば今夜まず一杯は店から奢るよといわれて頷《うなず》いた。

で、梅割りにするか、葡萄《ぶどう》割りにするかと聞かれたがわからない。ならば梅割りにしたらといわれて頷いたら、受け皿に載せたコップになみなみ注《つ》いでくれて酒が下の皿にまでこぼれる。おい、こぼれるよと注意したら、これが焼酎の奢りのしきたりで、まず受け皿にこぼれた酒を飲んでからコップに口をつけるのさと教えられて口にしたが、これが思いがけなく美味《うま》いんだな。

以来すっかり焼酎党にあいなってしまったが、うっかり家でそれを口にしたらお袋からは

10代に描いたエスキース（次ページも）

えらく叱られ、東京で彼女の店でカクテルを飲んでいる弟からは馬鹿にされたものだが、貧乏の中で味わう安酒の味というのも忘れられないな。後年、世の中に出て、生まれて初めて飲んだドライマティーニの味なんぞより、生まれて初めて飲んだ梅割り焼酎の方がはるかに身にしみるものだった。

とにかく戦後から十年足らずの時代だがよろず欠乏の世の中だったからね、その頃の記憶が今でも妙な形で残っている。例えば紙だ。

僕は中学、高校の頃からなかなかの絵を描いていたが、当時はクロッキーやエスキースのための画用紙なるものがない。しかたなしに戦前の生徒たちが図画の時間に描かされた、表にはリンゴと三角錐《さんかくすい》とかくだらぬものが描かれてい

る作品が絵画室の戸棚にいっぱい収《しま》われていたので、その中から裏側の比較的綺麗な紙を選んで、裏に書かれている何年何組誰それという字だけは消しゴムで消し二枚張り合わせて使ったな。
　後に画集を出した時それにも載せたが、先年、銀座のアルマーニ・ビルのギャラリーでやって、評判だった十代のエスキースと油絵の個展に出していた昔の作品のうちのほとんどはそれだった。
　そこに出していた油絵の何点かもその頃のもので、残念ながら数が少なかった。その訳はカンバスは貴重品だったから、折角描いた作品を暫くして飽きると表面をナイフで削り落とし、白い絵の具で塗り直してまたその上に他の絵を描いたせいだ。

だから今になってもなぜか紙だけは大切にする癖が残っているよ。例えば飛行機の中で出されるメニューなんぞ、表紙の洒落《しゃれ》た綺麗な紙があると、その裏に何か描けると思っていつも持って帰り、暇な折の悪戯《いたずら》描きに使うんだが、あれは昔の貧乏が培ってくれた僕の数少ない美徳の一つかな。

貧乏している奴ほど性への憧れも強い

とにかくあの頃寮にいた連中は皆大同小異でね。ある雨の日の日曜日なんぞろくな娯楽もないまま、誰かがいい出して寮の広間に集まり、それぞれ出し合った金で買ってきた一升瓶の酒を回し飲みしながら、肩を組んで太鼓の音に合わせ寮歌を歌ったものだった。思えば哀れなもんだが、しかし今思い出すと楽しく、もの凄く懐かしいな。

僕はなんとか育英資金をもらえるようになって、加えて、成績は大したものじゃなかったが母子家庭ということで学費免除にも漕ぎつけ、帳簿の上から見れば金をもらいながら学校に通っていたみたいなものだったが、それでも金は足りなかった。当時のアルバイト、英語の家庭教師を二軒受け持っていたが、一週一度のテューターで一月千円が相場でね、かつかつだった。

待ち受けていた育英資金がようやく下りた時は嬉しくてね、早速何に使ったかといえば、サッカーシューズを買ってしまったよ。あれはどうも育英会の精神にはもとるものだったろうがな。

いずれにせよあの頃大学の寮にいた連中は、下宿よりもずっと安上がりの寮を選んで巣くっていた手合いだから、当時の大学の寮生活なるものは貧乏生活と同義語だった。だから皆して互いに助け合うというか、融通し合うというかしていたな。

家庭教師をしている奴の定期券を互いに貸したり借りたりしてあちこち出かけたもんだ。で、ある時、柴というなかなか出来る男の、彼は後に朝日新聞に入って幹部候補の一人とされていたが惜しくも四十代で早逝してしまったが、その定期券を誰かが借りて出かけていって、そいつがどこかの駅で飛び込み自殺してしまったんだ。

警察が遺体を調べたら持っていた定期券が柴の名前だったので、どう調べてか寮に電話がかかってきた。それを受けた誰かが驚いて大声で皆に「柴が死んだぞお！」って告げたら寮の全員が飛び出してきた。その中に柴当人もいてね、「なにいっ、俺が死んだって。俺は生きてるぞお！」と寝間着のまま目をこすりながら怒鳴り返して大騒ぎになった。なんのことはない、学生食堂の若いコックに頼まれて定期券を貸してやったら、その男が失恋か何かで電車の前に飛び込んでしまったんだな。

寮にいる間には貧乏生活ならではのことがいろいろあったね。

僕らの寮と同じ棟にあった学生食堂の横の、学生相手の購買部の店に勤めていた若い女の子がなかなかの美人でね、皆憧れていたが当時の学生なんて奥手だからただ憧れているだけだ。で、その店に、ある寮生が貧乏なものだからね、キャラメルをバラで五個だけ買いにいったんだ。そしたら彼女が哀れと思ったのかね、二個おまけにつけてくれたそうだ。そしたらその男が狂喜してね、「あの子は俺に気があるんだ」と触れ回っていたが、他愛ないというか微笑《ほほえ》ましいというか、そんな時代でもあった。

何しろ当節とは違って、性に限らずよろず情報の乏しい時代だから。で、僕が自分の部屋の壁板に等身大のヌードを描いて、脇に、「我らが視姦に耐う永遠の処女よ！」と書いたら評判になって、部屋の仲間が授業に出かけて留守の間にそこへやってきて、その絵の前でマスターベーションをした奴がいたそうな。貧乏している奴ほど性への憧れも強いのかね。

購買部の美人については僕にも僕なりの出来事の思い出があってね。僕のいた部屋は北寮の端っこで、その下に鉤形《かぎがた》に張り出した購買部の棟があった。ある時いつものように窓を開けて寮雨を降らせていたんだ。寮雨というのはね、わざわざ下のトイレまで出かけるのが面倒で、小さい方は窓を開けて上からすましてしまう。

夜は当然だが、昼間も僕の部屋の下はあまり人の通らぬ一種の死角でね。午後だったが下の様子を確かめて窓を開けてしていたら、購買部の裏手に干してあったハンカチを収いに彼女が出てきたんだ。

距離は離れているんだが、上から注がれているものの気配に気づいて彼女が見上げてきてばっちり視線が合ってしまった。こちらは出だしの佳境でにわかに収う訳にもいかず、知らぬ顔して視線を外し、彼女も、ふんという顔で顔をそらし見たものを全く無視した様子で、悠々と何枚かのハンカチを収って振り返りもせずに立ち去ったね。あの時のバツの悪さは、相手が若い美人だけにえもいわれぬものだったな。

そういえば僕のいた北寮の入り口の上の壁に、誰か窓から乗り出して逆さまのまま筆で大きく「ああ、悦ちゃん！」と書いていた。悦ちゃんなる女性がどんな子か知らないが、仰いで眺める度、なんともいえない共感みたいなものがあったな。

寮にいる間に、仲間の中で三人が自殺してしまった。貧乏の苦しさなどじゃなしに、何かもっと大きなものを抱えていたのかな。

二人は電車に飛び込み自殺。うちの一人は就職が決まってからなのにね。三人目は行方知れずになったまま、東北の山の中で首を吊って死んでいたそうな。彼は左翼に走り暴力革命を信じて、なんでも鉄パイプを使った手製の銃を作る作業を受け持っていたそうだけれど、後に共産党が平和路線に大転換してしまっての幻滅のせいだとか、まぁお互いにいろいろあったもんだ。

そうやって僕なりにつましく暮らしている寮から時折逗子の家に無心に帰ろうとすると、弟から電話がきて途中の東京で降りて会えという。行く先は奴の彼女の勤めているナイトクラブで、前夜は寮で焼酎を飲んでいたのにクラブでは初めて口にするキューバリバーだのシンガポールスリングだののカクテルで、そのうちにこちらも引け目のある弟をダシにして、梅割り焼酎とはいかにも対照的な酒を飲むようにもなっちまった。

僕の親父は汽船会社の重役をしていたんで、まだ流通の乏しい頃、時折、昔の部下から外国の酒とかチーズといった珍しい差し入れがあった。ある時ゴードンのジンが三本届けられ、一本は弟と二人で飲んでしまったが、残りの一本ずつは二人で分けて、僕はそれを寮に持って帰り同室の仲間と密かに飲んで、残りは駅前の喫茶店に預けて隠しておいたんだが、誰に嗅ぎつけられたのか、翌日行ってみたら瓶はもう空になっていた。しかしなぜか悪い気はせず、それがなんとなく当たり前の時代だったよ。

そのうち、弟が聞き込んできて、新橋のダンスホールの「フロリダ」が昼間は空いていて貸し切りにするというので、それを借りて学生相手のダンスパーティをやって小遣いかせぎをしようということになった。僕が名づけて「スプラウトクラブ」なんていういい加減な学生クラブを作り、今でいう善意のチャリティもどきの目的を謳《うた》って、昼間の割引料金に上乗せした料金でそのサヤをかせごうということさ。それが結構当たって、一度に二、三万の儲《もう》けになった。となるともう週一度の家庭教師で月千円なんてアルバイトは馬鹿馬鹿しくなっちまった。

あの頃は東京の各大学にはそれぞれ不良学生たちのグループがあってね、一番強くてうるさいのが明治大学の「菊水会」だった。今のヤクザと同じやり口で他の大学の学生へのゆすりたかりで小遣いを作っていたが、パーティの時には、東大の法学部の学生を受付に雇って必ずやってくる菊水会対策に使ったよ。

二度目の時、はたせるかな連中がやってきて落とし前をつけようとしていたが、受付の、頭ががちがちの法学部生が何やら法律を唱えて応答するのを、こちらは普通の客の顔をして近くで眺めていたが、そのうち連中は舌打ちして帰っていったな。貧すれば鈍するとはいうが、貧するとまたいろいろ知恵も出てくるものでね。

貧乏も知らない若い奴らは、気の毒でならない

二〇一〇年下半期の芥川賞をもらった西村賢太の小説の魅力というのも、実は貧乏の魅力なんだな。当節どいつも贅沢に慣れてというか、それが当たり前のことになってしまっているから貧乏話は避けてしまうが、彼はそれをぬけぬけと書いている。貧乏の中ならではの悲哀と、また楽しさをね。

僕は以前から彼の作品を推薦していたんだが、ようやく受賞となった。あれを読むとなんとも懐かしいし、他のどんなに技巧を凝らした当節流行りの気のきいた風の作品よりも、素朴に、ああ、これが人間なんだなという感慨を持てる。

富裕とか貧乏とかいうものはあくまで相対的なもので、しこたま金を持っていてもガツガツしてる奴はいるし、貧乏していても悠々としている者もいる。要は人生への気概の問題だが、どちらかといえば貧乏に慣れている奴の方が生き方では強いな。つまり貧乏の培う耐性の問題だよ。

いっておくが貧乏とケチは違う。貧乏している癖に気前のいい奴もいるし、金持ちの癖にケチもいる。

何かで読んだ話だが、何代目かのロスチャイルド家の当主が、どこかの帰り道にサーカス小屋があるのに気づいて、久し振りに曲芸を見ようと運転手か馭者《ぎょしゃ》かに切符を買わせようとしたら、あと十五分すると料金は半額と出ているのを見て、それならと、吹きさらしの小屋の周りをコートの襟を立てながらぶらぶら歩いて、その後、半額料金で入ったそうな。

というのははたして美談というのかね。それとも金持ちの癖に貧乏なるものを感知していて、節約を心がけた見上げた所行というのかね。

思い出すに懐かしい貧乏時代に比べて、今の時代の豊かさというか、それを通りこした、贅沢というよりも浪費ぶりを眺めると感無量だね。戦争を体験していない人間の戦争批判が空々しく感じられるのと同じように、貧乏を知らない若い奴等の我欲ぶりを眺めると、空《むな》しいというよりもむしろ気の毒な気がしてならないんだがな。

第四章

旅の味わい

旅というのはいいものだな、あれは一種の現状逃避ともいえるから、人間は旅に出ると誰しもほっとする。家から離れる、職場から離れる、住み着いている土地から離れるというのは新しい世界の展開、とまではいかなくともある解放感と期待が生まれてくるからね。彼自身医者だったチェーホフの小説なんぞにもよく出てくるが、昔の医者の処方の一つに転地というのがよくあった。つまりどこかへ気分転換に行ってきたら、ということだ。

僕もまだ逗子に家があった頃は、東京での仕事が忙しくていらいらしていると、かかっているある鍼《はり》の名手が、逗子の家にでも行ってきたらといってくれたりしたが、いわれて車を飛ばしていって、二、三日家のテラスから海を眺めていると確かに気分が変わったたな。

旅という英語は大方四つあって、まずトリップ、そしてツアー、トラベルとジャーニー。トリップの語源は、簡単なとか、ちょっとした、という意味からきていて、旅といってもちょっと郊外まで、隣の町まで買い物にといったところか。

ツアーは観光、買い物などの周遊旅行。

トラベルになると語源のトラブルのとおり、道中いろいろ厄介事もありそうな、だから多分一人でする旅というイメージになってくる。あるいはその逆、ヤジさんキタさんのずっこけつづきの道中ということか。

ジャーニーは長い長い旅ということらしい。戦後のアメリカンポップスの代表作『センチメンタル・ジャーニー』は今でも心にしみる名曲だが、歌の文句にも「昔の思い出を蘇《よみがえ》らせるために、旅に出ようよ」とある。

人生のある時期、自分をリフレッシュさせるために、一人で旅をするのはいいもんだと思う。

もう一つこれは戦後の名画の一つで、ロバート・ミッチャムが演じる子連れの流れ者の労働者と、マリリン・モンロー演じる酒場でギターを弾いて歌う歌手の恋愛ものの『帰らざる河』。映画の主題歌の歌詞も洒落《しやれ》ていて、『ラブ・イズ・ア・トラベラー・オン・ザ・リバー・オブ・ノー・リターン』とあった。

英語にかまけなくても、日本語にも旅を意味する言葉は沢山あるが、そもそも一番人口に膾炙《かいしゃ》する「旅」なる言葉の意味は「たべ」なんだ。「たべ」は動詞で、「下さい」という意味だよ。

つまり昔の人は、旅を通じて、お米をたべ、水をたべ、お金をたべと物乞いをしながら旅をしていたんだな。いい換えりゃ旅というのは乞食旅行のことだったんだ。

大学時代の青春の無銭旅行

ということで、僕は大学二年から三年への長い春休みに、親しい仲間と三人で、ひとつ無銭旅行をしてやろうじゃないかと、寮で一緒だった仲間の家を訪ね回ることにして出かけたものだ。

まずは各駅停車の鈍行に乗り込んで東京から神戸まで。これが誤算で、入れ替わり立ち代わり客が入り込んできて、とても眠れたもんじゃない。へとへとになって神戸の寮友の家に駆け込み爆睡してようやく立ち直れた。

次は広島まで。これはなんとかこなして広島に着いたが、当時の広島は復興のはるか前で、まだまだ無惨な焼け跡の残っている町には立ちん坊の娼婦たちがわんさといて、安宿を探してもみんなそれ専用なんだな。仲間の一人は意中の恋人がいて、変に純情でね、未来の妻たる彼女のためにもそんな汚らわしいところへ泊まる訳にはいかんなんていいやがる。そしたらもう一人もそれに同感しちまって、駅のベンチででも抱き合って寝ようだとさ。こちらも後に結婚した意中の相手はいたんだが、そんなお綺麗事をするつもりは毛頭ない。しかたなしに僕が歩き回って女たちのためのポン引きに、女っ気のない、どんなにぼろくてもいいから屋根と壁のある泊まり場所はないかと頼んだら、幸い行商人の泊まる安宿ならあるというので、真っ暗な町をそこまで歩いてたどり着き、なんとか屋根の下では眠れたよ。

その後も寮の仲間の家を転々、ある時は誰かの親父さんのツテで、雲仙のどこかの会社の寮にも泊まれたが、それが仲間の一人にとっては運のつきだった。

その寮に関連会社の役員の娘さんの東京女子大の学生とその友人の二人が泊まっていて、食堂で一緒になった縁で雲仙での観光を一緒にすることになった。うちの一人がイタリアの名女優アンナ・マニャーニの若い頃によく似たなかなかの美人でね、仲間の一人がその子に一目惚れしちまった。彼女たちと別れた後、そいつがまじめ腐った顔で、俺はこの後彼女をものにすべく命がけで頑張るつもりだから、お前ら二人は手を引いていてくれという。我々二人は思わず顔を見合わせて、頷《うなず》くしかなかったな。

それでその後、彼ら二人がとんとんと上手《うま》くいけば旅の甲斐《かい》もあったんだが、全くその逆でね。彼はてんで相手にされず、それが元でノイローゼにまでなっちまった。まさにあれはトラベルにおけるトラブルの典型だったたな。

その後なんとか鹿児島に着いた。当時の鹿児島は、奄美《あまみ》諸島は直前に返還されてはいたが行くにはとても及ばず、我々としては一応日本の最南端まで来たかという感動があったが、乗るバスについて尋ねても、同じ日本なのにてんで言葉が通じない。それでまた、日本は広いもんだなとひとしお感動したね。

でバスに乗って走る間、隣の爺さんが僕にどこから来たのか聞くから東京からと答えたらえらく感動しちまって、住まいは宮城《きゅうじょう》の近くかと聞くんで、そうだと答えたらこれまたえらく感動されてね。天皇を隣人にしたててしまったんでこちらはバツが悪く、とぼけて寝たふりをしだしたら、爺さんが今度は逆の側の連れに話しかけだした。

そいつもいい加減で、寝たふりして聞いていたら、爺さんが何かしきりに問い質《ただ》しているらしいのに、相槌《あいづち》を打って、「なるほど、なるほど」と感心してみせていたな。

たどり着いた寮友の家で一息ついて、散歩に出る前におやつをといわれ意地汚く待っていたら、出たのがお燗《かん》のついたお国がらの芋焼酎と塩豆だったのには驚いたね。

寮の近くの居酒屋で飲む宝酒造のありきたりな焼酎とは全く違う、地酒の凄《すさ》まじい匂いとその味。げげっとなって飲み残したら、家のお祖母《ばあ》さんが古式ゆかしい薩摩弁で慨嘆《がいたん》していたよ。要するに、こんないい若者たちが、これっくらいの酒を飲み残すようでは、この日本の将来は危ないとね。

恐縮しちまって、次の日からは鼻つまんで全部平らげることにしたが、慣れたらかなりいけるもんだったな。

その後鹿児島からキセル乗車して宮崎まで行き、線路を横断してローカル線に乗り込み鵜《う》戸《ど》神宮まで行って社務所の一族の家にタダで泊めてもらい、そこで知り合った大阪の学生二人と一升買ってきてどんちゃん騒ぎして過ごした。その後また大阪で落ち合って、神戸外大の学生の案内で飛田の遊郭に行ったが、誰も口ほどのこともなく、上がらずに十銭鮨《ずし》を食っただけで帰ってきたよ。

あれはまあ青春の良き思い出という域を出ない旅だったが、その後僕は実に恵まれた、誰にも出来ないだろう旅をいくつかすることが出来た。

トラックとスクーターで南米大陸を走破

その一つは、生まれて初めての外国旅行として、中型トラックとスクーター四台でチーム

南米大陸を走破。最上段、一番左端が著者。

を組み、南米大陸を縦横断したんだぜ。チームは後輩の一橋大の自動車部から選んだ。

スクーターは富士重工の提供で、トラックは日産のウェポンキャリアの四トン車。行く道はチリの港バルパライソから首都サンチャゴを経て南下し、大陸の南端近いところでパタゴニアを横断し、大草原というか草の海のパンパを走りきり、大西洋の港マルデルプラタに出てブエノスアイレスまで北上する、全行程五千キロに及ぶ大旅行だ。

場所が場所だけに何が起こるかわからないから、どうしても医者がいるだろうと募集したら、いや集まるわ集まるわ。中には精神科の医者までいたが、結局二輪の横転事故が怖いから腕利きの外科医の駒井というドクターに決めて出かけていった。これが思わぬことでいい選択と証《あか》されたんだな。

チリという国は今では少しは知られているが、その頃はほとんど未知の国。行ってみたら、何しろ南米の美女の産地三C、コスタリカ、コロンビア、そしてチリの一つと知れた。僕はその後残りの二つの国にも行き、美女たちも堪能したが、三Cの中じゃチリが一番と思うね。

僕はもう結婚していたから女の方はともかく、ヴィノ（葡萄《ぶどう》酒）はチリで初めて教わり堪能したよ、酒も南米じゃチリが一番だろうな。

当時の為替のレートはまだ一ドル三百六十円だったが、それでもすでに円は強かった。それにあちこち宣伝無心してかき集めた、旅で使えそうな日本の電気製品が向こうでは大人気だったが、何よりもかによりも当時出たてのナイロンのスカーフがあちこちで神通力を発揮したな。とにかく向こうじゃ初めて見る品物ばかりなんだから。

学生たちは船で先発させ、僕は後から飛行機、当時はまだプロペラの四発機をハワイ、ロス、パナマと乗り継いでサンチャゴまでたどり着いた。

たどり着いたサンチャゴの第一夜からして、極めて印象的だったね。

飛行場に着いたら在留の日本人会の人たちが大挙して迎えてくれていて、そのままホテルまで行って乾杯の後、同窓の商社と汽船会社勤めの先輩二人が、彼も長旅で疲れているだろうからここは一応お引き取り下さいと連中を追っぱらった後、時計を見てまあまだこんな時間だが、君もそう疲れている訳じゃあるまいしなと目くばせしてどこかへ誘い出してくれた。拾ったタクシーに行く先を聞かれて、「カサ・デ・アンバハドール・アメリカーナ」（アメリカ大使館）。それくらいは聞いていてわかるから、なんでアメリカ大使館に行くのかと思っていたら、着いたアメリカ大使館の門の前で降ろされ、そのまま横へ少し歩いて立派な門構えの三階建ての567とかいった通りナンバーの白亜のビルの階段を数段上って、扉のノッカーを叩くと扉の小窓が開いて年配の女の顔が覗いた。

顔見知りなのかすぐに扉が開かれ、入ってすぐの大きなホールには、いたね、十数人のかなりの女たちが。

ソファに座り酒が運ばれ、先輩が僕の紹介をしているらしいが、こちらはよくわからん。それでも女たちが驚いてはしゃいでみせるところをみると、どうやら今度の旅についてらしい。

後から聞いたら富士重工のスポンサーなんぞじゃなしに、僕が自腹を切っての大名旅行ということになっているらしい。現にその後チリのどこへ行っても、どの地方紙にも金持ちの作家の石原の旅だということになってしまっていて、富士重工には申し訳ないがそれでの役得がいろいろあったよ。

どれを見ても肉感的ないい女ばかりでね。こちらのスペイン語は知れているから、せいぜい女に君の名は何、「ウーステ・ノンブレ？」と聞くと、アルダとかグローリア、ソフィーア。聞く度、「ケリンダ・ノンブレ」（綺麗な名前だね）とはいうが後が全然続かない。

そのうち空《むな》しくなってきて先輩に、やっぱり疲れたからホテルに帰って寝ます。いったら、そうかそうだろうな、まだまだ次の日があるから帰って今夜は休みたまえ。いわれてタクシーでホテルに戻ったが、一人で飯を食って寝転がってもまだ八時なんだ。食事したら前より元気が出て目も冴えてきて、このまま寝るのはいささか早すぎるなと。

起き上がり、ホテルの前でまたタクシーを拾って、先輩のいっていたとおり、カサ・デ・アンバハドール・アメリカーナ。

大使館の門の前で車を止めて降り立ち、さっき来た道を戻って、覚えのある567のナンバーの家の扉を叩いたら、さっきの女が小窓を開けて「オー・ハポネス」とすぐに扉が開いて中に入ったら、なんと先輩たち二人がまだそこにいたんだよ。一人は膝に、さっき僕が選ぶならこれかなと思っていたアルダを乗せてね。

「なんだ君、水臭いじゃないか」

「いやそんなつもりじゃなかったんですが、どうもまだ眠られそうもないんでついまた」

「いいんだ、それでいいんだよ、そうか君はこの子だったのかい」ってなことでね。サンチャゴの初夜はなかなかいいものだった。

行くところ行くところでもてにもてたセニョール・イシハラ

年末にチリで勢揃《せいぞろ》いして整備し、年が明けての正月元旦にサンチャゴを出発した。出発した途端、一台がエンコして動かなくなっちまった。それでもなんとかやりくりして走りだした。隊員たちは日本を出る前メカの整備についてはいろいろ教わってはきたが、それでも素人は素人でトラブルは絶えなかった。幸い、学生たちとほぼ同年のチリ在住の二世の曽根君が通訳を兼ねて同行してくれていたので実に助かった。

それにしても、行く先々でもてにもてたね。全員が宣伝を兼ねて、というより、魚釣りの餌みたいに、それぞれがカラフルなナイロンのスカーフを首に巻いて走っていく。着く町々で、物見高い連中がやってくるが、連中が、特に若い女の子たちが注目するのは、チリのどこにもありはしないナイロンのスカーフさ。それを隊員がどうさばいたかは隊長の知るべきことではないが。

とにかくチリの人間たちの特徴は、曽根君にいわせるとムイ・クリオソ、ムイ・シンパティコだそうで、こちらは向こうの物見高さに加えて、喉から手が出るほど欲しいものをあれ

忘れられぬ南米の旅（下も）。

これ備えつくしている日本人たちだからね。

大体、隊員四人のうち一人を除いては童貞で過ごしてきた学生たちなので、特にそのうちの一人は太平洋を渡る航海の間に、退屈のまま腕をこまねいていた駒井ドクターにいわれて包茎の手術を受けたとかで、せっかく研いだ刀を試したくてしかたがない。

こいつはサンチャゴで例の先輩に誘われるまま刀を試したらしいが、初回とて出来具合に自信が持てずにいたようだ。で、僕が「松葉くずし」なる体位を教えてやったら、それが大いに成功して、相手が、「ムイ・グランデ、ムイ・グランデ」（大きい、大きい）とわめいて泣いたとかでさ、すっかり自信をつけちまって、その御礼にと夜中に僕の部屋にシャンパンをとどけにきたりしやがった。とにかく誰にとってもあの旅の充実ぶりは、サンチャゴにしてすでに知れたものだった。

ただ旅そのものには往生したな。当時の南米の道というのはほとんど舗装なしのダート道。パン・アメリカン・ハイウェイはまだ建設中で、町の中には舗装があっても町を出れば次の町までは土の道だ。時にはそれを数百キロも走る。それにろくな指標もない。

印象的だったのは、夜どこかの町を過ぎて次に向かう道標《みちしるべ》がなく、ともかくこの道だろうと走っていったら途中に、ただ一枚看板がぶら下がっていて、「アル・スール」（南へ）とだけ記されていたね。そしてその粗末な看板の上に、まぎれもなく南十字星がかかっていた。あれはなんともいえぬ、あの手探りに近い旅を象徴するものだったな。

とにかく行くところ行くところでもてにもてた。持参していたナイロンスカーフのおかげもさることながら、サンチャゴの新聞がこのキャラバンはイシハラなる日本のエスクリトール（作家）がポケットマネーでやっているものだなどと書いたものだから、どこの町に行っても地元の新聞の記者がセニョール・イシハラはどの人かと聞いてくるのにはまいったよ。

加えてサンチャゴ逗留《とうりゅう》の間に駒井ドクターが国立病院を見学に行ったら、丁度彼の専門の胸隔切開の手術をしていた。ところが医者が下手くそで、出血が止まらず皆してあわてているがどうにもならない。そこで駒井ドクターが名乗り出て手を貸して手際よく急場を救ってやった。それがまた評判になって、日本の名医が奇跡の手術で患者の命を救ったなどと新聞に書き立てられて、行った町によっては駒井ドクターに是非見てほしいなどと引く手あまたさ。

とにかく道中、実にいろいろもてにもてたが、そのうち大金持ちにされたエスクリトール・イシハラとしては面倒になって、ある時は大して年の違わない学生の一人をイシハラにしたて、こちらは逃げて部屋でゆっくり寝ていたこともある。

とにかくスカーフの大効用で、ある町なんぞでは妙齢の奥さんがすり寄ってきて、そのスカーフをくれたら今夜あなたを家に招待したい、うちの亭主は今夜用事で他の町に出かけていて不在だから、なんぞとまでいわれたよ。

オソル州の州都オソルでは、カルメン・マリアテレサという、バクレン女と有名女帝の名前を兼ね備えた女子大学生に惚れられ、結婚を申し込まれた。

「いや、実は僕は結婚して妻も子供もいるのだ」といったら、

「じゃあ離婚しなさいよ。私の父はこの州の知事をしていて、私は遅く出来た一人娘だから溺愛されているんだ。この国では日本人は高く評価されているから、私と結婚したら間違いなくこの州の知事になれる。あなたはまだ若いから、そのうちこの国の大統領にもなれるかも知れない」とね。

いささか心は動いたが、その頃は政治家になるなんて気持ちは毛頭なかったので、潔く断って帰ってきた。本当の話だぞ。

チリにおける日本人の評価なるものは頷けたが、その一方妙な通念もあってね。ある町にあるクラブがあって、そこには素人の女たちがアルバイトでやってきていていろいろいサービスをしているという。その家の名前がカサ・デ・ハポネサ。「日本女の家」というのはどういう訳だと聞いたら、なんでも以前そこに目が細くて吊り上がった女がいてとてももてていたそうだからだと。

同じ南米のブラジルでも日本人について妙な偏見があってね。毎年行われるカーニバルのために毎年いくつか新しいカーニバルソングが作られるのだが、その一つ、僕がスクーターでの旅の後参加した時リオで聞かされた話だが、前の年流行《はや》ったある歌の文句が「日本の女のあそこは縦じゃなく横向きに裂けている」だったそうな。

カーニバルの最中遊びにいったリオのヨットクラブでメンバーの一人に真顔で、君らはセックスする時どうやってするんだと聞かれたので、こちらも真顔で、当然横向きでするんだと教えてやったがね。

あの旅で一番印象的だったのは、チリの南部のあるところで山火事が起こっていて、もう七日も燃えているという。その村の酒場に、粗末な服を着てサービスしている若い女がいて、来ている客たちに何やら際どい冗談をいわれ、あるいい年寄りなんぞは行き来する彼女の尻に露骨にさわったりしているんだ。彼女が顔をしかめながらなぜかそれに懸命に耐えているのがわかって、通訳の曽根君に訳を質させたら、彼女は村の貧しい農家の娘で最近続いて両親が死んでしまいこの店で半分奴隷みたいに飼い殺しにされているのだそうな。

曽根君と話した後、彼女が真剣な顔をして隊長の僕のところへやってきて、僕らがこの先パタゴニアを越えてアルゼンチンに向かうと聞いて、どうか自分を一緒に連れていってくれ、私はどうしてもこの村を出て違う土地に行って一人で生きていきたい、何をしてでも隊のために働くからなんとかこの惨めな私を救ってくれと、目には一杯の涙だよ。よく見たら顔は汚れているが顔立ちのいい、洗って磨けば綺麗な子だったね。

で、ついその気になって、ここは一つ、懐に入ったこの窮鳥を助けてやろうじゃないかと曽根君にいったら、とんでもない、戸籍も知れぬこんな女にパスポートがある訳もなく、どうやって国境が越えられますかと叱られて、やむなくあきらめたな。どんな野心があった訳じゃないが、あのカルメン・マリアテレサよりも心を引かれた相手だったがなあ。

その後パタゴニアのアンデスを越えてアルゼンチンに入った。ジャオジャオという夢みたいに綺麗なリゾートで一息いれ、多分世界で初めてだろう、二輪での大草原パンパ縦断にとりかかった。

これまた一日数百キロも走る難行で、地図を見るとガスステーションとポリスステーションがあると記されているから、それなら食堂くらいあるだろうと闇雲に走っていったら、警察どころかガスステーションも建物はあるが無人のスポットで、はたして僕が運転しているトラックの燃料がもつかと思ったが、果たせるかな次の村の寸前でガスが切れてしまった。村の家が見えているので、えい、これも同じ燃料だろうと、それだけは山積みしていたジョニーウォーカーをぶちこんでみたら、これが当たってトラックがなんとか村までは動いたよ。

そのせいかどうか、ブエノスアイレスの宿に着いて車をもう少し動かそうとしたら、トラックも務めを果たして息つきたのか、それきり微動だにしなくなっちまった。

憧れのカルナバルの夜

カーニバルに間に合わせるためにブエノスアイレスで隊員たちと別れリオに飛んで、憧れのカルナバルの乱痴気に身を投じた。といったって町のそこら中で大騒ぎをしているんだが、なんといっても究極の乱痴気騒ぎの、大統領主催の国立劇場でのバイレ（舞踏会）に出ないことには。これはリオ中の選ばれた者たちばかりでやるお祭り騒ぎで、入場の資格はあくまでフォーマル・ウェアか、豪華な仮装と限られている。入場料も一コント、当時の邦貨で一万円だよ。

こちらはスクーターとトラックのキャラバンで来ている身だからタキシードの用意なんぞある訳はない。そこで大使館の当時の沢木書記官、後にフィリピンやOECDの大使になった彼の奥さんの古い派手派手のお召しを借りて着こみ、女の鬘《かつら》をかぶって出かけていった。ただ女ものの白い足袋《たび》だけはなくて、しかたなし亭主の黒足袋を履いたよ。

フォーマル・ウェアの連中はそのまま入れるが、仮装の客は審査員の見守る中しつらえられた一段高い桟敷《さじき》の上を歩かされる。下で見守る金のない見物たちがそれを見上げて野次を飛ばし、いかに奇抜でも金のかかっていない仮装は途中で失格して桟敷から引き下ろされてしまう。

僕が大きな扇子を片手にしゃなりしゃなり、しなを作って歩いていったら、下にいる観客どもが、「日本の女はなんて綺麗だ！」と叫んでくれたよ。そこで僕が着物の裾をまくって、「俺は男だぞ！」と叫んだら、これまた大喝采でね。フラッシュが焚《た》かれその写真が次の日の新聞に大きく出る始末だった。僕もまだまだ若かったからな、今見ても、なかなかいい女だったぜ。

テアトル・ムニンシパルのバイレはめちゃめちゃのものでね。その時やってきていたハリウッドのグラマー女優のジェイン・マンスフィールドなんて、男どもに囲まれたちまち着ているものを剝がされて巨乳をさらけ出していた。

舞踏会は夜がふければふけるほど乱れに乱れて、中には舞台袖のカーテンにくるまって立ったままセックスしている奴もいたな。

僕は何かのはずみに近くのテーブルにいたイランの書記官という年配の男と親しくなって、そいつが僕を招いて彼等のテーブルの下で、渇いた喉をいやすアイスクリームを奢《おご》ってくれた。その後年寄りのそいつはテーブルの下で寝ちまったが、僕はテーブルに戻ってきた美人の若い女房と仲よくなってね。その女が寝てしまった亭主に愛想をつかしていて、事のはず

カルナバルの大舞踏会にて。左端の国籍不明の麗人がミスター日本（著者）。

みに次の日のカルナバル最終日の夜ヨットクラブでのバイレにデートする約束をしてしまった。その後のいきさつについては想像にまかす。何しろ名にし負うリオのカルナバルの最終夜だからね。

夜が明けてホテルに戻るべく車を出そうとしたら、前の車が出ていて、そのまま前に出ようとしたらなんと僕の車の前でセックスしている奴がいた。クラクションを鳴らしてどけようとしたら、男が起き上がって、お前がバックして出ていけときたね。

旅で知る遊びの神髄

その後コパカバーナの海岸通りを走っ

てホテルへ帰る途中、なぜだかどこかで鶏が鳴いていたな。と思ったら、僕の前を走っているコンバーチブルの車が急に止まって、乗っていた若い二人が砂浜を海に向かって走りだしたんだ。

今頃ここで一体何をするのかと見守っていたら、男は着ているタキシードのまま、イブニングドレスの女は途中で走りにくいパンプスを脱いで車に向かって投げつけると、手を取り合ったまま二人して真っ直ぐ海の中に酔いをさましに入っていってしまったよ。

僕としては、大いに頷きながらそれを眺めていた。あれは遊びの、ある極致といえたろうな。もし僕の横にさっきデートの約束をしたあのイランの女がいたら真似して二人して夏でもかなり冷たいリオの海に飛び込んでいったろうよ。

あの光景は放浪に近いキャラバンの旅のエンディングとしては最高だった。誰から聞いたこともない、読んだこともない、遊びの神髄をまざまざ見せつけられた気がしたな。

旅はつくづくいいものだよ。

第五章
自然との交わり

折節に自然について感動することのない奴などいはしまいが、日本人の感性というのはある意味じゃ摩訶《まか》不思議なもので、前述したとおり、ハンチントンはその文明論の中で世界の文明を大方四つに分類してみせたが、ただし日本の文明だけはどの範疇《はんちゅう》にも属さぬ独特特異なものだといっている。

いわれてみると確かに、我々は変わっているね。こちらはごく当たり前と思っていても外国人から眺めりゃ、なんて変わった奴等だと思うのかも知れない。

例えば虫の声だが、連中は虫の「声」とはいわず、虫が出すただの音だと思っている。外国人にとっては、虫の声は一種の雑音なんだ。昔の小学校唱歌にあったように、秋に鳴く虫の声のヴァリアントを楽しむなんてことは彼等にはないみたいだ。コオロギの声、鈴虫の声、はてはクツワ虫の声、それらが入り交じっての虫の声の作るシンフォニーの素晴らしさ。「秋の夜長を鳴き通す　ああおもしろい虫のこえ」なんていう風情は連中にはどうやら通じないみたいだ。

相手が花にしても同じようなことだね。日本人の桜好きは大変なものだが、あれほど一つの花に入れ上げる民族というのは他にあまりないんじゃないか。本居宣長《もとおりのりなが》の「敷島の大和心を人問はば　朝日に匂ふ山桜花」などという詠嘆も、日本人としてはなんとなく万民に通じる感慨だろう。もっとも山桜は、当節そこら中に咲いている、明治時代に交配改良されて出来た染井吉野なんぞと違って、花の色も白く、咲くのも葉が茂るのと一緒で全体の印象はごく地味なものだけれど。

宣長さんの歌よりも桜に関しては僕は、『平家物語』の中の最高の挿話の主人公、歌人薩《さつ》摩守忠度《まのかみただのり》の「ゆきくれて木《こ》のしたかげをやどとせば　花やこよひのあるじならまし」の方が好きだ。つまり桜の下での野宿だが、満開の桜の下で一夜を過ごす身のうそ寒さを、頭上の満開の桜がかばってもてなしてくれるという、花の擬人化などという小器用な歌の技を超えて、花の下で花に抱かれて眠る粋な陶酔をさらっと歌っていてなんとも心地いい。

虫の声や花たちはごくごく小さな自然の表象だが、相手が海とか山、川、空、果てはそれをさらにさまざま形作る雨や風、嵐ともなるとさらに変化は激しくて人間の手ではつかみきれないが、人間の意識や感性をもってすれば受け止めることは出来る。

科学の進歩は人間をいささか増長させて、自然は人智でなんとかコントロールできるなどという驕《おご》りを培ったが、どっこいそうはいかない。近代に入ってからもあちこちで起こった大災害は、人間の驕りをいましめるだけではなしに人間の歴史さえ変えてきたんだ。

かつて繁栄を誇ったポルトガルを凋落《ちょうらく》に導いたのも首都リスボンを襲った大地震だし、今回の東日本の未曽有《みぞう》の地震と津波による大災害も世界を震撼《しんかん》させ、日本の命運を変えるかも知れない。これをきっかけに、アメリカのいいなりにただただ経済の繁栄ばかりを追いかけ自堕落に堕《お》ちてきたこの国が、互いに我欲を捨てて国民相互の連帯を取り直し、国家民族としての自主性を取り戻し、周りから尊敬もされ恐れられもする国家民族として再生していけば、多くの犠牲者も浮かばれるというものだろうが。

かつて世の啓蒙《けいもう》主義者や合理主義者は古い時代の人間たちのように自然を畏れ平伏《ひれふ》すだけじゃなしに、理性の力で自然をも支配することでより幸せになれるなどと説いてきたが、そんな驕りはとても通用するものじゃない。カントがいっていたように人間の理性なんて限界があって、どうやっても自然に太刀打ちできるものじゃありはしない。ということを、何かをきっかけに体得した人間は、人間として強い芯を持つことが出来るはずだ。

しかしそうはいっても、文明の便宜の中でのほほんと暮らしている者にはそんな体験は滅多にあるものじゃない。かくいう僕は子供の頃からたしなんでいるヨットのおかげで、今まで大小さまざまそんな目に遭ってはきた。いい換えると、不可抗力なものを前にしての人間の姿勢の会得、ということかな。

寒冷前線というやつは自然の絶対的な力の表示表象だ

例えば海の上でよく出会う寒冷前線だ。

陸の上では夕立として出会うが、吹き曝《さら》しの海の上ではとてもそんなことじゃすみはしない。小さな船で漁をしている漁師たちはこれを「カンダチ」（神立ち）と呼ぶが、帆を張るだけで走っているヨットの上にいるとその実感は如実だよ。

当節あまりいない一癖、いや二癖、三癖もある政治家たちが集まって作り、かつて一世を風靡《ふうび》した青嵐《せいらん》会の名も僕がそれから取って付けたんだ。何とか革新会とか何とか連盟とかありきたりの名前が持ち出されていたがどれも陳腐でね。政治家の作る会なんぞどうせ長持ちしやしないんだから、当面、金権政治打破で作った会だ、それを終えたらだらだら続けるものじゃあるまい。夏の夕立みたいにひと仕事終えて世の中が一瞬でも爽やかになったらそれでいいんだから、夏の嵐のように過ぎて仕事を果たして終わればいいんだと僕が説いて、言葉には鈍感な政治家の多い中で、ミッチーこと渡辺美智雄が、「これしかないな」と同意して決まったものだった。

後々、田中角栄が一方的に決めてしまった典型的な片務条約の日中航空協定に最後まで反対し、角さんが相手に二週間で上げると約束した条約を二月半にわたって抵抗しつづけた我々のことを、他ならぬ相手側の代表周恩来が、「彼等こそ昔ながらの日本人だ」と褒めた時、「時にあの青嵐という名前を誰が考えたのかな。あれは中国語の中でも最も美しいイメージの言葉の一つだ」といったそうな。彼からじかにそう聞かされた永野重雄さんが僕に伝えてくれたよ。

夏に限らず寒冷前線というやつは一瞬にして世界を変えてしまう。あれは条理不条理を超えた自然の絶対的な力の表示表象だと思うね。とにかく有無をいわさずに、抵抗の余地なく、一瞬にして世界を一変させてしまうんだから。

海の上で出会った寒冷前線。一番右が著者。

昔々、僕がまだ高校生の頃の真夏、逗子の海岸間近にあった家で昼寝して起きて海を眺め直したら、海水浴客で賑《にぎ》わう逗子湾に弟の乗っているヨットが見えた。沖から戻って家の下の岸辺に船を舫《もや》って僕と交代するつもりでいたんだろうが、ふと見渡すと、対岸の披露山《ひろやま》の上に北から襲ってくる寒冷前線の真っ黒な一線の雲が見えた。

隣の鎌倉海岸はすでに嵐に曝されているのだろうが、わずか一、二キロ手前の逗子の海岸はそれも知らずにさんざめいている。

そのうち嵐の雲は小高い山を駆け降りて海岸の北端を襲い、突然の冷気に身震いして嵐に気づいた海水浴客たちの悲鳴が伝わってきた。弟はと思って見守ったら、嵐に気づいた弟はさすがで、岸の浅場でいち早くハリヤードを解いてセイルを下ろし自分は船から飛び下りてアンカーを打ち、船を風に向かって立てて突然の強風を凌《しの》いでいた。

見下ろす逗子の海岸は冷たい風に吹き曝され、大気の温度は一瞬にして十度も下がって人々は身震いしていたよ。

というように、人間は自然に絶対に太刀打ちできはしない、ということを何か身にしみて体得できた奴は、ある意味で選ばれた者ともいえるだろうな。

それを知りつつ敢《あ》えてまた自然に挑もうという輩《やから》もいる。危険な登山や冒険旅行、航海、といってもたった一人で世界一周したりするセイラーだが、こうした連中は僕から見ても自然に魅せられた一種の狂気で、やはり選びに選ばれた者ということかな。この前いい年をして最年長のエベレスト登頂の記録を作るんだと出かけた三浦雄一郎もその一人だよ。その後すぐ一つ年上のネパール人に記録を破られたので、それを凌ぎに八十歳を前にまた出かける準備をし、のちに八十歳で登頂に成功した。

彼がエベレストのサウスコルからその下の大雪渓、というより氷の大斜面をパラシュートをつけて滑降する冒険旅行の総隊長として僕も出かけたことがあるが、同行していった石原プロの名カメラマン金宇満司《かなうみつじ》が撮ったフィルムでは、なんのことはない、高さ八千メートルのサウスコルまで行って滑り出したらあっという間に氷の波に足をとられて転倒し、開かぬままのパラシュートを引きずって切りなく斜面を落ちていった。

そりゃそうだ、下から見れば雪の続く大雪渓と見えるが実際はかちかちの青氷が、ぎざぎざにうねって続く斜面なんだ。イタリアで開催されたキロメーターランセ（スピードスキー）で優勝したこともある三浦にしても、とても敵《かな》うものじゃない。

その途中で足から離れた片方のスキー板が、跳ね上がりながらひとりでに滑って消えていった。彼自身もあのまま落ちに落ちて最後は千メートルの斜面を落ちきり、その先の三千メートルの断崖を真下のクーム氷河まで墜落していくのかと思ったら、途中の一つだけ出っ張っていた岩にぶつかって跳ね上がり、その真下に溜まっていた新雪の中に突き刺さって奇跡的に止まった。そしてその後すぐに、俺は生きているぞその合図に、ストックを上げてみせたよ。

後で、「ああやって落ちていく時、何を考えた」と聞いたら、「いやもうただ、夢だ、これは必ず夢なんだ」と思っていたと答えたものだったがね。

三浦にしろ、冬のマッキンレーで登頂の後、恐らく強風に吹き飛ばされて行方不明となった無類の冒険家植村直己《なおみ》にせよ、一度自然に翻弄されることで一種の呪いをかけられてしまった男にとって自然は猛々《たけだけ》しいほど、人生の揺籠《ゆりかご》みたいになってしまうんだろうな。

彼等の内面で自然がどんな言葉で彼等を呼び寄せているかを知りたいと思うが。

いつか仲間だけでやっていたクラブで彼と話していたら、

「僕はこんな都会に長くいるとなぜか段々不安になってくるんです」

といっていた。

「どうして」

と聞いたら、

「いや、とにかく落ち着かず、段々、怖いというのじゃなしに、とにかく不安になってくるんですよ。だから僕から見ると一年中こんな町で仕事し、頑張っている人間は、勇気がある、強い人間だと思います」

皮肉じゃなしにいっていた。

僕らから見ると植村とか三浦といった連中は自然にまみえすぎて異常をきたした人間たちにも見えるが、それこそが人間の素地なのかも知れないな。

いつか三浦がまだ湘南の鵠沼《くげぬま》に住んでいた頃、彼の家に行ったら彼が庭に据えたトランポリンの上で、短パン一枚で腰に重しをつけ、スキー靴を履いてスキーを履き先の槍《やり》をとったストックをついて、汗だくでぴょんぴょん跳び上がっているのを見たが、なるほどと思ったね。

ちなみに、彼は再度のエベレスト挑戦のために今から備えて、足に二キロの重しをつけて歩いているそうだが、僕もそれを真似して一キロの重しをつけているが。

そんな彼だから、かつての僕の組織の後継者として自ら名乗り出て参議院の全国区に挑戦した時、今までの生活と違う生活サイクルに耐えられず途中でノイローゼになってしまって立候補を中止してしまったよ。その最中、長野市で演説会の予定があって、予定の会場の具合を確かめに出かけていったら市民会館の前の広場の石畳に登山の時のビバーク用のツェルトを張って昼間から寝ている奴がいる。

「誰だこれは、とんでもない奴がいるな」

といったらその声を聞いて中から三浦候補者が出てきたのには驚いた。

訳を質《ただ》したら、

「いやあ、こんなふうにしてないと体がもたなくてねえ」

なるほどとは思ったが、結局その頃から生活のリズムが狂って、途中で撤退してしまった。ついでだがこの出来事には余談があってね。彼が立候補を中止したと聞いて細川護熙《もりひろ》が彼の代わりに自分を出してくれと名乗り出たんだ。そしてその男がもののはずみで総理にまでなって、結局小汚い金の問題であっという間に消えてしまった。いやはや、自然愛好者のノイローゼも罪作りなものだったよ。

自然と遠い都会の生活はいかにも不思議なものなんだ

しかしまあ、彼の体質については僕にもよくわかる、というより俺にも同じものが少しはあるなという気がするな。この僕も、海に出るとつくづくほっとするんだ。言葉の綾《あや》じゃないが、自然と遠い都会の生活はいかにも不自然なものなんだよ。だからある種の人間たちは、自然にまみえていないと肉体も精神もバランスを失い質的に衰弱してくる。自然の中に在れば率直にいえたり出来たりすることが、都会だとスムーズに出来はしない。

率直といえば植村ほど率直な人間も見たことがないな。彼が犬橇《いぬぞり》を使ってグリーンランドの単独横断を世界で初めてやってのけた時、連れていった犬の何頭かがいなくなっていて、動物愛護協会か何かの連中がその犬をどうしたんだ、まさか食べたのじゃなかろうなといい出して彼への非難が始まろうとしたので、親しい仲間たちが彼の冒険家としての比類ない業績の評価を盾に彼を弁護というか、皆でかばおうとしたことがあった。

で彼から犬の実情についての話を聞いたら、彼が全くあっけらかんと、「いなくなった犬は当然食べたんですよ」、といい切って皆啞然《あぜん》とさせられたものだった。

途中で白熊に襲われて持参していった食料を奪われ、足りなくなった分は犬を殺して、皆して、といっても彼以外は橇《そり》を引いている犬たちだが、犬たちと彼等の仲間を殺して食べて命を繋《つな》いだそうな。

「それもね、出来の悪い、橇を引くのにサボって仲間に迷惑な犬の順に殺していきましたよ。犬たちもそれをよく理解して、文句もいわず僕を怖がりもしませんでしたね。ああいうところにいれば、犬も人間も、生きるためには同じことを考えるんでしょうね」

いわれて、東京という大都会でノホホンと暮らしている僕たちには、どこかで応える言葉だったな。多分、都会でペットとして飼われて、中には犬のくせに着物まで着せてもらって飼い主に抱かれている犬たちにとっても耳の痛い話じゃなかろうか。

自然との交わりは不条理の条理の体得だ

とにかく人間の意思の通じぬ自然と向かい合ってしごかれるという体験は、男たちになまじの教育やスポーツでのしごきなんぞを超えた、人生の芯の芯に据えるべき何かを直截《ちょくせつ》に教えてくれる、というより植えつけてくれるんだ。

僕は子供の頃からやってきたヨッティングを通じてそれをさんざん味わわされてきた。あとわずか二マイルのレグをこなせば風は追手に近く変わり、一路目的地を目指すことが出来るのにそれを執拗《しつよう》に阻む、強い逆風と逆潮の逆巻く海峡。長い航海の途中に、突然発生し最悪の進路をとって行く手を塞ぐ季節はずれの台風。精神まで蒸し殺されそうな炎天下の長い長い凪《なぎ》。砂漠で渇いた者が喘《あえ》いでオアシスを探すように、広い海を見渡し風の気配を探してさまよう真夏の凪の中でのレース。あるいは方向を失わさせてしまう、濃い霧。しかし僕は海での霧は好きだな。不思議に霧はいつも微《かす》かな風はもたらしてくれる。その風に乗って混沌《こんとん》とした静寂の中をゆるやかに走っていると、自分がなぜかこれから生まれていく赤ん坊に還《かえ》ったような気がするんだ。

そして、船を押し包み有無もいわせず周囲に電光を走らせる雷雲。辺りに立ちこめる雷の気配を感じて逆立つ髪の毛と、今は何かの予感に狂ってしまい、いずこをも指さず一人くるくると回りつづけるコンパス。

そこでは人間は誰だろうと何もかもを捨てて、素にならなければならず、ならざるを得ない。そうなることで誰しもが、人間なんぞこんなものでしかないのだと気づき悟らされる。それは人間の原点への回帰ともいえる。一切の感情を伴わぬ、生きていながら死を、予感じゃなしにまさに知覚している瞬間だ。いわば不条理の条理の体得だな。俺は何ほどのものでもありはしないという、ある意味じゃ強烈ともいえる放心の中での存在の現実感覚というやつだ。

そしてそれから生還、蘇生した時のしみじみした充足感は何をもってしてもあがなえるものじゃない。

僕はふと思うんだが、あのしたたか無類の冒険家の植村直己が、秒速百メートルをも超すといわれる真冬のマッキンレーの尾根で、しがみついている山からついに体を引き剝がされ、強風に吹き飛ばされ奈落の底に向かって飛んでいく時に感じていた感慨は、やっぱり、自然に溶けきった人間の、無我の放心感、いやむしろ究極の快感だったのじゃなかろうかと。

地上六千メートルの尾根から強風に吹き飛ばされて何千メートルの奈落に落ちていく時、植村も三浦と同じように、夢だ、これは夢だと思ってたに違いないな。

第六章

食の味わい

食事というのは人生に欠かせぬものだけれど、案外気にせずに過ごしている奴が多い。貧しくても貧しいなりに食への凝り方もあるんだが、僕なんぞ大学の寮にいた頃家も親父が急死してあっという間に傾いて、一方、弟は家の金を勝手に引き出して高校生の癖に道楽していたが、長男の僕はそうもいかず、寮の飯が表象するように日々の生活は粗末なものだった。

それでも寮生は、時々家からの仕送りの物なんぞを工夫して、それぞれの部屋で自炊の手料理を作ったりしていたが、あれはあれでまた楽しく美味でもあったな。

僕の親友の中には、寮の食堂や部屋の辺りを徘徊《はいかい》している獰猛《どうもう》な野良猫をつかまえて猫鍋にし食べちまった奴もいた。そいつの部屋が妙にもりあがっていたのでバイトから帰って覗

いてみたら、

「お前惜しかったなあ、あの猫野郎をたった今食い終わったところだ。スープならまだ残っているからどうだ」

といわれて鍋を見たらぎとぎとした猫の脂が浮いていて、見ただけで喉がつかえそうだった。あの時だけは、仲間内の宴会に遅れてきてよかったとしみじみ思ったよ。

その後の日本は高度成長の結果、裕福、贅沢な国になりおおせたが、味覚には優れた日本人ゆえそこいら中に美味《うま》い物は氾濫している。先年日本でのワールドカップでイギリスチームの応援にやってきたフーリガンの連中が、彼等は向こうではそうハイクラスの人間ではないから、金を惜しんで東京の場末の安宿に泊まり、宿の飯や近くの簡易食堂のメニューをこなしながら逗留《とうりゅう》していたが、後でイギリス大使から聞かされたけど、どこへ行っても東京の飯が美味いのには驚いたといっていたそうな。こちらはイギリスへ行くと飯のまずいのに驚かされるが。イギリス人の舌は牛の舌と昔からいうからね。

日本人は得てして鮨屋で通ぶりたがる

当節、日本食は世界で流行しているが、向こうで食べさせられる鮨《すし》はどうもいただけない。

人種偏見じゃないが、毛むくじゃらの白人や手の平だけは白い黒人が薄いゴム手袋をして握ってくれる鮨はどうにもぞっとしないな。

食通をもって自任していたらしい池波正太郎が彼の本の中で鮨についていっているが、日本人は得てして鮨屋で通ぶりたがるもので、そういう奴ほど職人には馬鹿にされると。逆にボラレたりするかも知れない。

その逆の面白い話をしてくれた奴がいたよ。

僕が最初の大臣をしていた時の政務次官が、若い者はもう知るまいが講談の希代の名手一龍齋貞鳳《いちりゆうさいていほう》で、彼は講談に限らず話術の名人だった。あの口の悪い立川談志も絶賛していたほどだ。その彼が赤坂辺りの、一見客《いちげんきやく》をぼったくる鮨屋でいかに安く上げるかを実演してくれてね。

店が混んでいない頃一人で入っていき、カウンターに座ってまずなんとなく深く溜め息をついてみせる。板前はそれを見て何か訳ありの客だなと思う。そしてまず、

「すみません、お酒を一本つけて、コップで下さい」

で、出された酒を一息で半分くらい飲んで、ふと気づいたように、

「ああ板さん、飲んでも飲まなくてもあなたもつき合うつもりで、一本つけて横へ置いといて下さいよ」とね。

いわれて板前は悪い気はしないだろう。

その後収められている種を見回して、

「これは何ですか」

「それはヒラメですよ」

「ああ、じゃこれを一つ」

てなことで一つ一つ目の前の種が何かを聞いて確かめて握らせる。結果の勘定は、その頃女連れで酔っ払って入ってくる客野郎に一部回されて格安となる、そうな。

それまでして安く上げようとも思わないが、これが貞鳳の名調子で語られると実に信憑性《しんぴようせい》があったな。

もっとも、鮨屋に限らずカウンターに座って目の前の板前に酒を勧めるのは実は好ましいものじゃない。いつかどこかの小料理屋で板前に酒を勧めたら、隣の相客に、板前に仕事の最中酒を勧めたりするなと叱られたことがある。料理人が仕事しながら酒を飲んだりすると味付けが狂うじゃないかと。これは実にもっともな忠告だった。

ついでにいうが、よく板前を「大将」と呼ぶ者がいるがあれはどうもなじめないな。持ち上げているつもりだろうがどこか本当の敬意は感じられない。僕はある人に倣《なら》って違う呼び方をすることにしている。倣ったのは、詩人の谷川俊太郎のお父さん、法政大学の学長も務めた哲学者の谷川徹三さんで、谷川さんは板前に限らずいい職人を「親方」と呼んでいた。あれは相手の手の技への敬意をこめた耳触りのいい呼び方じゃないか。

昔は鮨屋の種の数なんて限られていて、今みたいに品数も豊かじゃなくごく貧相なものだった。

しかし昭和三十年代の半ば頃、僕がターキーことかつての人気者水の江滝子に紹介されていった「喜楽」という鮨屋は飛んでいた。あらかじめ下ろした種の他に水槽に飼ってある魚が変わっていたね。コチ、キス、ヒラメなどなど。当時ヒラメを握って出す店なんぞ他になかったからな。ましてコチやキスなんぞは今でも珍しい。それにそのキスやコチの小さな肝を取り出してレモンをかけて食べさせてくれた。これがとろりとした美味で、贅沢なものだったな。

いつか先輩作家で、ある意味では僕の恩人の伊藤整《せい》さんと評論家でその弟子の奥野健男、そしてイタリア人で日本文学にくわしいヴィレルモという男と、彼の帰国の歓送でその鮨屋に行った時、日本通、鮨通ぶっていたヴィレルモに店の親方が目の前でさばいたコチの肝を黙って出したら彼が仰天絶句してね。伊藤さんが、

「石原君、あまりいじめちゃ駄目だよ」

いったので横から僕がさらって食べちまったが。

何事についてもうるさい小林秀雄をそこに紹介したのは僕だ。小林さんたちがよく行く銀座の鮨屋なるものがあって、鎌倉の終電族たちの中では評判だったので行ってみたらなんてことのない平凡な店だった。いつか一緒になった横須賀線の終電で鮨が話題になったので、僕が小林さんたちが常連の鮨屋をこきおろして「喜楽」を勧めたら、小林さんが常連の連れの今日出海《こんひでみ》さんに、

「ならコンちゃん、行ってみてやろうじゃねえか」いったので、

「あそこがまずけりゃ後で僕の奢《おご》りにしときますよ」偉そうにいったものだ。

その後暫《しばら》くしてまた終電で一緒になった時、

「どうでした『喜楽』の鮨は」いったら、

「ああ、なかなかいけたよ」

「でしょう。あそこに比べたら他の鮨屋は幼稚なものでしょうが」

居丈高にいったら、小林さんがむかっときたのか、

「お前ね、『喜楽』の鮨は鮨じゃねえんだよ。あれはな、『喜楽』という料理だ。鮨というのはな、もっと下品なものなんだ。いいかい、鎌倉の駅裏に鮨屋が一軒あるだろ、あれが鮨屋だ。種も少なくって、夜遅く行きゃガラスのケースの中に蠅《はえ》が一匹入ってやがる。あれが鮨

ってえもんだ」
負け惜しみでいうから、
「なるほど、それが小林秀雄の美学ですか」いったら、
「馬鹿野郎」と一喝されちまった。

鮨屋で煙草を吸うのは田舎者だ

鮨に関して何が嫌だ、というより許せないのは鮨屋で煙草を吸う奴だ。またそれを許す店も気が知れない。以前あるかなりの鮨屋に、ミシュランの星がついたとかいう。いっておくがミシュランなどという外人どもがこの日本様にやってきて、日本様の料理に点数つけるのを有り難がる馬鹿がいるがいい加減にしろといいたいよ。ならばこの日本から日本人の食通がフランス様まで出向いていって、向こうのフランス料理に点数をつけてフランス人がそれを有り難がると思うかね。

その鮨屋に行ったら先客が、それも二組も鮨を食いながら煙草を吸っていた。
そのうちの片方は若い女だ。それが鮨を食べながら携帯電話で大声で、それも中国語で何やらべらべら喋《しゃべ》ってる。最初のうちは我慢していたが、一度吸い終わった煙草をまた吸いだ

したのでたまりかね、

「おい君ら、鮨屋で煙草なんか吸うなよ」

いったら男たちの方の組は、

「すみません」とあやまってすぐに消したが、女の方が、

「いいじゃない、どこにも禁煙と書いていないわよ」

いったので、

「鮨屋で煙草を吸うお前さんは、よほどの田舎者だな」

いったら煙草を吸ってない連れの男の方がたしなめて止《や》めさせたが、女はふてくされた顔だった。後で聞いたら男は結構有名な作家だったそうな。

ああいうのを見ると、やはり女の方が男よりも味に関しても鈍感、つまり女の板前や優れた料理人があまりいない訳がよくわかるよ。それだけじゃなしに、女のグルメも滅多にいないからな。

ついでにいうと、食事に関するマナーの中でけしからぬとはいわないが、なんとも珍奇なものに、多分日本人だけだろうが、洋食を食べる時パンの代わりに出る米の飯を、フォークで口にする時わざわざフォークを逆さにしてその上に載っけて食う奴がいるが、あれは一体誰が考え出したものかね。外国人とて時には、特に日本ではフォークで米をということもあ

るだろうけれど、わざわざあんな曲芸に近いことをして食う奴はいない。

あれが洋食のマナーだと勘違いして、真似する者がいたら可哀そうだから、誰かがどこかのテレビででもたしなめておいた方がお互いに幸せだ。


どんな料理でもその国の酒をかけると美味くなる

僕の先輩で、カップドリンクの自動販売機で日本一のシェアを持つ会社「アペックス」を作った森一《もりはじめ》さんという人物はまぎれもないグルメで、もう四十年も前、有楽町に「アピシウス」という当時としては贅沢極まりないレストランを作った。

「そんなものとても儲かりませんよ」僕がいったら、

「いいえ、儲からなくても全然かまいません。僕の道楽ですし、まあ世の啓蒙のつもりですから」といったものだった。

そもそも店の名前の「アピシウス」という聞き慣れぬ言葉は、実はかつてのローマの大グルメの貴族の名前で、大金持ちの彼は食に関しては金に糸目をつけずに贅沢三昧を重ねていたが、五十を過ぎてのある時、自分の残った財産を確かめ直したら、このまま食事の道楽を続けているとあと五年で全財産を食いつぶしてしまうことになると知り、悲観して自殺してしまった男だそうな。

その名にあやかって開いた贅沢なレストランだったが、いつだったか彼が思い立って、フランスから当時パリのシェフとしては並び立たぬ二人の横綱アラン・シャペルとジョエル・ロブションを呼び寄せ、なんと一週間、二人一緒に仕事をさせ、全ての料理にトリュフを使ったメニューで、自家製のパンの中にまでトリュフを丸ごと入れて、自分の好きな仲間だけをただで招待したものだった。

大道楽といえば大道楽、啓蒙といえば啓蒙だが、その間二人のうちのどちらだったかが日本独特の料理の一つ牡蠣《かき》フライを見つけて感心し、その後彼の店のメニューとして出すようになったそうな。これとて日本発の大した啓蒙といえるじゃないか。

これは僕からの啓蒙の一つ。

どんな料理でもその国独特の酒をちょっとかけると抜群に美味くなるものだ。日本料理なら日本酒、フランス料理ならフランスのワイン、イタリアンならイタリアのワイン。中国料理なら老酒《ラオチユウ》やマオタイ酒。デザートにもそうだ。ケーキやアイスクリームもワインや他のスピリッツをかけるとまた別の味になる。和菓子にしたってそうだ。日本酒をかけると摩訶《まか》不思議な美味ともなる。これを森さんに建言したら、「いや、全く同感」と褒められたよ。

森一氏（右）と豪華ヨットのうえで極上のフランス料理と極上のワインを味わう。

飯は早く食べた方が美味い

その森さん所有の二百フィートの小型汽船で滅多に行けぬ南の島々、絶海のヘレン大環礁や珊瑚《さんご》海の大砂州《おおさす》オスプレイ・リーフ等々、はるばるダイビングに出かけたものだが、シェフつきの汽船で贅沢三昧の食事をしている時、森さんが早飯の僕に向かって、

「あなたは随分ゆっくり食べますねえ、そんなにゆっくり食べて飯が美味いですかね」

いわれてさすがと思ったね。

そういわれりゃ森さんは、がつがつとは見えないが、食事が確かに僕より格段に早いんだな。異論があるかも知れないが、僕も飯は早く食べた方が美味い気がする。世間ではよく嚙んでと

いわれるが、ゆっくり噛んで食うのはどうも苦手でね、森さんにそういわれて僕は解脱《げだつ》したよ。

森さんは冬のシーズンになると自分の食材用の牧農場がある北海道の北見に鉄砲の猟に出かけていたが、僕も時折同道したもんだ。いつか東京じゃ有名な「京味《きょうあじ》」のオーナー兼料理人の西健一郎さんがついてきて、森さんにいわれて取れ立ての鮭の滅多に使われないある部分がとりわけ美味なのに気づき、牧場の管理人に頼んで東京の店に送ってもらうことになった。

その後のある夜彼の店に行ったら、同じカウンターに並んで座っていた見知らぬ客が出されたそれを口にして目を丸くし、

「これはなんともおいしいなあ、一体何ですか」

と尋ね、答えを聞いて是非是非もう一つと懇願し、目を細め舌鼓を打って食べているのを横で見ていていい気分だったな。わかる奴にはわかるんだなという共感は、また別口の食での味わいといえるからね。

ちなみに森さんという人は人生のグルメともいうべき人でね。前に拙著『オンリー・イエスタディ』にも書いたが、今は亡き開高健に川釣りを教えたり、鉄砲は名人、宝石の鑑定収

集家でもあり、ピアノを弾かせたらベートーベンに関しては玄人はだしという多彩極まりない人物だった。魚、植物の分類では専門家以上だった。

ちなみに彼とあちこち一緒に旅していて道ばたの草木についていろいろ教わったが、中でも凄く印象的だったのは、森さんの得意の分野の茸についてでね。北見に猟で行った時なんぞ山の森の中で珍しい茸を見つけて手にして、宿に近い子分の家で指図して茸料理を作らせるんだが、これがまた野趣に富みながら、実に美味い。

ある時ある茸を食べさせられて、この茸がこれですよと茸の図鑑を見せられたら、なんとその名が「地獄の使い」という。

「これは典型的な毒茸《どくきのこ》です」

といわれ愕然としたが、

「いや実はこれに似ているが、食べたのはこっちの方」

と別の茸を見せられた。素人にはとてもわからぬ互いによく似た茸だった。

「でね、この毒茸の素晴らしさは、食べても死にはしないが、とんでもなく苦しい思いをさせられるんです。誰か悪い奴がいたら、こっちの食べられる方の茸の写真を添えて送ってやったら素晴らしい復讐が出来ますよ。これ、推理小説のネタに使えませんかね」

「これを食ったら、どんなふうに苦しむんですか」

「まず、すぐには苦しまない。一、二日すると突然手足の指の先に痛みが起こって、爪の間を針で刺すような痛みがくる。それはどんな薬を飲んでも治らない。それが二ヶ月くらい続いてようやく治まるんですな。誰か食べさせたい相手はいませんかね」

悪戯《いたずら》っぽくいわれて僕も本気で考えたね。

無駄こそ人生の栄養剤だ

その森さんの息子たちは皆優秀なんだが、優秀すぎて三番目の息子が大学在学中に公認会計士の資格をとってしまい、研修の後会社に乗り込んできて親父のあまりに過ぎる道楽に会計のプロとして、兄たちと計ってブレーキをかけてしまったんだ。

以後レストランは残したが、肝心の汽船も陸揚げされてしまい、他は唯一社長室の横に二台並べて置いたグランドピアノとコンピューターで、自分ではかなわぬピアノの理想の演奏を作り上げる道楽だけにしちまった。ちなみにその作品は、先の愛知での万博でただで提供されたものだが。

道楽を封じられたせいかどうか、ある病気で念のために入院中の彼は、病院の不手際で余病を併発しあっけなく死んでしまった。亡くなる直前見舞いにいった僕に、人生の大グルメが慨嘆していった言葉が今でも耳に残っているよ。

「無駄のわからぬ人間は、つまりませんねえ」と。

同感だ。かくいう僕も随分いろいろ無駄を重ねてきたからな。無駄こそ人生の絶対の栄養剤と思うがね。

第七章
海の底

この頃、馬鹿高い金を払って宇宙船に乗り込み宙空から地球を眺める旅が企画され、酔狂な金持ちたちが申し込んできているそうな。

その好奇心はわかるが、実際に宇宙に行って地球を眺め直しても、ニュースなんぞで見る映像と大差ないと思うがね。眺めてみれば地球が思いがけない速度でぐるぐる回っているのを悟っても、気の利いたジェットコースターへの搭乗の方が身に応えるスリルだろうに。

人間誰しもまだ行ったことのないところへ行ってみたいと思うのは当然だが、その好奇心が高じてとんでもないところ、いい換えれば位相《いそう》の異なる世界に身を置きたいと思うなら、一番安上がりで、一番興味津々なのは海の底へ潜ることだよ。

ダイビングで人生観、物事の眺め方が広がった

前述したとおり僕は人生の節目節目に新しいスポーツを手がけることにしてきた。四十になった時思いついてダイビングを始めたが、これは大当たりだったな。大袈裟《おおげさ》じゃなしに人生観が変わったよ。変わったというより、物事の眺め方が広がったというか、人間の存在なるものの不思議さの鍵の一つを体得できたね。これは物書きにとっては有り難いことだ。

ひと頃若い女の子に一番人気のスポーツはスクーバダイビングだったそうだが、割とお金がかかるので最近は人気落ちだそうだ。いずれにせよ座学に時間と金がかかるのは馬鹿らしい。人気があるとなると関係者はやたらに手間隙《てまひま》かけさせて金を絞り取ることを考えるが、ダイビングの座学ほどくだらないものはない。

あれは潜水用のプールでの理屈にすぎず、いったん外海で潜るようになったらあんな小理屈を構えている暇も必要もない。僕が一時ダイビングに夢中になって専用のダイビングボートまで作って潜っていた頃、ヨットのクルーたちにも行く先の島の泊地《はくち》で潜水を教えたが、全員十分たらずでマスターできた。潜水のための耳抜きは別の問題だが、これはその人間の

体質もあるし、中耳炎の痕跡のあるような者はハンディキャップになるが。

僕の子供たちなんぞ沖縄の石垣島に行った時、三十年前の石垣の珊瑚礁《さんごしょう》というのは無類に美しかったので、素潜りであきたらずまず背の立つ浅い磯でタンクを背負わせ耳抜きに慣れさせたら、もうすぐに十、二十メートルの深みに入っていけた。

二度目の潜りの時には慣れきってしまって、てんでに珍しいものの方へ行っちまって群れの親としては水中で子供たちを間近に集めて進むのに苦労したもんだ。


ということで僕はお節介に、海の好きな友達にはダイビングの面白さ簡単さを説いて勧めることにしているが、いつかパワーボートでの釣りに夢中な海好きの北方謙三に、折角立派な船を持っているんだからダイビングをしたらどうだといったら、ダイビングは僕には絶対に無理、というより駄目ですという。

訳を質《ただ》したら彼は学生の頃学園紛争に巻き込まれ、違うセクトの連中が汚い手立てで仲間を拉致したのに抗議しにいったらそのまままつかまってロッカーの中に閉じこめられ、丸一日放っておかれたのだそうな。以来その経験のトラウマで閉所恐怖症になってしまい、深い水に潜るというのはとても出来まいということだった。

残念だね。ハードボイルドの作家にも思わぬ弱点があるものだと覚《さと》らされたが、あの時代に大流行《おおはや》りした不毛の学園紛争は思いがけぬ傷を思いがけぬ人物にのこしたものだと思ったな。彼がダイビングをこなしていたら彼の文学に未到の領域を開いたろうに。

海面に出る瞬間、ありたけの声で叫ぶ

ギアをつけての潜水で一番大切なことは水面に出る瞬間のことだ。極端にいえば、どんなに深いところから急いで上がってきても、水面に出る寸前一メートルのところで一度息を吐ききってそのまま上がったらいい。それだけだよ。

そんなことをいうと、世の中の潜水を教えて食っている連中は嫌な顔をするだろうが、とにかく秘訣《ひけつ》はそれだけ。

証拠がある。昔の潜水艇なるものはせいぜい四、五十メートルしか潜れず、そこまで行くとよく故障して動けなくなったりしたものだ。そこで全員脱出となるが、その際一人一人が脱出用の部屋に海水を入れて飛び出し、夢中で水面に向けて駆け上がる。それを「吹き上がり」といったが、その所以《ゆえん》は、海面に出る瞬間、ありたけの声で叫ぶ。つまり、叫ぶことで胸の中に残っている空気を全部吐き出すんだ。

胸の中に残っているわずかな空気でも水面に出た瞬間に極端に膨張して胸が破けてしまう。この物理現象を座学と称してプロは金をとってくどくど教えるのだが、要は潜水艇の乗組員が教官からただで教わっていた簡単なマニュアルでしかない。

昔、僕の逗子の家には飛び込みの出来る背の立たぬプールがあってね、そこでも頼まれていろんな奴に教えてやったが、一番効果的な講義は、二メートル近いプールの底で膨らませた風船をそのまま水面に上げると簡単にボンと音を立てて破裂する。人間の胸も風船と同じことだと教えれば、誰もぞっとして直截《ちょくせつ》に納得できる。

ついでにいうと、それが間に合わず途中で息を吐きつくしそれでも水面にとどかずに途中で気を失ってしまうのをブラックアウトというが、これは潜り自慢の奴に多い。

昔、何かの映画で、潜水の名人のジャック・マイヨールとその相手の誰だったか、潜水の時の息の長さを競い合ってホテルのプールの底で向かい合いどちらが先に水面に顔を出してしまうかを競争するシーンがあったが、結局、両方とも浅いプールの底でブラックアウトしてしまう。プロならではの馬鹿げた話だが、タンクを背負ってのダイビングでも、水中で欲が出るとそんな目に遭いかねないが。

僕も一度ある海で魚をとり漁《あさ》って三度目にうっかり五十メートル近くまで降りていて、岩の間に追い込んだ魚をなんとか仕留めたのはいいが上がる途中でエア切れになり、少し上で眺めていた仲間のレギュレイターから空気を借りて上がりかけたらそいつのエアも切れてしまった。その後すぐ上に見えている十メートルほどの水面まで胸に空気のないまま駆け上がってきたが、あの十メートルの長く遠かったこと。

水に包まれることの安息感は胎内感覚なんだ

昔は日本でも水中での猟は今ほどうるさくなくてスピアガンを使って魚とりをしたものだが、日本の海でも外国の海でも魚は同じ魚で、その魚の狩りをしていると魚の習性を通じいろいろなことがわかってきて実に面白い。

まず感得されることは人間も元は水棲《すいせい》動物だったということだよ。

人間を含めて哺乳類は母親の胎内で羊水に浸かって育まれ誕生するが、ダイビングに慣れてくると水に包まれていることの安息感がしみじみ感じられるんだ。あれは地上ではどこにいてもあり得ない、なんともいえぬ、いわば本卦帰《ほんけがえ》りの胎内感覚なんだ。つまり同じ生き物としての存在の系譜の実感だよ。

だからさらに慣れてくると、魚が何を感じているかが伝わってわかる、感じ取られる。

特に狙った魚を撃ち損じ銛《もり》が相手の体をかすめて過ぎたような時、魚があわてて岩の陰に逃げ込みながら何を感じているのかがよくわかる。いや何を叫びながらあわてているのかが感じられてくる。あれは陸の上での鉄砲を使った猟ではあまり感じられないことだな。魚を上手くしとめた時に魚が上げる悲鳴の体感は陸の上の猟よりも如実なものだよ。

海によっては魚を仕留めると鮫《さめ》がすぐに現れたりする。あれは鮫が魚の流した血の匂いを嗅いでなどというが絶対に違うね。人間でも感じて聞き取れる魚の悲鳴を鮫は敏感に聞き取って駆けつけるんだ。陸の上では伝わらぬような波長の声が海の中では敏感に伝わっているに違いない。

血の匂いなどというのは陸の上の匂いと同じ微細な粒子だから、それが匂いとして伝わるというのは潮に乗らなくてはならない。それが鮫のいるところまで伝わるにはかなりの時間がかかるはずだよ。

その証拠にいつか沖縄の離島で潜ろうとしたら、先達のベテランがここは鮫が多いから少しポイントを離そうといって半キロほど離れたところで潜った。そこで魚を二、三匹とったら、彼がさっき見た鮫たちがたちまち現れてきた。潮は微《かす》かだが逆に流れているので血の匂いが潮の上流にそんなに早く届く訳がない。あれは間違いなく仕留められた魚の悲鳴を彼等が聞き取ってのことに違いない。

それをもっと如実に覚らされた経験を違う海でさせられたよ。

魚の血相なんてわかるかと思うだろうが、実はよくわかる

場所はパラオ領の最南端ヘレンという大環礁で、そこで全長一メートルに近い縞《しま》アジを突いた時のことだ。

縞アジというのは最高級魚でね。いつか日本橋の高島屋のグルメコーナーなるところへ行ったら、天然縞アジと銘打って刺身大の切り身四枚が入ったパックがなんと二千円で並べられていた。一枚五百円ということだ。縞アジも最近は養殖されていてそれとこれとは大違いということだろうが、それにしてもわざわざ大金をはたいてこれを買う奴がいるものかと思ったな。

はるばるヘレンまで出かけていったその日の最初のダイビングで、ヘレンのパッセイジの入り口の海底で雌を三匹従えた目の下一メートルに近い縞アジに出くわしたんだ。こちらもあわてて手にしたスピアガンをセットしかけたら、その気配を感じたのか奴は目の前でUターンしていっちまった。

そしたらそのすぐ後にアオチビキがやってきた。これもなんとか食える魚なんで、僕は食べられる美味い魚しかとらぬ主義だが、手始めと腕ならしに撃ったら当たった。しかし、さ

つき縞アジに出くわしてあわてていたせいか鈷先の返しを外すのを忘れていてチビキは鈷から外れてそのまま海底に落ちていった。ところがだ、そのすぐ後さっきの縞アジが血相を変えて飛んで戻ってきた。

魚の血相なんぞわかるかと思うだろうが、それが実によくわかるんだな。急いで戻ってきた魚の表情というか体全体の様子が、「なんだなんだ、おい、どうしたんだ！」という感じでね。

間違いなくさっき仕留められて海の底に転落していった同族の悲鳴を聞いて彼はやってきたんだ。鮫と違って縞アジは肉食ではないから、同族に起こった出来事を確かめるために野次馬の好奇心で飛んで戻ってきやがった。

それを見てこちらも興奮したね。丁度鈷をリセットしたばかりで、目の前で消えてしまった仲間を捜してうろうろしている大獲物を見ながら、あの髙島屋の食品売り場で見たものを思い出したら手が震えたな。

あんなちゃちな切り身が一枚五百円とするなら、この目の前の御本尊は一体いくらの値段かと思ったが、想像もつかない。

僕と一緒にいたバディの後藤ドクターも同じ思いだったろうな。彼はかつてはブルーオリンピックの代表も務めたダイビングのベテランで、僕よりもはるかに魚にも精通しているから目の前にまた現れた魚の価値については、髙島屋に行かなくても承知していたろう。

しかし仲間同士の仁義で、この魚は最初に僕が目をつけたものと心得ているからあくまで一番銛は僕にまかせてくれた。それを当然のこととして僕は撃った。

当たりはしたが致命傷となる側線を外れて胴体の真ん中で、魚が暴れてばたばたしているのを、絶好の獲物に逃げられてたまるかと、獲物に手をかけ強引に取り込もうとしている僕の横から後藤ドクターが自分の銛でとどめの銛を放ったが危ないこと限りなく、格闘している僕の頬をかすめて銛は外れて飛んでいった。

ドクターも責任を感じたのか、両腕で魚に抱きついてシーナイフでとどめを刺してくれたが、仕留めた魚の大きさに二人して改めて感動し水中で互いにVサインを出し合ったものだった。

船に戻って獲物を差し出したら、昔どこかの漁船で漁労長をしていたという船長が目を見張って、

「いやあこれは凄い、凄いものをとってくれましたね。これは是非乗り組み員一同相伴させて下さいよ」いうから、

「それは結構だが、ちなみにこれを魚河岸でセリにかけたらいくらくらいの値がつくかね」

質《ただ》したら即座に、

「まず、二十万はしますな」

いってくれたものだ。

回りくどいが、あの経験こそ僕が海の底で体得した魚の本体、本能についての認識が絶対に正しいということを証してくれたと思う。

それにしても一匹二十万円の獲物というのは僕にとっても前代未聞のものだったな。


水中での空中戦の戦慄は何にたとえようもない

魚の値段じゃなしに大きさということなら、昔々初めて仕留めたカンパチは大きさが僕の背丈に近く重さも四十キロあった。

ある孤島の水底二十メートルの岩棚に腰を据えて待っていたら、ガイドのいっていたとおりそこがカンパチの通り道で間もなくカンパチの群れがやってきた。カンパチというのは好奇心の強い魚で、よく似た回遊魚のヒラマサとは違って人の姿を見ても逃げてはいかない。そこで岩棚から飛び出して、底も見えないどん深の水中の虚空で魚との空中戦が始まるんだが、この戦慄は何にたとえようもないね。

人間がほとんど重力を失った水中で自由自在に体を捻《ひね》りながら魚と格闘する猟は、陸の上

著者の背後には巨大なロウニンアジ。これも一期一会の縁。

で鉄砲で獣を仕留める猟とは質も位相も違う水中での空中戦だよ。

あの時は生まれて初めての水の虚空での空中戦に興奮して、とにかく目の前に溢《あふ》れている高価な魚のどれでもいいと、それでも大きめのやつを見定めて狙いをつけたらガイドが僕のタンクを後ろから引いて止める。振り返ったら後ろの頭上に馬鹿でかい魚が悠々と泳いでいた。狙って引き金を引いたら、見事に当たったね、胴体の真ん中に。

実はそれでは駄目なんだ。後々教えられたが、魚を上手く仕留めるには大きな魚ならその胴体に見える側線を狙って当てないと後の仕込みに往生する。側線というのは人間でいうと脊椎だ。そこに銛が当たるとどんな魚でも一撃で黙る。だからひと頃、スピアハントに凝っていた頃は水族館に行っても回遊槽を泳いでいる魚を眺めては、指を鉄砲に構えて側線を撃つ稽古をしたもんだ。で、そのどでかいカンパチは胴体の真ん中を貫かれて逃れようとして暴れ回る。こちらはそれを引き込もうと銛のラインを引き寄せようとする。相手はそんな僕を引きずり回して暴れ回る。見兼ねてガイドが魚に抱きつきナイフでとどめを刺してくれてようやく収まった。

それでもカンパチの群れはそれを眺めながらまだ近くにうろうろしている。こちらの興奮は収まりきれず、ガイドに身振りで君は獲物を抱いて先に船に上がれ、俺はまだ残りを仕留めると合図したがガイドは怪訝《けげん》な顔で肩をすくめてみせた。

よしもう一匹をと、魚から外した銛をリセットしようと引き寄せてみたら、さっきの魚との格闘で銛のシャフトはぐにゃぐにゃに曲がっていたよ。シャフトだけじゃなしに太い銛先までが二十度くらい曲がっていたな。その銛先は記念に今でも僕の書斎の机の上に置いてある。

海の底は地球の中の別の地球だ

カンパチというのは人を恐れなさすぎて格好の獲物にされているのじゃないかな。生まれたての魚なんぞ全く人を恐れずにまとわりついてくるからね。

一度小笠原の沈船の中を潜っていたらはるばる回遊してやってきていたまだ三、四十センチの子供のカンパチが、僕の吐くレギュレイターの泡が面白くて泡の中で踊りながら好奇心に駆られ泡を出す僕のレギュレイターを確かめてつつきにくる。ついでに僕の頬にキスしたりしてね。魚に頬ずりされたのは生まれて初めてだったが、あれはなんとも心地いいものだったな。

魚との一体感というのは改めて人間が元は同じ水棲動物だったのを覚らせてくれるが、あれは不思議にしみじみした感慨だな。いつかこれもパラオの有名なダイビングスポットのブルーコーナーで、周りにダイバーが多いので一人で沖に出てみたら二十メートルほどの深さの辺りにカマスの大群がいた。ゆっくり近づいてみたら連中は僕を彼等を襲うこともない同じ魚と見たのか、知らぬげにゆっくり潮に乗って流されていく。僕もそのまま暫《しばら》く彼等の群れに交じって流されていったが、間近に無数のカマスがいて、彼等の息づかいが感じられるみたいでね。そのまま一緒に潮に乗って深い海の中を潮に運ばれていくのはなんともいえぬ安らぎだったな。

海の底はいいぞ、同じ地球の中の別の地球だよ。

第八章

贅沢、あるいは気の持ちよう

贅沢とは、どういうことかとよく思う。

贅沢すれば切りがないというが、それは金の問題かね、それとも心の問題か。よく、贅沢のし放題というが、それはそれにかけた金の額のことか。僕はどうも、そうは思わないんだがな。

贅沢の反義語は貧乏か、あるいは質素か。

しかし質素な生き方や暮らしぶりは、決して貧乏臭いといえはしまい。

前にもいったように僕には学生時代、特に大学の寮で生活している間に味わった貧乏は思い返してみてもこよなく楽しかったし、みじめな気持ちは全くなかった。ならば傍《はた》から見ての贅沢というのは、無駄ということか。

いや、そうでもありはしまい。

あいつは贅沢な奴だという他人の目は、決して無駄ばかりしている奴ということでもなさそうだ。そんな奴はただの馬鹿だと人はいうが。

実は自分がしたいこと、持ちたい物を、ほとんどやってのけたり持っていたりする相手のことだとしても、それは決して金の額のことだけではないだろう。身分不相応な物を持ったりしたりしている人間もよくいるが、あれが贅沢とも思わない。

僕の周りにも高価な時計をいくつも持っている奴がいるが、見せられても一向に羨ましいとも思わぬし、第一、ゴテゴテとダイヤのついたような何百万もするという重い時計をとても身につける気にはならないな。

時計という最も実用的な必需品に関していえば、僕が愛好し常時腕につけている時計は市価わずか三万五千円の日本のシチズン製リチウムアルミの時計で、ダイビングの折にも水深五十メートルまではもつし、第一、材質のせいで同じ大きさのローレックスのダイビングウオッチなんぞよりもはるかに軽く気にならない。だからある人からもらった、はるかに高価なローレックスも息子にやってしまった。

贅沢というのは所詮相対的なものだと思う。ある者から見れば、ある奴がしていること、ある奴が持っている物なんぞ無価値といえることも多々あるだろうからね。

例えばある者たちにとってはステイタス・シンボルともいえる車も、ある者たちにとっては無価値に等しいこともある。同じ車なるものについても、年齢や立場で評価というか、価値としても意味合いも変わってくるだろう。

ごみごみした東京の中で超高級車のフェラーリやランボルギーニを飛ばしている奴を見ると僕にはただの場違いにしか見えないが、当人たちはあの騒々しい爆音を轟《とどろ》かせ手狭な道を飛ばしているだけでもある種のエクスタシーがあるものなのかね。ヨーロッパの高速道路を気ままに飛ばしているのと違って、東京の市中じゃいくら痛快に前の車を抜いてみてもすぐに次の信号で止められちまうよ。

そんな車の持ち主を誰もエリートとは思いはしまいが、それでもなお値段の高い外国の高級車は、ステイタス・シンボルと見られているのかね。近くの町中を散歩していても、そう高級とは思えぬアパートの下にベンツが狭いスペースにぎりぎりに収《しま》われているのをよく目にするが、あれは持ち主にとって一種の生き甲斐《がい》というものなのかな。

そこへいくと昨今の若者たちの方が冷めていて、車なんぞにさしたる興味を持たず、必要な時は仲間でカー・シェアするというのはごく真っ当な気もするが。

贅沢とは所詮自己満足、相対的なものだ

車に関して思い出すことも多々あるが、日本にまだスポーツカーの少なかった頃、せいぜい数少ないMGとかトライアンフ、オースチンヒーレーといった、米軍軍人の中古カーを買って乗っていた頃は、幌《ほろ》を上げて町中を走っている時同じような車に出会うと見知らぬ相手でも指一本立てて合図し合ったもので、あれも贅沢気取りの風俗だったのかも知れないな。

ともかくあの頃は、中古だろうとスポーツカーに乗っている人間同士にはある種のアイデンティティがあったものだ。ある種の贅沢意識というか、贅沢気取りというか。

だからそんな仲間が集まって長岡の丘の上にある旅館へのアプローチの長い坂を使ってのヒルクライムレースをやったり、東京の世田谷のある地点から仲間の一人の軽井沢の別荘まで、深夜五分おきにスタートして、途中あらゆる信号無視、速度違反をして誰が一番短い時間でフィニッシュするかなどという、今じゃ考えられぬ遊びをしたものだ。

またある時なんぞ、警察に断って湘南の茅ヶ崎《ちがさき》の米軍が旧日本軍の弾薬を沖のえぼし岩で爆発させ焼き捨てるために造った、海岸沿いの長い直線一本道を使ってのタイムトライアルもやったよ。

警察もあの頃は今と違って鷹揚《おうよう》なもので、いつか山中湖の別荘でプライベートなサッカーチームの合宿をやった後、僕のトライアンフに荷物を満載し後ろのスペースに仲間二人をトランクに腰掛けさせて乗せ、さすがに車は尻をつくみたいに後ろに傾斜しちまったが、それでどこかの交番の前を過ぎたらお巡りさんがにこにこ笑って、「気をつけて行きなさいよ」と注意してくれたもんだ。あれもスポーツカーという、当時では贅沢のシンボルへの警察官の憧れのなさしめたものかな。

あの頃あんな車に乗っていた者たちのアイデンティティというのは、自らしている一種の贅沢への驕《おご》りということか、とにかく見知らぬ仲間への親しみみたいなものがあった。

いつか箱根でゴルフをやって湘南の道を飛ばして帰ってきたら、後ろから追いかけてきて強引に僕を抜いた車があった。相手はMGのTGで、こちらが抜き返したらまた抜いてきて前を塞ぐように突然止まりやがった。

中年の外国人が降りてきていきなり、「俺はずうっとお前をつけてきたが、危なくって見てられないぞ」という。「なぜだ」と聞いたら、「こういう車はスピードを落とす時にはギアをシフトダウンするものだ。それをお前は今までに、雨も降りだしたのに五回もブレーキを踏んでいた」といいやがる。

「そんなことはとっくに知っているよ。しかしこのトライアンフはもういい年でね、そんなことをしてたらこの女は腰が抜けちまうんだよ」

いい返してみたら、見栄えのいい商売女らしい女を乗せていて、女が僕に気づいて何かいったらしく肩をすくめて、「まあこうして会ったんだから、近づきにどこかで一杯やろう」といい出しやがった。

それで稲村ヶ崎の先の「ヴィーナス」という昔からあるレストランに入ってウィスキーをトスし合った。

女は僕がよく行く横浜のナイトクラブのホステスだったが、それを連れていたお節介な遊び人の外国人の名前がグッドマンといったのには笑ったね。

ああした懐かしい挿話は、昔ならではのある種の贅沢趣味に依《よ》ったことだが、でもその後日本製の日産のフェアレディが量産されてそこら中で見られるようになって、同じスポーツカー同士ということで指を立ててのサインを出しても相手の反応もなくそんな風俗も消えてしまったな。

「贅沢すれば切りがない」とよくいうが、ということは世に本当の「贅沢」なるものは存在しないというか、贅沢なるものの得体が知れぬということか。

アメリカ映画の傑作の一つ、オーソン・ウェルズの作った『市民ケーン』の主人公、一代にして超大富豪になりおおせたケーンなる人物にしても、彼にとって何よりも価値あるものは、母親と二人きりで孤独な生活をしていた子供の頃冬が来る度使って遊んでいた、自ら「ローズバッド」(薔薇《ばら》のつぼみ)と名づけていた愛用の小さな橇《そり》だったものな。

日本がまだバブルに浮かれていた頃、どこかの会社の名誉会長が外国のオークションで当時の史上最高落札額でせり落としてものにしたゴッホの名画が評判になり、誰かに問われて、自分が死ぬ時はこの絵も一緒に焼いてしまうなどとのたもうたのは、洒落《しゃれ》にしては不出来だし妙に物欲しげで、結論は「猫に小判」ということか。

贅沢の一つの見本ともされているらしい昔の大金持ちの所行を記した古典の『トリマルキオの饗宴』という本がある。逸楽と飽食の、堕落しきったローマの文化を伝えるものだが、これを読むと贅沢の極致というか、馬鹿馬鹿しいというか。

選んだ八人の客を呼んで大広間での宴会だが、それぞれが食べながら横になる臥床《がしょう》をコの字形に並べて置いて、食って食って食いまくる。そのメニューを見ると見ただけで胸がつかえ、げっぷが出てくるほどだ。

曰《いわ》くに、まず前菜として凝った盛り合わせの皿が出た後、次の前菜として雌鶏と孔雀《くじゃく》の卵を象《かたど》った小麦粉製の練り菓子とアペリティフの葡萄《ぶどう》酒とオピミウス酒、ついでメインコースが黄道十二宮尽くしと、帽子をかぶせた猪、臓物を入れたままの豚、茹《ゆ》でた子牛、それらの料理をおよそ四十人の料理人が競って仕上げたそうな。

これを贅沢の極致とするなら、贅沢とは悪趣味としかいいようがない。こうしたコースの晩餐《ばんさん》を、余興を眺めながら横の吐き壺に今食べたものを吐いては胃を空にしてはまたむさぼるというのは馬鹿馬鹿しい眺めとしかいいようないが。

ということは、贅沢とは所詮自己満足、要するに気の持ちようとしかいいようがあるまい。ということは、贅沢の意味とか価値は要するに相対的ということだ。同じ一つの料理を食べるにしても所詮TPO、時と場所と条件ということだよ。

腕利きのバーテンダーが高級ホテルのバーで作って差し出すドライマティーニよりも、太平洋を渡るヨットレースで夕焼けを眺めながら舵を引いている僕にコック役の仲間が作って差し出してくれる、グラスは冷えきってはいないが残りの氷を浮かしたカクテルの方が喉にしみるね。

要するに贅沢の満足なるものはTPOに応じた気の持ちようということだろうな。

僕の一番の贅沢は海、海、海

しかしまあ僕みたいな人生のすれっからしから見てもつくづく羨ましい贅沢をしている相

手がいるにはいるね。それは僕の趣味に関して、僕の出来ぬ出費で、僕の持てぬ道具を気ままに手にし気ままに遊んでいる相手だな。

僕の趣味は何といっても海、海、海だから、海をほしいままに楽しんでいる輩《やから》を見るとつくづく羨ましい。それに海にかまけての贅沢なるものは切りがない。

先年オリンピックの招致運動のためにコペンハーゲンに行っていた時、あの町の港に突然とんでもなく大きな遊び船がやってきて横付けされた。遠くのホテルの窓から見てもわかるとてつもなく大きな、その形からしてしかしれっきとした遊び船だ。

というのは船はかなりの大きさのくせに、どういう訳か日本でも見られるフライングブリッジのあるトローリング用のパワーボートと全く同じ形をしている。

暇を盗んで港に行って見たら驚いたね。船は大きさからして優に一万トンはあるが、遠くから見たとおりそこらにあるパワーボートと同じシルエットをしているけれどとにかく全長百メートルに近い巨大な真っ白な船だ。高さ二十メートル近い左舷の胴体には、多分そこから遊びのためのパワーボートが出入りし、荷物の搬入も行われるんだろう幅十メートル縦もそれに近いゲイトがもうけられているが、荒波にも耐えるように多分二重三重の扉だろう。

船尾の、普通の船ならコックピットに当たる部分はヘリポートだろうが、搭載されているヘリは船の舷側が高すぎて目がとどかない。それにそれほど馬鹿でかい船なのに舷側には窓一つない。客室はフライングブリッジに当たる、そびえ立った上部にあるらしい。とにかく一万トンもある、それも全くの遊び船を一体誰が持っているのか想像もつかなかったが、あれはまさに海の遊びのために贅を尽くしたものといえた。ああなると、羨ましいを通り越して、眺めてただ、「ふうん」という感慨しかなかったがね。

あそこまでいかなくってもこの日本でも、海での望外の贅沢を満喫させてくれた人物は何人かいたな。前にも記した「アペックス」の創設者の森一さんやマンション王ともいわれた大京の創設者横山修二さんは、会社の創設者だけに誰にも何にもはばからず海での趣味を満喫するために、そのための贅沢極まりない船という道具をしつらえて、同好の士の僕らも相伴させてもらったものだ。

横山さんの事業の第二のフランチャイズ、オーストラリアのゴールドコーストへは彼のプライベートジェットのガルフストリームで飛んでいって、百五十フィート、百五十トンの「フェスタ23」で前人未踏の、人間を知らぬ鮫たちが溢《あふ》れる珊瑚《さんご》海《かい》で際どい水中ハンティングを堪能したし、森さんの小型汽船でもこれまた未踏のパラオの秘境ヘレン大環礁で他の海では絶対に味わえぬ水中の景観を満喫できた。

ヘレンというのは世界地図にも一点として記載されている、縦十五マイル幅七マイルの無人の大環礁で、広大な水域の中も周辺も千変万化の景観に満ち満ちていて船から眺めても潜ってみても素晴らしい秘境だ。

僕はさらなる贅沢を思いついて三度目の時、小型のカタマランを買ってもらって積み込み、あの素晴らしいラグーンを一人で気ままに走り回ったものだった。吹きそめる腰の強い貿易風の下で珊瑚礁の浅瀬をかすめながら時速十ノットを超す帆走は、憧れの美人をベッドで抱き締める以上の何にたとえようもないエクスタシーだったよ。

危うい冒険、探検旅行なんぞじゃなしに気楽な船で前人未踏の世界に乗り入れ、朝夕いい酒を飲み料理人の作る凝った料理を食べながら好きな海を満喫するというのは招かれていく僕にも招いてくれる船の持ち主にとっても至福な贅沢だよ。

得てして贅沢はすなわち無駄と思われがちだが、その無駄への愛着は、所詮その当人にしかわかるまいよ。

以前サンフランシスコの例の洒落たリゾート、サウサリートへ行った時、あのハーバーに繋《つな》がれている木製のマキシヨットのピットの前に持ち主が書いて掲げたプレートがあった。古くはバーミューダレースに始まってトランスパックでも何度も優勝した船の戦歴が記されていて、「しかし彼女もいささか年をとった。もうレースでの勝利は難しかろうが、俺は絶対に彼女を手放しはしないぞ」とね。

そしてある時、僕は海ならではの至高の贅沢を味わうことが出来たんだ。

少し前ある人に勧められて今ではクラシックといえるディンギー・ヨットを手に入れた。ヨットの盛んなアメリカのメイン州の造船所で今でも造っている、知る人ぞ知る、かつてのアメリカス・カップのJボートのデザイナー、ハーショフのデザインの十七フィートのガフリグつきのディンギー・ヨットだ。

木製のヨットというのは久し振りでね、木製の船の味というのはちょっとたとえようがない。船が波を切るあの感触がたまらない。当節流行のFRPの船なんぞは進水した瞬間から船の劣化が始まる訳だが、木製の船は時がたてばたつほど味が出てくるからな。

その船で思いがけぬ贅沢を味わわされたんだ。

あれは暮れの十二月二十九日、正月に備えてもうどこも店終《みせじま》いしてしまい、海にももう誰もいない。逗子の入り江に多いウインドサーファーも、葉山の海に多い釣り船も一隻も姿を見なかった。

見はるかすと鎌倉から江ノ島にかけての海にも人一人船一艘も見えない。その無人の海を僕一人が気ままに走っていった。ナライ（北東風）の吹きそめる海を、センターボードを引き上げ海辺を散歩している人の話し声が聞こえるほど砂浜ぎりぎりまで船を寄せて走り、また沖に出て、若い頃の冬にしたことのある湘南の海の独り占めを満喫できた。

それは孤独といえば孤独な、しかしあの海を僕一人が我がものにしている、語りかけるものはただ船が静かに切って進む波の感触だけ。あの静謐《せいひつ》な満足は過ぎていった時間を超えて僕を少年の頃に引き戻し人生を超えた、何というのだろう、母親の腕に抱かれているような物事の存在の感触を与え直してくれたな。

あんなに贅沢で満ち足りた思いを今までしたことはなかった。

やはり、海は素晴らしいよ。

楽しみ、危険、思い出に満ち満ちていて、海は人生の贅沢な光背だな。

第九章
恐怖の体験

人生の中で死ぬほど、とまではいかなくとも肝を潰すほど恐ろしい目に遭ったことのない者、特に男は多分つまらぬ奴に違いない。仕事での挫折や失敗、あるいは偶発的な事故、あるいはスポーツでの出来事、あるいは幽霊を見たとか。僕は幽霊は信じるが、まだ見たことがない。出来たら見たいような見たくないような。

いずれにせよ思い返すとゾッとするような体験というのは人生での勲章、とまではいかないが人生の彩りだ、特に男にとっては。そしてそれはその体験の中で死なない限り、思い返す度これから生きていくためのリフレッシュメントになる。

恐ろしい目というのは誰もそれを願って出合う者はいるはずはないし、予期とか期待に背いて起きるものだからそれに出合って満足する奴はいまいし、だから人生の不条理の表出ということだが、しかし人間の世の中は誰にとってもそう簡単に期待どおりに、つまり個人の条理に適《かな》って動いたり進んだりするものでありはしない。

人それぞれにとっての不条理な出来事こそ人生の味わいというもので、それがない人生なんぞ当人はどう思っていても傍《はた》から見れば単調でつまらぬものだ。

僕は海が好きなんでヨットレースとかダイビングとかでしげしげ海に出かけるから、思いがけずに怖い目に遭うことがある。前にも記した海でよく突然出合う寒冷前線という厄介な相手も、この現代いくら気象予報の技術が進んでも、それを凌《しの》いで何かの悪意の塊みたいに突然やってくる。

漁師たちはあれを「カンダチ」、即ち「神立ち」と呼ぶが、あれはどうみても神様の意志によるものというより何かの悪意の表出のような気がするな。あるベテランの漁師が「カンダチは、逆らわずに船を流しておけば障りはないよ」と教えてはくれたが、しかし先を争うヨットのレースではそうもいかない。僕は昔その最たるやつに遭遇したのでその怖さも知っているしある悟りもさずかったので、もはや大抵のカンダチには怯《おび》えずにすんでいるがね。

あれは一九六二年の十一月に行われた葉山から初島を回って横浜までの初島レースの折だった。混戦のスタートの後なんとかトップに立って初島を回った後の三崎の城ヶ島までのレグの途中で、今までの北東風に変わって突然西から大きな寒冷前線がやってき、それがどういう訳か相模灘《さがみなだ》の真ん中でずたずたに千切れて襲いかかった。千切れた前線は前後左右から突風を吹きつけ、波と波がぶつかり合う大きな三角波を作って船はまともに走れない。二番手にいたアメリカ海軍の「カザハヤ」は途中でリタイアし機走して姿を消し、三番手の早稲田の「早風」がオーバーカンバスのまま必死についてきたが、そのまま日が暮れてしまった。

僕らは城ヶ島の沖合で立ち往生し、ロデオみたいにはね上がる船に灯台の明かりがさしかかる度、周りの三角波《さんかくなみ》の波頭の化け物みたいなシルエットが帆に映し出され不気味というか空恐ろしく、船は全く自由が利かないので、艇長の僕はリタイアと決め近くのホームポートの油壺《あぶらつぼ》に逃げ込んだ。早稲田の船はそれを見てかどうかそのまま東京湾に突っ込んでいって遭難し、六人のクルーのうち二人の遺体だけが千葉の海岸に打ち上げられ、一方はるかに遅れていた慶應の四人クルーで走っていた「ミヤ」も沈み、他艇にも落水者が出て合計十一人の犠牲を出す大遭難となった。

あの後も世界のあちこちの海でレースをやってきたが、あんな無茶苦茶な時化《しけ》に出合ったことはない。まさに狂った天気そのものだった。間近で回転する灯台の明かりに照らし出される三角波の姿は髪をふりみだす狂女にも、凶々《まがまが》しい異形な化け物にも見えた。

あの時にしたリタイアの決断のおかげで僕は逆にスキッパーとしての自信をつけたし、クルーたちの信頼を得られるようにもなった。あれで、負けるが勝ちという人生の皮肉な公理を教えられたともいえるな。

昔イブ・モンタンとシャルル・バネル主演の『恐怖の報酬』というなかなかの映画があった。火災を起こして手のつけられぬ油田にそれを爆発で消すためにニトログリセリンを満載した二台のトラックを運転していく話だが、片方の車は途中ですっとんでしまい、モンタンの車はなんとかたどり着き莫大な報酬を得る。しかし、いい気になったモンタンの車も帰る途中で運転を誤って崖から落ちてしまうというストーリー。

しかし我々の人生には報酬つきの恐怖など用意されていることはない。まあどでかい博打とか投機なんぞはその類かも知れないが、それはあくまでその種のプロの話で人生の機微に触れるものじゃない。僕のいうのはあくまで偶発の恐ろしい出来事のことだ。

人間というものはどんな過酷な体験も人生の中に収える

僕の経験としては海の底での思いがけぬ出会いがある。人は鮫というと訳もなく怖がるが、鮫は魚たちにとっては厄介な存在だろうが、人間という海の中でもかなりの大きさの生き物るはそう簡単に誰からも襲われるものではない。鮫は相手の識別さえ出来ればやたらに恐れることもない。厄介なのはホオジロザメとタイガーシャークくらいのもので、ただこれは滅多に出会う相手ではない。もっとも一度伊豆の新島《にいじま》に馬鹿でかいタイガーが現れて追い込み漁をしていた若い衆を食ったこともあるし、ホオジロもいつか瀬戸内海にまぎれこんで潜水夫を食ったりしたこともあるが。

僕が海の底での出会いでたまげたのは、ずっと以前、小笠原の父島列島の南島の横の大きな岩の根の洞窟で出会ったモロコだった。あれには肝を潰した。

モロコというのはハタの一種でね、とてつもなく大きなものになる。昔アラフラ海で真珠をとっていた日本人のダイバーたちが馬鹿でかいモロコを見て恐れをなし、別に人間を襲ってくる訳ではないがとにかくその姿を見るだけで恐ろしく、結局そいつが棲《す》んでいる穴にダイナマイトをしかけて殺してしまったという話もある。ダイナマイトでばらばらにしてしまったのだから正確な大きさはわからないが、子牛くらいはあったろう。

僕が出会ったのもその類の魚だった。

あれは秘境南島のすぐ横の大きな岩の底の穴で、案内してくれた現地のプロ・ダイバーの山田が、この岩の底に向こうに抜ける横穴があってさらにその途中に直角に折れて入る穴がある、そこに時々大きな魚が潜んでいることがあると教えてくれて潜った。確かに水深二十メートル辺りに高さ三、四メートルほどの穴があり、彼の言葉のとおりその入り口に優に一メートルを超すモロコがいて、僕らの姿を見て驚き穴の中に引っ込んだ。

山田のいう魚とはこれかと思っていたらその魚がまだトンネルの途中にいて、侵入してきた僕らを見て驚きトンネルを抜けて向こうの水底に姿を消してしまった。そして山田がいったとおりトンネルの途中にさらに右手に曲がり行き止まりの穴があった。

その辺りの岩に大きな五色エビがいて彼がそれを手摑《てづか》みにしてチームの一員の男に持たせたが、そのクランク状の横道に入っていったら突然山田が皆を手で制して立ち止まらせ奥を指さした。目を凝らして見たが何だかよくわからない。行き止まりの壁に何やら壁画に似た模様が描かれていると思ったが、違う。

ようやく、見るとなんと行き止まりの壁一杯に張りついている巨《おお》きな巨きな魚だった。長さは四メートル近くはあったろうよ。そいつが僕らの気配に気づいてというより、さっき入り口にいて逃げ込みまた逃げていった同類の魚の気配で僕らの侵入を予知し息を凝らして様子を窺っている感じだ。

そう悟った時、一瞬思ったね。この魚があわてて外へ逃げようとしたら僕らに向かって進んでくるしかない。小広い洞窟とはいえ幅は知れている。避けそこなって体当たりされたら小型のトラックにぶつけられるのと同じだろう。それで脳震盪《のうしんとう》を起こして失神したらそのまま溺れて死ぬ。そう思ったら恐ろしく、思わず小魚でもとろうかと手にしていたちゃちな銛《もり》を構えたな。そしたらガイドの山田が、かなり乱暴なダイバーの僕がその魚を突きにいくのかと勘違いしてあわてて抱きついて止めるんだ。

そうじゃない、逃げるんだと説明して後ずさりしたら何かが頭にぶつかった。見たら山田がさっき助手に預けた五色エビが水中に漂っている。あの巨大魚を見た助手も肝を潰して預けられた獲物を手から放してしまったんだ。

とにかくあれは見た者にしかわからぬ恐怖と緊張の瞬間だったな。

相手が人間なら、いや地上の動物ならなんとかごまかしはぐらかして逃げられもしようが、相手は全く言葉も表情も通じない魚、それも我々が位相の違う相手の世界に潜りこんでの遭遇だから言い訳のしようもない。あれはまさにエイリアンとの出会いに似て、なんとかこちらの敵意のなさを説明しようとしてもその伝達が全く不可能な相手の前で立ちすくむ、全身が痺《しび》れるような緊張、というよりも無気力無能な自分を知覚するだけの放心に近い瞬間だったよ。

しかしそれも今思い直すと懐かしいというか、今までの、そしてその後も僕の人生で体験したことのない、ひしとした実感を伴いまざまざとした、しかし夢みたいな思い出だな。

人間というのは生きていればどんな恐ろしい、あるいはどんな過酷な体験も人生の中に収《しま》いきることが出来るものだね。

恐怖の経験をいちいち思い出さない。それが男の強さだ

しかし我が身のことではそうは思えても他人事《ひとごと》だとそう信じられないような恐怖の体験も、やはり当人は上手くその人生に収いこんで、それをいわば糧にして生きられることのようだ。それが人間の強さということかな。

一九九二年のグアムレースで二杯のヨットが遭難し多くの犠牲者を出した。冬の季節特有の強い低気圧が過ぎて猛烈な西風が吹きまくり、僕の船は破損して途中から引き返したが「タカ」と「マリンマリン」が転覆沈没し合わせて十四人の犠牲者を出した。

話題になったのは転覆沈没した「タカ」の乗組員は全滅したと思われたが、ただ一人佐野クルーだけはライフラフトに移った仲間の中で生き残り二十八日目に外国航路の貨物船に発見救出されたんだ。

当時、僕はヨット協会の会長を務めていたので真っ先に彼を見舞いにいった。そんな縁で彼は今僕の船のクルーをしているが、地獄の一月近くをなんとか生き延びた彼に当時の体験について質《ただ》しても、答えは実に淡々としたもので逆に感心させられる。

ライフラフトに移った後最初の死者、僕の古い知己のヨットデザイナーの武市が最年長者として衰弱の末にあっけなく死んで遺体を海に捨てた時、ようやく、「ああこんなことをしていると、やはり死ぬかも知れないんだな」と覚《さと》った時もさしたる緊張などありはしなかったという述懐は、ある意味で人間のしたたかさの表示かも知れないが、段々仲間が減っていき最後の仲間が死んだ時、寂しくなるのでなかなかその死体を海に流せなかったというのもよくわかる気がするな。

その後衰弱が進んでいき、またつかまえたカモメも二度と食う気がせずに捨てたとか、幻覚が頻発して家の近くの遊園地で遊ぶ子供たちの騒ぎの中に息子の声を聞いたり、遊びにいった航海で港に泊まっているとよく朝に聞いた、出港していく漁船のかける演歌の音が聞こえてきたり、じわじわとせまってくる死は恐怖を伴うよりもむしろ甘美なものでさえあるのかなという気もする。

もちろんそれはあくまで他者の臆測であって、死に接しながらも生き延びてきた人間にとっての死の感触なんぞ想像の域を超えているがね。

佐野君に比べて「マリンマリン」で生き残った久保田君の場合はまさに対照的だな。

正確には、彼は「マリンマリン」の唯一の生還者ではなしに、船が遭難する前に女性のクルー佐藤美帆さんが船酔いで血を吐くようになり海上保安庁の巡視船に救助されているが、船が転覆した後彼はたった一人生き残った。その間の闘いの時間は「タカ」の佐野君に比べてわずか二昼夜ではあるが、しかし彼が味わった恐怖は佐野君とは全く異なる、ある意味でもっと壮絶なものだったといえる。

「マリンマリン」に起こった悲劇はまずクルーの市川君が荒天の中、船尾での作業の折にバランスを失い不用意に無線のアンテナにしがみついたが役にたたずそのまま落水してしまった。それを捜して回る内佐藤さんが船酔いして吐血し、レスキューを頼んで翌日やってきた巡視船に身柄を移し、その折、勧告に従ってレースをあきらめ曳航《えいこう》を頼んだが、保安庁の拙劣な作業のせいでロープがどうにも繋《つな》がらず一晩待たされてしまう。

こういう事態がいつかあろうと、僕が運輸大臣時代に保安庁の中堅幹部たちをアメリカのニューポートビーチに派遣してコーストガードからマリンスポーツでの救急のノウハウを勉強させたのにそれが全く生きておらず、その作業の実態を聞くと救急のイロハを欠いていて話にならない。

大体、日本の海上保安庁は、特にマリンスポーツの盛んな関東水域ではマリンスポーツに関しては無能で冷たく、やることといえばせいぜい海で遊んでいる者たちの安全確保と称して救命胴衣の着装をいちいち調べるくらいで、夜間の航行の危険防止のための定置網の明かりや高い旗竿による明示を一向に取り締まることもない。すでに昭和二十年代に次官通達として取り締まりの義務が明示されているのにその責任は全く果たされていない。

いつか、あるロングレースのゴールラインが他の水域に変更となり、そこにある定置網の位置と実態について質したらそれは保安庁の責任ではなしにその県の水産課の問題だといい、県に質したら当方にはそんな権限はないと盥回《たらいまわ》しでどうにもならない。それが証《あか》すようにこの国には未《いま》だに先進国並みのマリンスポーツに関する文化が欠落している。これは偏《ひと》えに国家の責任だよ。彼等はただの御上でしかなく、トランスパックレースで見られるアメリカのコーストガードのようなヨットマンに対する共感も敬意もありはしない。その結果が「マリンマリン」の遭難におけるヨットマンの見殺しとなったのだ。

あの拙劣な作業がもたらした犠牲について保安庁が反省したり遺族に詫《わ》びたなどという話は聞いたことがない。彼等の馬鹿さ加減で実に十四人の命が失われたのに。

曳航のロープが届かぬため一晩漂流を余儀なくされたヨットは、作業の最中に流れたシートがペラにからんで最早《もはや》機走も出来なくなった。その結果波にもまれつづけるうち夜中にキールが折れて船は転覆してしまったんだ。

久保田君ともう一人医者の塩田寿哉君はかろうじて脱出し転覆した船の船尾の舵にしがみついて過ごすが、その間ドクターは力尽き妻への遺言を彼に託して海に消えてしまう。残りの六人は中に閉じこめられたまま溺死してしまった。

さて、荒天の中、夜が明けた時の彼の心境を誰が想像できると思う。

夜が明ければ当然周りの海が見えてくる。ペラにからんでいたシートで体を逆立ちした舵に縛りつけ、ロデオの馬にしがみつくようにして一晩明かした彼がようやく周りに見たものは、風速二十メートルを超える風に沸き立つ絶海だ。見えるものは荒れ狂う風の下で切りなく押し寄せる高い波また波。むしろ夜の闇の中の方が恐怖は少なかったろう。

確かめると、折れて失われたキールの跡の穴に船に載せていたミカンがぷかぷか浮いていた。これは空恐ろしい光景で、物が詰まって穴はほとんど塞がれているが何かのはずみにそれがずれると中の空気は一挙に吹き出し船はそのまま沈んでしまうだろう。

固唾を呑みながらそれを眺め、一晩近くにいてやるからといっていた本船がいつ来るのか来ないのか、当てもなく荒海の真っただ中でさまよううち、ようやく保安庁の船はやってきた。フロッグマンの乗ったゴムボートが彼を救い出しはしたが、本船に収容された彼に他のクルーはと質し、中に残り六人の遺体があるはずだと聞かされた彼等は動転して、その遺体を収容すべく本船をもう一度転覆したヨットに近づけるのだが、そのやり口がまた拙劣で、ヨットの風下から接舷するのが常識なのになんと風上から近づいたために強い風波のせいで大きな本船が小さなヨットに激突し、ヨットは二つに折れてしまった。

その弾みに中から三つの遺体が飛び出した。それはすぐにも収容されたが、問題は折れたヨットごと沈んでしまった残りの遺体だ。

日本人は遺体に執着するからね。結果その遺族を含めて捜索チームが編成され長きにわたって飛行機を飛ばしたりの膨大な出費の中で捜索が続いたが、結果は空《むな》しいものだった。仕事の体《てい》をなしていない役所の不手際が生み出した、まさしく無駄の山だった。

それにしても一昼夜あの荒天の海で転覆した船の舵にしがみついて過ごした久保田君の心境は想像を絶するものだよ。

僕がかろうじて経験したあの狂った寒冷前線の海で、同じように過ごすことを考えたら身の毛がよだつ。

その後「マリンマリン」の久保田君には会うことはないが、彼にしろ佐野君にしろ、あの出来事を今どんなふうに心に収っているのかな。

尋ねると佐野君はいつも静かに笑って「もうあまり思い出しませんね」という。久保田君とてきっと同じことだろうな、それが男の強さというものだ。そんな恐怖の経験をいちいち思い出してうなされていたら生きてはいけまいな。しかしその未曽有の恐怖の体験が彼等の人生をこれから支えていくということも確かだと思う。

それが男というものだよ。

第十章

発想の力

いつの時代でも世の中の進歩は新しい技術によるものだ。それが文明の歴史の原理だ。人間は火を恐れず使いこなすようになって猿と分化し人間になったともいえる。その後、石で出来た武器を使って狩りをしたり、さらにその石を火で溶かしたことで銅を発見して銅器時代が出現し、銅を凌《しの》ぐ鉄が発見され鉄器時代がやってき、その後の中世という暗く長い時代が終わったのは新しい三つの技術、火薬、活版印刷技術、そして北を指す羅針盤を使っての長い航海のおかげだった。

火薬はそれまで牛馬を使ってやっていた開拓を容易なものとしたし、金属活字を使っての印刷技術は、それまで手で書き写すか木版印刷で伝達していた情報を一度に大量に伝える画期的な情報社会を作り出した。

アラブの航海者たちから習った羅針盤を使っての航海技術は、絶えず北を意識してインド洋や大西洋を渡ることで新大陸を発見し、火薬を使っての鉄砲という新兵器で他民族を圧倒して植民地を開きヨーロッパに富をもたらし、白人による世界支配を作り上げた。

その以前には馬を自在に乗りこなすための鞍《くら》と鐙《あぶみ》を考え出したモンゴル民族が、ヒトラーが強力な戦車軍団を作っての電撃作戦で一時ヨーロッパを支配しかかったように、あの広いユーラシア大陸を完全制覇してしまった。

ことほどさように新しい技術というものが歴史を変えてきた。

新しい技術、とまでいかなくとも新しい発想が時代を変え歴史を変えたという例は東西に事欠かない。つまり新しい人間、すなわち新しい発想を持った人間こそが歴史を変えてきたんだ。


信長にとって許せなかったのは何の発想もない連中だ

この日本では中世を打ち壊して近世に導いた織田信長という天才がその典型的存在だ。のるかそるかの桶狭間《おけはざま》の決戦で、数少ない家来を引き連れ、「者ども死ねや！」と叫んで先頭きって突っ込みはるかに多勢の難敵今川義元を倒した彼は、その僥倖《ぎょうこう》の意味合いを肝に銘じて二度とそんな危うい戦をしはしなかった。

そして彼が念じていた天下布武《ふぶ》のために、今川に勝る難敵武田騎馬軍団を倒すのに新しく登場していた鉄砲に着目し、これを使った新戦術を編み出して長篠《ながしの》の合戦で簡単に相手を打ち破ってしまった。

馬が飛び越せぬ丸太の柵を組んで備え、相手の弓の矢はまだとどかぬ辺りまで引き寄せた相手を、柵の手前に三段構えに並べた鉄砲隊に、まず人間より大きな的の馬を撃たせ、落馬した相手を次の隊が狙って撃ち、第三列がとどめを刺す。その時点では第一列の鉄砲隊は弾込めを終わっていて、三段構えの鉄砲隊がさらにとどめを刺し、相手を壊滅させてしまった。この戦で天下に名を馳《は》せていた武田の七将のうち五人があえなく撃ち殺され、武田勢はあっという間に壊滅した。

信長がやったと同じ戦法をはるかに遅れた時代、第一次世界大戦でドイツが用いた。敗色の濃かったドイツは予備役にいたヒンデンブルクを駆り出した。彼の参謀総長のルーデンドルフが、これも予備役から駆り出されたロートルの多い師団を預かり、弾薬だけは豊富に揃えて相手を狙わずとにかくやたらに弾丸をぶち撒《ま》けという作戦で相手を圧倒し、最前線では唯一の戦果を挙げてみせた。そのおかげでヒンデンブルクは後に大統領に担ぎ出され、そこへヒトラーが登場してくる。

信長の天才は何も戦だけではなしに、実質的に世の中を動かしている経済に着目し、それぞれの領主たちが領民に閉鎖的な経済活動しか許していなかったのに、彼だけは楽市・楽座というフリーマーケットのシステムを編み出し、兵隊が領土を越えれば戦争になりかねないが、商人の動きには無頓着な大名たちの鼻を明かして信長の所領だけは際立って繁栄していった。それがまた戦費として蓄積され戦の底力ともなった。

という彼だからこそ、卑しい身分からのし上がってきた木下藤吉郎の才知を評価し大名にまで取り立てていったんだ。

藤吉郎の才知、つまり発想力も見事なもので、信長が手こずってきた墨俣《すのまた》の川原の戦場に、なんとかそこに出城を築きたいという信長の期待に他の重臣たちをさしおいて、私が一晩でやってみせますと請け合い、実際にやってのけてしまった。

城といっても英語でいえばフォートの域を出ぬ砦《とりで》だが、いずれにせよそれが一夜にして出現したのには敵も驚き味方も驚いた。

それをやってのけた彼の手の内は、かねて関わり深かった長良川一円に勢力を張っていた「川衆」と呼ばれる一種の川盗賊蜂須賀小六《はちすかころく》と謀って、敵の目のとどかぬ川上で砦を築くための素材を組み合わせておいたんだ。今でいう精密機械を構成するモジュールで、あらかじめ組み立てておいた砦のモジュールを夜中に川上から墨俣に向けて流し、待ち受けていた木下軍勢がそれを組み立て、あっという間に砦が立ち上がってしまった。これには信長も膝を打って感心したことだろうな。川の流れと建物のモジュールの活用、これは未曽有の発想によるものだよ。

信長自身も、かねて手を焼いていた村上の水軍を征伐するために表に鉄板を張った巨大船を造って彼等を制覇もした。船の浮力と鉄板の重さのからみで船は当然大きくなろうが、その大きさもまた相手への強い威圧となる。信長と藤吉郎秀吉の関わりは、発想の天才同士のアイデンティティということだ。

だからこそ信長にとって許せなかったのは昔から側《そば》にいる重臣たちで、何の発想力もなしに権威ばかりひけらかすそうした連中が目障りで鼻持ちならなかったろう。だからある日突然、彼は年来の重臣、それもかつて織田家の相続争いの折、若い頃の信長の奇行に愛想をつかした柴田勝家や林佐渡《さど》（秀貞）といった重臣たちが弟の信行側についてしまったのに、あくまでも嫡男の信長をたてて争ったまさに股肱《ここう》の重臣佐久間信盛を、ある時点でこれから進むべき道程のためにも無能、怠慢で役たたずということで、林佐渡など他の多くの重臣たちと一緒に一挙に首にしてしまった。

ここらは現代の企業における、あるべき、一見非情な人事の公理と共通しているね。

信長の新しい発想好きのもう一つの例は、彼に仕えてはいたが途中で一度裏切り、許されてまた戻ったが二度目には自害して果てた松永弾正《だんじょう》だろう。彼の前歴はしたたかなもので、それを評して『常山紀談』には信長が家康に彼を紹介した時、「この老翁は世の人のなしがたき事三つなしたる者なり」といったとある。一つは天下の足利将軍を殺し、二つ目は主人の三好を殺して滅ぼし、三つ目は奈良の大仏殿を焼いてしまったと。

しかし実は、信長は彼がやったことを本気で咎《とが》めていた訳ではあるまいな。信長とて比叡《ひえい》山《ざん》を焼き討ちし、全ての寺を焼きはらい女子供も含めて住民のほとんどを殺し去り省みなかった。自分の志を妨げる者は容赦しなかっただけで、彼にとっては善悪の問題ではないんだ。はるか年上の松永も信長に似た合理性の持ち主で、女を抱くのは日中の方が興奮していいと嘯《うそぶ》き、戦に出向く時は行く先々の村々で百姓の女房たちを集めては売春させ多額の金を払ってやったりして、兵隊も村の住民も喜んだそうな。

そんな彼はなかなかの美的感覚の持ち主で、彼の所領の信貴山《しぎさん》に造った城は彼自身の発案設計で、城の中が吹き抜けになっていた。信長はそれを真似て、はるかにスケールの大きな安土城を造り、中は天守閣まで吹き抜けになっていた。

余談だが、松永が二度目に背いた時も信長は彼が持っていた有名な茶器の「平蜘蛛《ひらぐも》の釜」を差し出すなら許してやるといったが、もはや老齢の松永は、今さらあの男に屈してなるものかと、釜を自分の手で割って自害して果ててしまった。これは彼と信長の間にある一種のアイデンティティを証す、ある意味でいい話だと僕は思うがね。

企業の競争には新しい発想が不可欠だ

人間の創意、発想力の価値や意味は歴史という大きな舞台を構えなくても、我々の日常の生活でもいえることだ。特に経済が大きな影響力を持つ現代社会では、企業の競争には新しい発想が不可欠になる。

それを証す事例は無数にある。僕にとって一番印象的な例は「味の素」の話だ。今から大分前老舗《しにせ》の「味の素」に似た調味料を作る会社が他にいくつも出来て売り上げが落ちてきた。宣伝部の社員が会議を開いて鳩首《きゅうしゅ》し各自いろいろな意見を出した。中には商品の名前が古いとか、漢字での表示が悪いから英語にしたらとか。しかし会議を主宰していた重役にはどれもイマイチで気にいらない。

中に一人新入社員がいてつまらなそうに皆の話を聞いていた。

「おい、君は何もいわないが何か意見はないかね」

重役が促したら、

「要するに、売れる量が増えたらいいんでしょう」

「当たり前だ、それで苦労してるんだ」

「なら、入れ物の瓶の穴をもっと大きくしたらいいんじゃないですか。僕の家でも使ってますが、逆さにしても振らないと中身がよく出てこない。穴をもっと大きくしたら逆さにしただけで自然にざらざら出てくると思いますが」

いわれて、

「それだっ！」

重役は思わず膝を叩いたね。その新人の発案で入れ物の穴が大きくなり、売り上げの量はいちじるしく上がったとさ。これは、事の盲点を突いたコロンブスの卵的発想の勝利だよ。

コンピューターの世界に革命をもたらしたアップルの社長のジョブズが若くして死んでしまい、世界中が神様が消えたみたいに大騒ぎしているが、彼は、「発明の要因は人々が何を求めているかを知ることだ」といっていた。彼とて発明への啓発は実は、日本の「ソニー」の創設者の一人井深大《いぶかまさる》さんが、世界中でヒットしたウォークマンを作り出した時の挿話を肝に銘じてのことだった。

井深さんはある時自分の工場で働いている若い従業員が小型のテープレコーダーをポケッ

トに入れ、好きな音楽を聞きながら仕事をしているのを見て、なるほどと思った。

誰でも好きな時に、どこででも好きな音楽を聞きたいんだな、それをかなえるために何かいい方法いい道具はないものかと考えた末に、歩きながらでも音楽を聞けるウォークマンを作り出した。

あのジョブズとて、そうした先人の発想とその成功を踏まえて画期的な発明・開発をものしていった訳だ。

新しい、画期的な発想などというものは、便秘の時にきばって用を足すようにしても出てくるものじゃない。しかしあくまで自分の組織の置かれている状況という大要を心得ていなくてはなるまいが、それでも深刻な会議でいくら鳩首しても絞り出されてくるものでありはしない。

発想は、ほんのふとした折に生まれる

僕が好きなこの日本ならではの画期的（?）な発想の事例の一つに、NECの名もない若い女性従業員の着想がある。電子工学の結晶ともいえる半導体が盛んになりだした頃、NECの各工場でも精度の高い半導体を作り出したが、熊本の郊外にある工場での製品の中にな

ぜか不良品が多かった。

工場長以下技術関係の幹部が鳩首しても原因がつかめぬし解決の方法も生まれない。それが工場に働く全員の悩みともなっていた。

そしてある時、遅番で出勤してきた若い入り立ての女の子が工場の目前の踏切りで、門の間近を通っている鹿児島本線を、不定期に走る長い貨物列車がゆっくり過ぎていくのを待っていた。

足元の揺れを感じながらそれをやりすごす間、彼女はふとあることを思いついた。ひょっとしたらこの振動が工場の中まで伝わっていて、人間には感じられないが、精密な工作機械に悪い影響を与えているのじゃないかしらと。

そこで職場の若い上司にそれを伝えたら、職長は膝を叩いて感心し、それをそのまま工場長に伝え幹部たちは仰天した。

なるほど、ということで翌日から工場の周りに振動を吸収するために深い堀を造って水を張ってみたら不良品がなくなったそうな。

この発想へのヒントを与えた女の子に会社が特別にボーナスを出したかどうかは知らないが、外国なら当然金一封が出たろうがね。日本の企業というのはそうした発想を評価して報いぬところに問題がある。例の青色発光ダイオードを発明した社員に報いず、告訴されてしぶしぶ金を払うような体質ではこの国の先も知れているよ。

新しい、画期的な発想がどうやって生まれてくるかには興味津々たるものがあるが、いつか、新製品を多く出す会社の一つ東芝の西田厚聰会長と食事した時にそれについて尋ねてみた。

「企画会議で新案が出たなんてことは全くありませんな」

ということだった。

そんな発想を会社にもたらした連中に質《ただ》してみると、ほとんどが、ほんのふとした折、例えば家でのんびり風呂に入っている時、電車に乗って吊り革にぶらさがりぼんやり外を眺めていた時とかだそうだ。これも人間の大脳生理の秘密を解き明かす鍵の一つに違いない。

人生のダイナミズムは個々人の発想力にかかっている

いずれにせよ人間の価値とは、「他人とは違う」ということ、そしてさらにその違いがもたらすその個人ならではの発想だよ。横並びの人間をいくら沢山並べても何にもなりゃしない。今の日本の教育はそんな手合いばかりしか作れない気がする。

僕はアメリカという国は嫌いで好きだ。嫌いな理由は他で多々述べているが、好きなというか、一目二目置かなくてはならぬ訳は何も彼等の、日本からの収奪も含めての金にあかせた宇宙開発なんぞではなしに、さりげない着想で世界中で大流行する子供や若者の遊び道具を考え出すのがアメリカだからだよ。

例えばローラースケートに小型のサーフボードを載っけたスケートボード。波乗りのサーフボードに帆をつけて走るウインドサーフィンボード、これはどんな小型のヨットも敵《かな》わぬ非現実的なスピードで走る、が故にオリンピック種目にもなりそうだ。それに僕も大好きだが、ひと頃流行《はや》った宇宙船から飛んでくるとされた空飛ぶ円盤に似せたフリスビー。たかだか子供・若者の遊び道具というなかれ、世界中で若者たちが夢中になるベストセラー製品の全てがアメリカ発というのは看過できないぞ。あれらの商品はきっと名もないマニアが考え出して世に問うたものに違いない。それがあの国のダイナミズムなんだよ。

遊びにせよ仕事にせよ、人生のダイナミズムは個々人の発想力にかかっているんだ。それが大勢ひしめいている人間社会の中で、他を出し抜いていく人生の公理だよ。

第十一章

良き悪しき人生の友

人生に友人は欠かせないが、どんな友人に巡り合うか、どんな友達を持つかによって人生も変わってくる。

とはいっても所詮自分は自分、その自分の人生が持った友達によって大きく左右されるというのもどうかと思うがね。

友達を持つというのもいろいろなきっかけがあって、幼な友達から、後年学校に進んでから持つ友人、あるいは社会に出てから持つ友達、あるいは仕事を通じて、というより新しい仕事を組み上げていく過程での他者との組み合わせ、いろいろあるだろうな。

僕が大学の寮にいた頃、今からもう六十年以上前のことになるが、あの頃寮の仲間が酒を飲みながらよく歌った歌がある。確か『人を恋うる歌』とかいう殊勝な題だったが、その中に「妻をめとらば才たけて　みめ美《うる》わしく情けある　友を選ばば書を読みて　六分《りくぶ》の俠気四分の熱」とか「友の憂いに我は泣き　わが喜びに友は舞う　人生意気に感じては　共に沈まん薩摩潟」と。

女房が美人で自分を愛しているにこしたことはなかろうが、歌の文句も、昔は何かの義理で結婚するケースも多々あったせいらしい。友人については、勉強しての博学で自分の知らぬこともよく知っていていろいろ教えてくれる友達は便利でそれにこしたことはないが、いささか鬱陶《うっとう》しくもあるな。

歌の後の方の文句は昔ならあったろうが、この現代、友達の不幸や悩みに陰でほくそ笑むような奴はいても、それに同情して一緒に泣くなんて奴はもう滅多にいるものじゃなかろう。

歌の後の方の「共に沈まん薩摩潟」というのは、若き日の西郷隆盛と僧月照《げっしょう》の心中未遂のことで、時の藩政の在り方に悲憤慷慨《ひふんこうがい》した二人が絶望して船から一緒に飛び降り、月照だけが死んでしまった挿話のことだが、これも現代ではまず希有なる話に違いない。もっとも西郷と月照は当時はざらにあったホモ同士という説もあるが。

その西郷さんに関しては、最後は新しい国造りの戦略の違いから袂《たもと》を分かつことになってしまったが、日本を近世から近代に導くための明治維新をやってのけた西郷隆盛と大久保利通のコンビ、新しい国造りという人生を懸けた試みに挑んだ英傑二人の間柄というのは大きな歴史の流れを反映して、男の場合友情というものがいかに大きな所産《しよさん》をもたらすかということを証《あか》している。

ましてその友情は、西郷の征韓論が大久保たちに退けられ野に下った西郷が西南戦争に巻き込まれ、反乱軍対政府という形の対立となって西郷は死に、その後大久保も反発した浪士たちの手で暗殺されてしまう。その時大久保は西郷からの最後の手紙を懐にしていたという、宿命の友人関係を表象する挿話まであるが。

まあこうした友人関係の事例は事業の世界では多々あることで、例えばソニーの創設者盛田昭夫と井深大の関わり、あるいは試行錯誤の末に本田技研工業を作り上げたいわゆるホンダ八人衆など枚挙に遑《いとま》がない。

僕がここでいいたいのはそんな世のため人のために何か素晴らしいことを一緒に成し遂げた、あるいは成し遂げるための人材たる友人のことじゃないんだ。

政治の世界では、ろくな友達が出来る訳がない

僕が二股かけてやってきた政治と文学の世界では必要とする友達の質は対照的に違うんだ

な。背信、平たくいえば裏切り、嘘がつきものの政治の世界では表には必ずその裏があって、その裏にも裏があり、裏の裏が表かといえばそうじゃない。裏の裏のその裏もさらにその裏もあって、いけばいくほど本体がどこにあるのかわからなくなるのが政治の世界の原理ともいえるから、ろくな友達が出来る訳がない。さらにことに金がからめばさらに複雑、奇っ怪なことになる。

しかし時にはある理念理想のために仲間が結束することもないではないが、それとてそう長く続くものじゃない。しかしそれはそれである程度評価はされていいとも思う。

前述したが、田中角栄の金権政治に反発して作られた青嵐会はそれなりの堅い覚悟で結ばれてはいた。何しろ相手は金権を除けば魅力満々の人物で、その強権も空恐ろしいものがあった。だから互いの覚悟を証すために僕がいい出して血判をさせたんだ。それだけで怖がって脱落した奴も何人かいたが、あるしめしにはなった。

青嵐会も角さんが倒れたことでなんとなく終焉《しゅうえん》したが、その名のとおり一過性の夏の嵐として目的は果たしたと思う。日本の政治史の中でも珍しい事例じゃないかな。あれは金がからまぬ、つまり反金権という目的での結束だったからこそ仲間の友情も保たれたということだろう。

もともと無頼な存在でしかない物書きとしての僕にとって良き友というのは、謹厳実直な相手であろうはずはない。小説というのは人生にとって一種の毒であって、教科書なんぞでありはしない。それをものしている物書きにとってはまともな人間なんぞ興味の対象とはなり得ない。

故にも僕の人生の中で人生を反映させてくれるような相手でなけりゃ興味は持てない。そういう意味では相手が悪人だっていいんだ。

僕の女房はいつも、「あなたはどこか変な人が好きなのね。それでいい思いをしたことがあるの」というが、いわれてみりゃ確かにそうだし、その少し変な奴とつき合って得をしたということもあまりないけど、それでも中には得がたい相手もいて、他人にはわからぬようなところで、いくばくか人生に刺激を受けたようなこともままありはするがね。

例えば中でも、無理して肺炎であっけなく死んじまったミッキー安川のような男は、女房にいわせても、「あの人だけは変わっていて、変な人だったけどいい人だわね」ということではあったな。

彼とのつきあいは散歩に行った家の近くで、何かのテレビ番組のロケをしていたのに出会って、彼のアメリカ留学の無頼な体験記の題名をつけてやったのがきっかけだったが、まだまだ情報の不足していた時代に、当時は東京よりも進んでいた横浜という町の裏社会の、外国人を含めて、それをまたマークしている刑事も含めて、興味津々たる人間たちと知り合うことが出来た。

中にはその刑事が案じて予告していたとおり、私が紹介したテレビで裏の話を喋りすぎてある夜、港の桟橋の倉庫の壁に小型のフォークリフトで胴体を刺し貫かれ、そのまま持ち上げられてはりつけにされたオカマまでいたものだが。

そうした連中の履歴についてミッキーの話す与太話は尾鰭《おひれ》はひれがついて眉唾なものも随分あったが、それを承知で聞いていれば一層楽しくもあった。

彼の紹介で知り合ったジョージ浜中などという男は横浜のナイトライフの世界では知る人ぞ知るという男で、いつも寡黙で人当たりのいい男だったが一滴も酒を飲まず、ある時しつこくその訳を質したら、昔、進駐軍のクラブのマネージャーをしていた時、酒に酔って日本人のスタッフを相手に悪事を働いたアメリカ兵を殴って殺してしまった。相手には奥さんがいて子供を産んだばかりだったそうな。裁判は無罪だったそうだが、以来、自分も酒は断ちましたと。淡々とした、そういう男のなんともいえぬ居住まいにはじんときたね。

青嵐会が頑張っていた頃彼は共感して、幹部の何人かを横浜に招待して白人の女を奢《おご》ってくれもしたよ。

そういう友達というのは忘れられないな。英語でいえばタッチングな奴。そいつとのつき合いでのタッチングな思い出、その中にきらっと人生が燃えてきらめくんだ。

おかげで僕の人生にはそんな友達が何人もいてくれたな。

女のごまかし方、女への嘘のつき方、女の嘘の見破り方をとくとくと教えてくれた奴。でも、あんまり役にはたたなかったけど。

女の嘘に関しての極意についちゃ、吉井勇の名小唄があるわな。

「騙《だま》されているのが遊び　なかなかに騙すお前の腕の良さ　くいな聞く夜の酒の味」

まあ、ここまでの大通は僕の友達にもいなかったけどね。


良き悪しき友人は僕の人生に対する好奇心によるものだ

賭け事についての極意を教えてくれた奴も忘れられないな。

賭けマージャンで誰かと組んで勝負する時、自分がリーチをかけたら仲間には振りこまさせぬために、手の内を伝えるやり方。リーチ棒を縦に置いたらソーズ、横にしたらマンズ、斜めならピンズということだそうな。

そいつはある時期賭けマージャンで食っていたそうだが、それも生活の知恵ということか。

それにしても素人には気づかれぬ手立てだなと感心したね。

僕にポーカーの極意を教えてくれた江口という男も正体のつかみにくいしたたかな奴だった。ポーカーというゲームは賭け金がかさめばかさむほど、嘘はったり、脅し、装った弱気なんぞを駆使する微妙複雑な心理劇だからな。

彼が構えていた店には彼がふるいにかけて選んだ、気心の知れた仲間だけが集まってポーカーをしていたものだ。仄聞《そくぶん》すれば当時の日本でのポーカー打ちの十指に入る男だったそうだが、自分の店では一切博打はせず、素人を食い物にしているようなポーカーの筋者は決して店には入れずにいてくれた。

ある時あるきっかけで、横浜の関内のバーのマダムが無類のポーカー好きで、それを聞き及んだポーカーの筋者たちがポーカーの勝負でその店を乗っ取る計画をたてているという噂を聞いて、その企てに彼も嚙んでいるらしかった。

ならばその席に俺も連れていってくれともちかけたらその噂を頭から否定し断られた。ならば俺はその店に行ってこんな噂があるが注意した方がいいですよといっちまうぞと脅したら、しかたなしに頷《うなず》いた。ただし彼のいうとおりに演技し通すことと。

その演技とは、まず事前にその店に何度か通って顔を売っておくこと。そしてその夜は宵の口一度店に行って飲んで帰る。そしていわれた夜中過ぎの時刻に忘れ物をしたと店に戻ってきて、丁度マダムを入れて始まっているゲームに参加ししかじかの金をすってしまい、資金調達にもう一度店を出てどこかでキャッシュを整えて戻ってくる。

それもすぐにすってしまい、後は物見高い見物として陪席する。その間彼ら、彼とその仲間のプロ三人は素人を装ってマダムに負けつづけていくが、勝ちつづけていい気になってい る彼女に無謀な賭けを挑んだ連中が最後の三つか四つの大勝負で逆転し、彼女は店を売ってあがなわなければならぬほどの負けをしてしまう。

僕はそれを見届けて明け方店を出たよ。あれはなんとも見事な筋書きの一夜の芝居だったな。人間の欲望、自負、自惚《うぬぼ》れ、それを見越したしたたかな罠、そしてそのドラマに僕も観客という一役を買って、座って芝居の転結をつぶさに見届けることが出来た。まさかという結末が、実は用意周到な演出の末に到来してしまい、敗者は夢でも見ているような気持ちで呆然と座りつくしていたな。

残酷だが見事に狡智《こうち》な現実が芝居以上に寸分の狂いなく現出して、眺めている僕も敗れた彼女も目の前の結末をなお信じられずに、酒にでも酔ったように呆然と痺《しび》れていたね。

さらに憎いのは、決して口封じとしてではなしに、そのドラマの観客の役を務めた僕にそいつが、きちっとその役としての出演料を払ってくれたよ。その額は僕がいわれたとおりそこでポーカーに負けて払った金がびた一文も狂いなく後で手渡されたものだった。

ポーカーという人間の心理の虚構を突く賭け事の神髄を、その道のプロたちが証してくれたあの一夜のドラマは人間について実にさまざまなことを教えてくれたな。

荒天の際のヨットの試合なんぞでは、現実に間近で仲間が落水などで死んでいくのを体験してきたものだが、人間が生きながら葬られるのをゲームの中での息遣いのうちに感じて見守る経験というのは、目の前で人が死ぬのを看取《みと》るよりも無残で、しかし犠牲者には悪いが、息が詰まるほど面白いものだった。それは僕にとっては有り難い、素晴らしいメフィストフェレスだったな。

その他この他、僕はこの人生でその種のタッチングな、つまり良き悪しき友人に恵まれてきたと思う。それも僕の人生に対する好奇心によるものだろうが。

中には泥棒もいたよ。Ａ・Ｉというイラストレイターで僕の本の表紙も描いてくれた男だが、なかなかセンスのいい奴で奥さんの実家も特殊な学校をやっている資産家なのに、その男自身のどこかに欠陥があって人の持ち物を平気で横領してしまう癖がある。それが段々わかってきたが僕にとっては気のいい奴で、盗癖という彼の病気がわかっているから、「俺の持ち物と、俺の仲間の持ち物にだけは手をつけるなよ」といい渡してつき合っていた。ある時そんな友情（？）に感謝してか、若くて可愛い女の子を二人紹介するからどちらでも選んでくれともちかけてきた。四人してあるナイトクラブで落ち合ったが、あんまり僕の趣味じゃない。その頃僕にはもっとましな女友達がいたので早々に退散したが、二人ともそれを感じてか不機嫌そうだった。

後々に暫《しばら》くして聞かされたが、二人のうち片方は有名な女優になり片方はこれも有名な作詞家となったそうな。うっかり彼の贈物に手をつけずにすんでほっとしたがね。

その男もついに泥棒ということで逮捕されてしまったが、ぶちこまれていた日比谷署の留置場から裁判に連れていかれる途中だったのか、当時僕が創設し重役を務めていた日生劇場の前の交差点に信号待ちで止まっていると、目の前に止まった、窓に金網を張った護送車の中にそいつが殊勝な顔をして座っているのが見えた。あれはなんとも不思議な印象の偶会で、ああやっぱりこいつらしいなと思ったが、家内に注意される僕の奇妙な友人趣味を表象する出来事ではあった。

とにかく世の中にはいろいろな人間がいるんだから、多少癖があっても害があっても、そんな友達との出会いの方が面白いと思うがね。

趣味や遊びの中で啓発してくれた相手は忘れがたい

誰であろうと些細《ささい》なことでも人生の中での発見、といえば大袈裟《おおげさ》かも知れないが、僕にとって全く未知なるものについて教えてくれた友人は誰も忘れがたいな。世界で有名な誰かに紹介され握手してみたところでどうということもないが、特に趣味や遊びの中で啓発してくれた相手は忘れがたい人生の友といえる。

僕の後発的な趣味、しかし未《いま》だに耽溺《たんでき》しているスクーバダイビングでの啓示は人生でのひらめきを与えてもくれたな。ダイビングをしたての頃、まだ水中銃を使っての漁がうるさくなかった頃の沖縄の海という絶品の舞台でダイビングの極意、というより案外気づきにくいイロハを教えてくれた城間という歯医者がいたんだ。

今からもう四十年も前の沖縄の海というのはまさに竜宮城伝説を証す素晴らしい海で、海底の珊瑚《さんご》も比類ないものだった。それを伝わって魚を探して仕留める楽しみも初心者にはたまらなく、沖縄では最高の美味の魚、向こうではミーバイと呼ばれるハタや、その中でも絶品の赤ハタ、アカジンを探すのだが、そのための水中行で僕が海底の起伏に沿って泳ぐのを彼がたしなめて、折角海中という虚空を飛んでいるのだからもっと高いところから距離を置いて鳥になったつもりで海底を見回せよと教えてくれた。

なんでもないような忠告だが、いわれてみればその方がはるかに余裕を持って、水中を飛ぶ鳥としてのバーズアイで獲物を探すことが出来るからね。

それに加えて絶好の獲物のミーバイは、習性として多くが岩から出て岩場に近い海底の砂地に止まっていると教えてもくれた。これも自分の海を知りつくしたベテランの知恵で、おかげで僕の海での狩猟の腕は格段に上がったよ。

いつもダイビングの次までの合間にビールを一本空けて過ごすが、いつかあんまり気持ちがいいので二本目に手をつけようとしたら、「心臓というのは機械みたいなものだが、アクセルを踏み込みすぎると壊れるぞ」とたしなめてくれたのも彼だった。そんな彼が僕よりも若いのに早く死んでしまったのは不条理としかいいようがない。

その後も沖縄の海にはしげしげ出かけているが、あの海を眺める度、彼のことを思い出すな。

人生の友というのはそんなものだ。

第十二章

挫折と再起

つまずきのない人生なんぞある訳がない。

誰もが人生を通じて思いのまま生きたいと思うだろうが、そうはいかない。この世の中は所詮他人との関わりなしに過ごせるものでありはしない。ルネサンス以来人間個々の存在、いい換えれば人間の自我なるものが認められるようになったが、それはそれまでの専制的な中世の支配者の下での個人を無視された生き方からの解放で、故にも個人としての社会との関わりが始まったということだ。

だからルネサンス以後現代にいたるまで、近代、現代の文学の共通した主題の根底は個人と社会との摩擦、相剋《そうこく》に他ならない。そして個人としての感性、理念を含めて個人にとって大切な自我は往々他者が形成する社会の規範に制約され抑圧もされる。それはある意味で自我の挫折だが、それで挫《くじ》けてしまったら人生そのものの敗北で、敗北はしてもそれで絶対に敗退してしまってはならないんだ。

実存主義の作家サルトルの代表作『嘔吐』は、ロカンタンという若い男がある時公園のベンチに座って休んでいて、目の前の太い木の妙な形をした根っこを見ているうちに突然強い吐き気に襲われて驚く。

何故だろうと考えるが、実は自分という個人が抱えている周りの社会との摩擦、相剋、そして挫折の中で自分がいかに自分を磨《す》り減らし喪失しているか、そんな自分の醜さを目の前のグロテスクな木の根の形に重ねての、そんな自分自身に対する吐き気だったということだ。

失恋だってそうだろう。失恋こそ人生の中に溢《あふ》れている挫折だよ。いくら惚れても相手がなびいてくれなければどうしようもない。かといって失恋で挫けて人生そのものをはかなんだら死ぬしかありはしない。

僕は残念ながら、失恋の経験がないからわからないが、僕の周りにも願った恋が実らずに一生独身で過ごしてしまった男が何人もいるけれど、それはそれで潔いというか、ある意味で男らしい気もするがね。

中河与一の『天の夕顔』というのは恋愛小説の傑作だが、人妻に恋した男は一生その思いを捨てずに、彼女が死んだ時大枚を投じて素晴らしい花火を作らせ、彼女が残した子供と一緒に二人だけで無人の河原で花火を打ち上げて愛した女を偲《しの》んで供養する。自分が天に打ち上げた花火の大輪の花を彼女も天にいて摘み取ってくれたろうと。粋な話じゃないか。失恋という人生の忘れがたい挫折の、花火による昇華だよ。これは男じゃなけりゃ出来ないことだ。


男の男としての特性は挫折を人生の糧《かて》に変えることが出来ることだ。それが男らしさというものだ。

大方の日本人が大好きな西郷隆盛も彼を見出した名君の島津斉彬《なりあきら》が死んだ後、彼の弟の久光にはひどく嫌われて二度も島流しにされたり、未遂に終わったが自殺を図ったりもしている。あの豪傑風の西郷さんにしてもだ。しかし彼はそれを超えて明治維新を遂行する英傑となった。

後に征韓論を唱えてかなわずに敗れて引退し故郷に帰るが、激昂《げっこう》した子分どもが無計画な反乱を起こし、やむなくそれを許して自分も戦の中で死ぬ。その人情と潔さが日本人の心を打つのだろうが、僕にいわせると彼の盟友大久保利通には敵《かな》わず、時代を見通せなかった男の悲劇ともいえるが。

その大久保にしても、彼こそが官僚制度を作り上げ産業振興を図って日本の近代化のための路線を敷いた大功労者だったが、その怜悧《れいり》さの故に周りから恐れられ、ついには暗殺に倒れてしまう。これは彼にとってというより、日本の近代化にとっての挫折ともいえそうだ。

日本の近世を支配した徳川幕府の創設者の家康にしても、その志を遂げるために隠忍自重《いんにんじちょう》し、絶対的支配者だった織田信長に屈従し、周りから讒言《ざんげん》されて信長の猜疑《さいぎ》を晴らすために優れた嫡男の信康を命じられるまま切腹させてまで家を保った。こんな屈辱、こんな無残な挫折はあるものではない。これはもう人生における挫折なるものをはるかに超えて心に突き刺さる悲劇だが、それまでして家康は何を目指したのかは、その後実に二百五十年あまり続いた徳川の天下を眺めればわかりもする。彼は天下をとるという、男としての志のために最愛の息子をも殺させる、いや敢《あ》えて殺すという挫折を超えたのだ。これは男にしか出来ぬ非情な挫折の超克だよ。そこまでするかねと現代人は思うだろう。中世という酷薄《こくはく》な時代ならではのことかも知れないが。

いかなる分野においても競争こそが人間を鍛えてくれる

最近あちこちの小学校では運動会の徒競走でゴールの前で子供たちを改めて一列に並ばせて一緒にゴールインさせる馬鹿なことが行われているそうだ。一体どういう思惑か知らないが、それをさせる教師たちは人間同士の競争という、人生における公理について知らない阿呆というか、多分当人たちが人生ですでに競争から脱落した手合いに違いない。

いかなる分野においても競争こそが人間を鍛えてくれるのであって、人間が逞《たくま》しくなる術《すべ》も競争に曝《さら》されることでしかあり得ない。自分はこのことではあきらかにあいつらに劣ってはいても、それならこれでという自覚と自負、あるいはそれ以前に、ならばこの次はきっと勝ってみせるぞという発奮がその分野での成長を促すのであって、そのための工夫と努力こそが人間をしたたかに育ててくれるんだ。

挫折が人間を、特に男をタフにするというのは競争、摩擦の激しい領域では顕著なことだ。激しい競争といえば即《すなわ》ち戦争だが、一度これに負けたり酷《ひど》い目に遭った国にはそれをきっかけにタフな政治家が出現してくるものだ。

例えばヒトラーに攪乱《かくらん》されたヨーロッパのリーダーとして、海軍大臣としては余り認められなかったチャーチルが腑《ふ》ぬけのチェンバレン首相の後に登場し、イギリス人全員を叱咤《しった》激励してヒトラーの海と空からの猛攻に耐えてついには勝利する。

一度はヨーロッパで大敗し、ダンケルクから海に追い落とされ撤退するイギリス兵の救出には、イギリス本土から遊びのためのモーターボートやヨットまで出動させて救い出したりもした。

フランスのドゴールにしてもフランスが降伏した後、それに従わずロンドンに亡命し、亡命政府・自由フランスを樹立して徹底抗戦を呼びかけレジスタンスを指導し、戦後は左翼と戦って大統領となる。

大きな挫折に屈せずに立ち上がった男たちの特質は、それらの体験を通じてこそ彼等が徹底したリアリストとなってしまうことだ。

チャーチルはヒトラーのドイツと戦っていてアメリカも参戦してきてどうやら勝利の兆しが見えてきた頃、誰かに今後の世界の展開の中でどこの国がイギリスの仮想敵国となり得ますかと質《ただ》され、「イギリス以外の全ての国だ」といい放っている。

ドゴールは戦後の世界の展開を予測し、戦後にはかつて一緒に戦った国の反対を押し切って、「フランスは己の栄光と繁栄を他国の力に頼る訳にはいかない」と、独自の核の開発に踏み切ったし、ＯＡＳ（秘密軍事組織）など強力な右翼の反対を押し切ってアルジェリア等のアフリカの植民地の独立を許してしまい暗殺されそうにまでなるが、今日の世界を眺めれば彼の予見が全く正しかったことがよくわかる。

挫折は人間を強くしたたかな者、リアリストにしてくれる

挫折はそれをもたらした原因を反省し分析して心得れば、その人間を必ず強くしたたかな者、本物のリアリストにしてくれるんだ。人生での挫折の意味も価値もそこにある。

リアリストというのは往々周りからは冷淡な奴、非情な奴と思われがちだが、人の心を和ませたり酔わせたりするセンチメントなんぞ、耳触りはよくても物事を確かによく変えていくよすがにはとてもなりはしない。

アメリカの戦後の代表的な大統領といえば誰しもがあの華やかなジョン・Ｆ・ケネディを挙げるが、あの華麗な一族の実態は実はおぞましいものでしかなかった。

ケネディ家の長老のジョセフ・ケネディは禁酒法時代に密造酒の原料となるアルコールを量産してマフィアに売り莫大な富を築きあげ、その金でイギリス大使の株を買って赴任もしたしたたかな男だが、その履歴にはそんなことで人を泣かせた暗い部分が多々ある人物だっ

た。まあそれもアメリカ人たちにとっては一種のアメリカンドリームだったんだろうが。

しかしその祟《たた》りでＪＦＫはダラスで暗殺され、兄よりも優秀とされていた弟のロバート・ケネディもイスラエル贔屓《びいき》ということでアラブ系の市民にロスアンゼルスで暗殺。その以前に彼等の長兄は戦死、次の一人も飛行機事故で死亡。末のエドワード・ケネディは、自分は助かったが、秘書の彼女を薬でラリさせた上に車ごと海に落ちて死なせてしまい大統領候補としては失格。ＪＦＫの息子も飛行機事故で死亡。こんな忌まわしい事故に恵まれた（？）一族は滅多にあるものじゃない。これはどう考えても先祖の因縁の祟りとしかいいようあるまいな。

その華麗で呪われた一族と対照的に不人気だったリチャード・ニクソンは見た目の印象も暗いし、辞め方もウォーターゲート事件で嘘をついたという他愛ない責任問題でだったが、ただ、嘘というアメリカ人の嫌いなタブーに触れたせいで、あの、実は有能でしたたかな大統領をアメリカは失ってしまったのだ。

彼の有能さを証す事例だが、ケネディが始めた泥沼のベトナム戦争を終結してアメリカを救ったのはニクソンだよ。加えてドルを金本位制から切り離し、結果としてドルを世界の絶対的通貨にしてしまったのも彼だった。そんなことで周りからはキング・リチャードとまでいわれた彼だったのに。

そもそも彼とケネディが争ってケネディが際どく勝った大統領選には隠された秘密があったんだ。投票が進む段階で、ケネディ陣営がある州でやったたちの悪い選挙違反がばれて、選挙違反の訴訟が通れば選挙全体がやり直しという羽目になった。だからケネディ陣営はそれまでの得票を笠に着ての勝利宣言が出来ずに、息を潜めてニクソン側がどう出るかを見守っていたんだ。

その間ニクソンは副大統領として仕えていたアイゼンハワーと鳩首《きゅうしゅ》して、相手側の違反について提訴すべきかどうか迷っていたが、アイクに、もしここで大統領選挙のやり直しになったらアメリカのデモクラシーに大きな傷がつくことになると説得され提訴をあきらめ、JFKの華々しい登場となった。天のみぞ知る、といった話だが、実は知る者は知っていたんだよ。

引退後、岸信介元総理の肝煎りで年に一度彼は日本にやってきた。その度、新橋の料亭「新喜楽」で彼を囲む宴があったが、僕も福田赳夫《たけお》さんに選ばれて毎回その席に出ていた。他の顔触れは岸さんの側近の一人だった田中龍夫議員と岸さんの女婿の安倍晋太郎、そしてニクソン時代の駐米大使だった下田武三といった限られた顔触れで席上いろいろ突っ込んだ会話が行われたものだ。

ある時ニクソンの隣に座っていた僕がケネディとの選挙の虚構について質したら、彼が向

き直って座り直し僕の腕をつかみ、

「君みたいな若い者が、どうしてそんなことを知っているんだ」

といった。僕が、

「私はあなたの指導者としての辣腕《らつわん》に密かに敬意を抱いていたのです。あの選挙の後のあなたの立場がもし自分のものだったらどんな気持ちだったろうと思いました。敢えて敗北宣言をした時のあなたほど、勇気があって孤独な人間は世界中にいなかったと思います」

いったらまじまじ僕の顔を見つめながら、

「そうなんだ。あの時ほど独りっきりで、つらかったことはない。この世の中で何も、誰も信じることが出来ない気持ちだったよ」

「わかりますよ」

僕が強く頷《うなず》いたら、

「有り難う。しかしあれは誰にもわかりはしないことだったよ。この私自身が自分にそれを理解させるのに苦労したんだからな」

いいながら彼はもう一度僕の腕をしっかりとつかみ直した。そして僕を見つめている彼の目が思いがけなくもうるんでいるのに気づいたんだ。そして、

「そうか、君はあのことを知っていてくれたのか」

つぶやくようにいったよ。

必敗と覚悟してやればつらくはない

実はその以前僕も、彼によく似た経験を強いられることになったことがあるんだ。東京の当時の第二区から生まれて初めてどぶ板の選挙をやって苦労の末、参議院から衆議院に移ってすぐ、共産党が作り出したバラマキ福祉で人気の高かった美濃部《みのべ》亮吉知事に対抗し知事選に出てくれという強い要請があった。間に入ったのが地元の都議会議員で後には議長にもなった醍醐《だいご》安之助さんで、彼は僕の選挙に絶大な援助をしてくれた人だったがその頃はまだ中堅で、先輩議員たちの都政への危機感と僕への好意の板挟みで苦境に立たされてその要請を取り次がざるを得なかった。

しかし当然僕は断ったよ。醍醐さんもそれでほっとしていた。そして僕と同じ選挙区から出ていた、当時の三木総理の派閥にいた宇都宮徳馬が候補となった。僕もそれでほっとしたものだが、翌年の国会で予算を上げて一息ついていた頃、親友の、後に政敵のマルコスに暗殺されたフィリピンのアキノ上院議員に家族ごと招待されて十日ほど向こうに滞在して二月の半ばに戻ってきたら、宇都宮が仲間から説得されて突然都知事選への立候補を取り消してしまったんだ。

それを聞いて嫌な気がしたな。知事選まではもう三週間たらずしか日がない。その今になって他の新しい候補を探しようもない。これは下手をするとまたボールが僕のところへ戻ってくるのではなかろうか。そして僕がまたそれを断ったら美濃部は無競争で三選されるだろう。彼がやってきたただのバラマキのおかげで都の財政は目茶目茶になってしまっていたが、そんな彼を無競争で出したらこれは民主主義の破綻だよ。

そして果たせるかなまた立候補のお鉢が僕に回ってきた。ベトナム戦争を最前線まで出かけて見、アメリカがこの戦争には絶対に勝てないと確信し、その後戦争にシニックなサイゴンのインテリたちと話してこの国は間違いなく共産化されるだろう、そして日本も下手をするとそんな体たらくになるやも知れぬと思って政治家になっちまった僕としては、もはやその段階でそれを断ることは出来なかった。準備の期間など全くなく、故にも敗北は知れていた戦に出かけるのはなんとも気の重いことだったな。毎朝起きる気がせずに、あと十分、あと五分と自分を騙《だま》してぎりぎりまで寝つづけたのを覚えているよ。

そんな自分をなんとか支えてくれたのはある朝に読んでいたお経の中の一行だった。「貪《とん》欲《よく》滅すれば、すなわち苦《く》滅す」とあった。そうかこれだな、と思った。〝ひょっとしたら勝てるかな、何か方法はないかな〟なんぞと思うからつらいんだ。必敗と覚悟してやればつらくはないし、と自分も悟ったよ。だから毎日その文句を書いた紙を胸のポケットに収《しま》って出かけた。僕は天《あま》の邪鬼《じゃく》な人間でね。だから今までやったどの選挙よりも熱心に演説して回ったよ。一日に三十回も演説したことなんぞありゃしない。そして負けたよ。

ところが後々今度は自分で望んで知事になったら、都政に詳しいあるベテランのジャーナリストから面白い話を聞かされた。実は僕はかなり相手を追い上げていて、危機を感じた相手陣営は画策して昔美濃部と戦ったことのある松下正寿《まさとし》元立教大総長を選挙の途中で担ぎ出した。僕はそれも全く無視して戦って敗れたが、松下が取った二十万票分だけの差だった。彼が出なければ実はかなり際どい結果になって恐らく百千の票差の勝負になっていたろうと。ついでに相手側がその画策に誰と誰にいくらの金を使ったかも聞かされたものだが。

しかし負け惜しみじゃなしに、あれでよかったとつくづく思う。まだ閣僚の経験もなく、やっと衆議院に移れた、行政の経験も全くない男に大東京を預かれる訳がない。そのことを実は美濃部も、後にフロックみたいに知事になった青島幸男も証明しつくしたんだから。

ということに加えて、僕には東京の知事選挙に関しては奇妙な因縁があるんだな。僕は首長の多選にはもともと反対で、知事は三期務めたら身を引くことに決めていたんだ。それが諸般の事情で四期目の務めをせざるを得なくなった。

最初の選挙には鳩山邦夫、柿澤弘治、舛添要一といったかなりの顔触れが出ていたのに、四期目の顔触れはお寒いものだった。世界の東京の知事の仕事というのは、総理大臣に次ぐというか、下手な総理より面白い仕事だと思うのだがね。

まあ所詮、政治家として、というより男としての志の問題かな。

振り返って見ると、あの必敗覚悟で出た選挙が男としての僕の体の芯に何かを与え残してくれたと思うよ。

第十三章

人生の賭け

人間は誰でも迷うことがある。迷わなければ人間じゃない。本能のままに生きている動物とて何かで迷うこともあろうが、人間には理性があり知識もあり、それ故にそれがかえって仇《あだ》となって物事の判断を狂わせたりもするし、迷いを誘発してしまう。特に男の人生には他者とのからみ合いで自分としての判断に勇気を要することが多いはずだ。

などというと女性の進出甚だしいこの現代では、女から偏見差別とされて非難をこうむりそうだが、人間の社会に男と女しかいない限り自《おの》ずと人生の中で担う役割も微妙に異なるはずだ。

戦国の時代を想起してみれば巴御前《ともえごぜん》のような女もいはしたがこれは希有なる例で、あの時代に戦という殺し合いの仕事を担うのは男に決まっていたからな。女性が進出している現代ではいろいろな摩擦の中に女性が登場する事例は多々ありもするが、世の原理として、厄介事を引き受けるのは男としての、まあ宿命だろうな。だからといって女が男に比べてマイナアな存在ということでは決してないよ。

ただいつか警察関係の専門家から聞かされた話だが、車による交通事故の際、衝突の瞬間、女は緊張と恐怖でハンドルを切らずに顔を伏せてしまうケースが多いが、男は最後の瞬間まであがいて結果としては無茶なハンドルを切ってしまうそうな。これはまあ男と女の本質的な違いを暗示する事例の一つかも知れない。

いずれにせよ家族という集団においては大方男がその集団を養い守るというのが常道で、夫と妻ではその責任の資質も違っているはずだ。などというと専業主夫も増えてきた現代では古いといわれるかも知れないが、常識的にはそういうことじゃないのかね。

ということで社会一般を眺めれば男は女よりも、何につけ重い、あるいは危うい物事の選択決断を強いられる。それが男が男たる所以《ゆえん》ともいえる。

結婚というのは人生を左右する重要な決断

例えば人生にとって重大な選択の一つ結婚についていえば、結婚を申し込むのは大方男の側からだろうに。そしてそれを女が受ける。結婚は男女双方にとってまさに人生を懸けた選択と決断だが、女がそれをいい出すというケースはあまりないのじゃないかね。

結婚というのはまさに人生における重要な決断で、これが男女双方の納得合意に拠《よ》らなければ人生そのものが狂ってきかねまい。これはある意味で丁か半かの選択、というよりそれを通り越した大きな賭けでこれが外れればとんだ悲劇さえ招きかねないからな。

僕は誰かの結婚式に招かれてお祝いのスピーチをさせられたりする時いつも引用するんだが、哲学者のベルグソンのエッセイに結婚について記したものがある。曰《いわ》くに、「結婚は信仰に似て一種の賭けだ。神仏を信仰しても、神を目にしたりその声を実際に聞くことなどあり得ない。しかし多くの人間はその神を信じてすがろうとする。結婚も数十万数百万もいる女、男の中からたった一人を選び信じて行われる。そしてその後々結婚生活の中で、選んだ相手の思わぬ欠点や不足が見えてきても、信仰と同じように信じたものを疑わず迷わずに通すことで、信仰と同じように結婚も有形無形、賭けの配当を受けることが出来る」とね。

僕もそれを実感しているよ。僕は家内と学生結婚をしてしまった。就職は一応東宝の助監督に合格していたが、当時の社会では映画の助監督なんぞ一番薄給で一番タフな仕事だった。しかしまあ結果として在学中に小説も売れて賞ももらい就職はせずに物書きになれ、子供も男が四人それも一応まともに育っているが、これは結婚という賭けが当たっての配当だと思っている。のろけていう訳じゃないが、今の女房でなけりゃ僕の人生はもっと違ったものになっていただろうな。

僕の結婚にはおふくろも弟の裕次郎までが反対してね。裕次郎なんぞ結婚式の前の夜家で従兄と酒を飲んでいたら悪酔いして、兄貴の結婚には早すぎて絶対反対だと叫んで手でコップを叩き割って大怪我《おおけが》をしてしまい町の病院に連れこんだが、そこでも医者にからんで怒った医者がそんなにわめくなら麻酔をしないぞと脅かしたらそれで結構だと居直ってしまい、結局麻酔なしで、「痛くねえ、痛くねえ」と叫びながら手の怪我を五針も縫う始末だった。だからささやかな結婚式の後の記念撮影にあいつだけ片腕を胸の前に吊って写っている。

結婚は人生での極めて個人的な、ということは、傍《はた》の人間にとっては誰が誰と結婚しようが大した問題ではないが、当人には人生を左右しかねぬ重要な選択ではある。

ボードレールの詩に、男と女の都会での出会いのはかなさを歌った印象的な「通りすがりの女に」というソネットがある。

「一瞬の稲妻……あとは闇！——消え去った美しいひと

そのまなざしが私をいきなり生き返らせたひとよ、

君にはもはや永遠の中でしか会えないのか？

どこかよそで、遠いところで！　もう遅い！　たぶん二度とは！

なぜなら君の逃げ先を私は知らず、君も私の行く先を知らない、
おお　私が愛したはずの君、おお　それをちゃんと知っていた君！」

これは大都会の雑踏の中ならではの出来事だろうが、町の人混みの中である女と行き交う、その寸前二人の視線が出会い、ある戦慄が体の中を走る。この女こそだ！　この女こそこの俺のために備えられた相手だ！　という霊感のような戦慄。しかしそう感じはしても全く見知らぬ相手にどう声をかけたらいいのかわかりはしない。しかし相手の女も自分と同じ戦慄を抱いているはずなのだ！

ならば一体どうしたらいいのだ、と迷ううちにも相手はすれ違い雑踏の中に消えていく。自分が間違いなく一生かけて愛しただろう相手が永遠に遠ざかっていってしまう、という実感を都会に住んで感じた男はきっといるに違いない。

そういう実感を感じて、臆することなくそれを実現した男を僕は知っているんだ。国会議員時代の親しい友人で江藤隆美《たかみ》という男だ。

彼は若い頃所用で東京に来ていて、ある時、街で素晴らしい女性に出会い、ボードレール

の詩と同じ感慨に打たれた。そしてそこで立ちすくむことなく、その女性の後をつけていったんだ。

そして先回りした道の角で彼女を捉え、いきなり自分はこういう者だと名乗り、「私はあんたに決めた、どうか私と結婚してくれ」と申し込んだんだ。相手は驚いたに違いない。しかし彼の一途《いちず》さに打たれて、さすがその場で「はい」とはいわなかったろうが、それからどんな紆余曲折《うよきよくせつ》があったかも知れないが、結果として彼はその相手を射止め結婚することが出来たんだ。

江藤というのは若い頃は中距離のランナーをしていたそうだが、竹を割ったような気性の男でね。ずけずけものをいうが全く嫌みのない奴だった。あの時、街角で突然プロポーズされた相手もそれを感じ取っていたのかも知れないな。

職業の選択は時代の変化を露骨に表象する

しかし人生には結婚よりももっと厄介な選択というか賭けの瞬間がちりばめられているんだ。就職もそうだろうな。あれは男が男として世の中に出ていく最初の試練だ。これから自分の人生を過ごすためにいかなる職掌《しよくしよう》を選ぶかというのは最初の試練選択だろう。

僕は極楽トンボの典型で大学にいる間就職について考えることなく過ごしてきてしまった。同人雑誌の復刊なんぞに懸命になっている間に四年生になってしまって、気がついたら周りの仲間は皆就職にうつつをぬかしていた。といってこの自分が、当時は花形とされていた商社や銀行に入って働く姿を想像も出来ない。しかし考えれば大学院に進むなどという意思も経済的余裕もありはしない。としているうちに同人雑誌の仲間の、いつも僕が興味を抱くような新しい本や学者について情報を伝えてくれていた西村潔という男に、自分と一緒に東宝の助監督の試験を受けないかと誘われて、もともと映画好きの僕だったからそうだそれはいい選択だと同意して願書を出し、なんとか合格したものだった。

しかし当時、慣例として助監督としての長い下積みの末一本立ちする映画界は、丁度その頃映画そのものが我々は電気芝居と馬鹿にしていたテレビに押されて下火になってすたれてしまい、僕から眺めていかにも才能に恵まれていた西村は突然自殺してしまったよ。

ということを考えると、人生を踏まえるためにいかなる仕事を選ぶかというのは、男にとって極めて重く大切な選択、賭けなんだな。

親友の一人で柔道部の主将も務めた男が商社を選ぶというので、僕はお前には生き馬の目を抜くような仕事はミスマッチだぞ、むしろ手堅いメーカーを選んだらと忠告したものだが、思ったとおり商社の仕事は巨《おお》きな体で相手を押しつぶして勝てる柔道みたいにはとてもいかず、揚げ句に彼はノイローゼになって社内の競争では脱落してしまった。その頃、彼の一年後輩で部のマネージャーをしていてよく彼に怒鳴られしごかれていた男に街で出会い、心配なので彼の様子を質《ただ》したら、「ああ、あの人この頃これですよ」と頭の上に手でくるくる丸を描いて広げてみせた。世の中、非情だなと思ったね。

就職の選択というものは時代の変化を露骨に表象していて大学生などに世の中の先が読める訳もなく、仕事の選択という賭けも至難なものだとつくづく思う。あの頃自動車会社や航空会社に入った仲間は、なんでまたこの日本の貧相な自動車とか飛行機とかを選んだのかと仲間の同情を買っていたものだが、トヨタも日産も日本航空も後には大人気の企業になりおおせたし、電通などという広告代理店もそんな業種はよく知られておらず中小企業の一つとしか受け取られていなかったものだ。

まあしかし男の人生における賭けともいえる就職を含めてさまざまな選択は優に人生を左右もするのだろうが、命がけというまでにはいたるまい。

歴史の中に名をとどめているような男、まさに男らしい男の人生はやはり壮絶ともいえる人生の賭けをきっかけに展開しているよ。この日本もそんな男にこと欠かない。

まず織田信長だな。彼が天下布武《ふぶ》にまで乗り出すきっかけとなったあの桶狭間の合戦は、およそ十対一くらいかけ離れた兵力の今川勢を迎えて、織田を簡単に踏みにじって京へ進むつもりでいた相手を自ら先頭に立って斬り込み大将義元の首を上げてしまった。

信長と同じように部下の背信によって倒れたジュリアス・シーザーも、ローマ元老院の命令に背いてローマに向かって踵《きびす》を返す時、元老院が仕切ったルビコンの川を意を決して渡る際その心中でまさに人生を懸けて決断したに違いない。

シーザーの決断は彼の人生どころかローマの歴史を変えることになるが、歴史に名を残しているルビコンというのは実はごくごく小さな川でしかない。しかしなお、その前まで来たシーザーにすれば、馬を駆って跳んで渡れそうな小川だろうと、まさに彼の命を左右する厳然とした境目だったろうな。

次々に奇策を構えて平家を打ち破った源義経にしても、周りの反対を押し切って事を遂行する時は、最後はリーダーとしての孤独な決断に拠ったに違いない。一谷の戦で敵の背後から襲うため鵯越《ひよどりご》えの崖を駆けくだる奇襲や、壇ノ浦の合戦の折、義経が用いた逆潮を利用して使う船の逆艪《さかろ》の装備にせよ、まして当時の海上での戦では船の漕《こ》ぎ手は戦闘の対象とはしないという暗黙のルールを無視して弓で漕ぎ手を狙って殺し、船団を混乱させて討ち滅ぼしたやり口など、戦の指導者としての賭けへの決断に拠ったものだったろうな。

鵯越えの逆落としの際の彼の心境は昔の尋常小学校唱歌にもあったように、「鹿も四つ足

馬も四つ足　鹿も越えゆく　この坂道　馬の越せない　道理はないと　大将義経　真っ先に」ということで、リーダーたる男の面目躍如ということだ。
そうした決断の瞬間の男たちの心境をわずかでも垣間見たいものだと思うね。

物事の選択に中立ということはあり得ない

日本人が好きなイギリスの歴史家トインビーは彼の名著『歴史の研究』の中で「いかなる強大な国家も必ず衰弱する。場合によっては滅びもする。その要因は、それを正確に捉えて対処すれば決して不可逆的なものではない。ただ、国家の衰亡に繋がる一番厄介な要因は、自分で自分の物事を決めることが出来なくなった時だ」といっているが、これはまさに歴史の原理だな。今の日本もそのざま。そしてそれはそのまま人間個人にも当てはまるのじゃないか。

つまり人生の中での大事な選択、結婚にしろ仕事の上の問題にしろ何にしろ、最後は自分の選択決断で決めることなくして本当の満足などありはしまい。

戦後の日本のようにアメリカの属国に甘んじてきたが故に今の体たらくだ。そして国民までが他力本願の我欲ばかりとなって社会全体が萎縮してしまった。物事の選択というのは往々白か黒か、博打での丁か半かで中立ということはあり得ない。

マキャベリはその『君主論』の中で「決断力に乏しい君主は目先の危険を避けようとして大概中立の道を選ぶ。そしてその大方は身を滅ぼしてしまう」といっているが、人間とて、特に男は同じことじゃないかね。日本の政治の脆弱《ぜいじゃく》さは結局役人の発想だから、長期の発想を欠いてその場しのぎの場当たり、つまり中立みたいなもので周りの国からいいように食い散らかされる体たらくだ。

男の決断というのは成功する場合もあるし失敗する時もあるさ。しかしそれを恐れていたら自分の人生への責任をどう果たすというのかね。

今では野球をも凌《しの》ぎかねぬ大隆盛をきたしているサッカーのJリーグが発足する時、サッカー協会の理事会である幹部が、「そんなものは時期尚早だ。日本にはまだプロのサッカーリーグなんぞとても出来はしない」と反対したのをJリーグの初代チェアマンとなった川淵三郎氏が、「今、時期尚早という人は百年たっても時期尚早というだろう」といい放って強行に事を運んだ結果、サッカーは今日の隆盛を見たんだ。賭けに臨んでの男の決断というのはそういうものだ。

しかしそのためにはそれを押し切る男としての個性とそれを背にした勇気が要るんだよ。

前にも記したがケネディと大統領選を争って敗れたニクソンが、相手の汚い違反がばれかけて、それを提訴すれば再選挙となって実は勝てたかも知れぬのに、アメリカのデモクラシーの威信を守るために甘んじてあきらめたという悲痛な挿話も、多分男にしか出来ぬ、いや実に男らしい決断だったと思う。物事の判断に迷って苦しむ時、人間は孤独なものだ。しかしその孤独に耐えるということが男を鍛えて男にしてくれる訳だ。

まあ何にしろ人生の中には選択を強いるいろいろなドラマが潜んでいる。それを前にしての迷いも人生の要件だが、それをいかにクリアするか、そして何を獲得し、あるいは何を失うかが人生そのものなんだ。

そして男はそれを正面から受け止めていくことで本物の男になっていくのさ。

第十四章

肉体とその死

僕は織田信長という男が好きで、ああいう風に天衣無縫《てんいむほう》に生きたいものだと憧れてきた。彼が愛吟していた幸若舞《こうわかまい》のスタンダードナンバー謡曲『敦盛《あつもり》』の名文句、「人間五十年下天の内を比ぶれば　夢幻《ゆめまぼろし》の如くなり　ひとたび生を得て　滅せぬもののあるべきか」は人間の存在そのものの神髄を直截《ちょくせつ》に表していて、若い頃から共感していた。

だから、あちこちから受けるアンケートに「座右の銘」とか好きな言葉は何かというのがよくあって、その度面倒だからいつも信長にあやかって「人間五十年」と書いていたが、こちら当人が五十を過ぎてしまったので五十歳以後は止《や》めてしまったが。

それにしても彼はやるだけのことをやりつくし、志していた「天下布武」達成寸前に飼い犬の明智光秀に背かれ本能寺で死んだ。その死に際も彼らしく、反乱し押し寄せた軍勢の旗印は何かと尋ね、「桔梗《ききよう》の紋所」と聞いて、「明智か、ならば詮もない」といい捨てて寺に火を放ち、炎の中、奥の書院で誰に介錯《かいしやく》もさせず自決してしまう。まさに「人間五十年」と人生をくりきった男の死にざまだな。時に奇《く》しくも五十に一つ前の齢《よわい》四十九だった。

彼と同じ西欧の英傑ジュリアス・シーザーも、人間にとって望ましい死とは何かと問われ、「それは突然の死だ」といっていたが、ある日、元老院で元老員たちに背かれ、その中に可愛がっていたブルータスの顔を確かめ、「ブルータスよ、お前もか！」と叫んで余計な抵抗もせずに自らガウンを体に巻きつけて倒れ伏し刺客たちの刃《やいば》に身を曝《さら》してしまった。英傑の死にざまというのはどれも潔く、美しく、羨ましいな。

とはいいながら普通の人間にはそれがかなうものでもない。三島由紀夫は自らの願う理想の突然の「死」についてエッセイで、ある爽やかな朝美しい森を散歩していると、どこかで誰かが手入れしていた鉄砲が暴発して、その流れ弾に胸を撃ち抜かれて死ぬのが理想と書いていたが、そう都合よくいくものじゃありはしない。

だから彼は自衛隊の市谷駐屯地に突入し憂国を絶叫し自決してしまった。彼は常々四十歳を超した自分の醜さを思うとぞっとするといっていたがね。あの事件は彼がボディビルで人工的な、機能はしないが見てくれは一応の筋肉をつけた肉体を備えてしまった後のことで、徴兵検査は甲乙丙の丙で相手にされなかった彼のことだから、鏡に映すおのが疑似肉体に幻惑されて自作自演の劇に耽溺《たんでき》して死んでしまったのだろう。

　ここで彼のことをとやかくいうつもりも紙数もないが、人間はいつかは必ず死ぬのではあるまいか。しかし、生存の原理としてそれを知ってはいても自分の死について信じている人間はほとんどいない。パリ大学ソルボンヌ校の哲学の主任教授だったジャンケレビッチの『死』という死についての人間の心理の分析は無類に面白い本だったが、死は人間にとっての最後の未来で、故に誰にもそれが何かはわかりはしないし、最後の未知を信じられない、とあったがね。

　んー、そうでもない。かくいう僕はこの頃それを薄々信じられるようになってきたからな。というのは、僕は人にもまして自分の肉体に固執する人間でね。その肉体が刻一刻厳然と衰えていくのを実感すればするほど、その向こうに僕にとっての死が待ち受けているのがわかるんだ。しかしそれが怖いとは思わないが、そこはかとなく空《むな》しいね、いや無念だな。

　僕がそういうと息子たちはすぐに、年を考えろ、車だって七十年も超して使えばどこのパーツも古くなるんだよとはいうが、それでもな。

　僕が自分の肉体に固執する訳は、ある意味で僕は「肉体の公理」について覚《さと》れた人間だからだと思う。

僕は幼い頃は病弱で、親父が汽船会社の支店長になって転勤し北海道の小樽にいた頃、冬になるといつもひどい風邪を引いて寝ていた。弟の裕次郎は元気で枕元や雪の積もった庭で遊び回っているのに僕は扁桃腺《へんとうせん》を腫らして寝こんでいる。その差が悔しくて、逗子に引っ越して中学に入ってからはサッカー部に入ってもの凄くしごかれた。

敗戦の直後だから物はなくユニフォームは、新学制なので高校生となった先輩とまだ旧制中学の僕らは同じで、後輩がそれを洗っては使い回す。練習の時、僕は親父の着古したYシャツをぼろぼろになるまで着ていたよ。練習の後はまだバスなんぞなくて、学校から藤沢の駅まで、そして家のある逗子の町の駅からまた家までそれぞれ同じ二キロほどの道をとぼとぼ歩いて帰る。腹ぺこでたまらず逗子の駅で水道の水を飲み、途中でまたたまらずに道端の八百屋の軒下の井戸から水を汲《く》んで飲んでよろよろ歩きだす。

それが続いた結果、ひ弱な体質が歴然として変わっていくのがわかった。風邪も引かなくなり大抵のことに耐えられるようになって、なるほど人間というのはこうしたものだなと覚れたな。

覚りといっても単純なことで、「健全な肉体にこそ健全な精神が宿る」というが、年を重ねていくと今度はその逆に、スポーツが培ってくれた精神が、衰えていく肉体を支えてくれるんだ。世の中に出てそうそうスポーツばかりやっていられない境遇では、仕事、つき合いでいろいろ嫌なこともかさむが、そんな時自分を支えてくれるのが若い頃鍛えた肉体が培っていた心の強さということだ。

以来その覚りが一種のオブセッションになって、いくつになっても何かで体を動かして保っていないと不安でしかたがない。僕は運動選手としてはまあ二流どころだろうが、超一流のスポーツマニアではある。

だから関東リーグの前身のリーグで蹴っていたサッカーもいよいよ仲間についていけなくなった頃、馬鹿にしてはいたが手頃なんでテニスを始めてみたらこれが意外にタフな競技でね。それに啓発されて十年ごとに何か他の新しいスポーツを手がけることにしてきた。

四十になった時にはスクーバダイビングを始めた。これは大当たりで、人生観というか世界観まで変えてくれたな。

新しいスポーツを手がけると、早く上手くなりたいと思って自分なりにいろいろ工夫をする、それがいいんだ。

自分が好きでやっていることでの工夫ほど人間の頭を刺激するものはない。これはスポーツに限らず他の趣味、俳句だろうが茶道だろうが料理だろうが自分に適《かな》う何の趣味でもいい、好きなことをやっている中での工夫こそが大脳生理学的に頭脳を刺激し、新しい発想をもたらしてくれる。

その新しい発想が世の中を変えていくんだ。横並びの人間たちがいくらぞろぞろいても世の中の役にたちはしない。単純に見えるジョギングでも、このコースを走ってもう少し記録が上がらないかなと工夫し走り方も変えるとか、そんなことでの失敗や成功の刺激が人間を質的に進歩させてくれるんだよ。

かつて、天才的な数学者だった岡潔さんは、ヨーロッパの先達の残した数学の難問題のいくつかを、他の連中が苦労しても出来ずにいるのにあっという間に解いてしまった。世界中が目を見張ったものだが、ある人が一体どうやってあんなに簡単に難問を解決してしまえたのですかと尋ねたら、岡さんは俳聖の芭蕉に傾倒していてね。ある時、難問解決のためにと芭蕉が『奥の細道』でたどった道筋を、彼があの旅行でいくつかの名句をものしたと同じ時期、同じ場所に行ってその俳句を鑑賞したという。

芭蕉がおもむいて座って蟬《せみ》の声に聞き入った山形の山寺では、寺の無人の裏庭に座って「閑《しずか》さや岩にしみ入る蟬の声」を愛吟したんだな。また嵐の過ぎた後を選んで新潟の荒涼とした海岸に立って海を見はるかし、「荒海や佐渡によこたふ天河《あまのかわ》」なる句を実感して帰った。そして瞬く間に難問を解いてしまったのだとさ。これは人間の感性の秘密を解き明かす凄くいい話だ。

僕もいろいろスポーツを手がけてきたおかげであまりぼけずに、今でも発想がいろいろ湧いて書きたい小説に事欠かない。このままでは人生が小説に追いつかないな。

しかしそれにしても寄る年波にはなかなか勝てないものだ。齢《よわい》の数ということよりも、齢の数に沿って体力が落ちていくのはどうしようもない。そのいまいましさは、たまらないな。ゴルフにしても去年はここまで楽に飛んでいたのに、なぜ一年後の今年はこれしかというこの連続はたまらないぜ。

「俺は、前は楽にここまで飛んだがな」

と、一緒に回っている息子にぼやくというより自分に怒っていうと、

「それはいつ頃の話よ」

息子にいわれ、答えれば、

「ああ、その頃僕はまだ小学生だったよ。そんな昔のことを思い出して何になるのさ。そろそろ覚《さと》りなさいよ」

いわれれば、覚れてないのがよくわかるが、わかってもこの自分がいかにもいまいましい。まさに、わかっちゃいるけど止められないという心境だよ。息子たちがいうように、馬鹿といや、やっぱり馬鹿だ。

思い出すが、まだ、いやもうすでにというか、とにかく六十八の時、いつものゴルフ仲間

の、この本の発売元幻冬舎の社長の見城徹、監査役の棚網基己の三人でプレイしていて僕がぼろ勝ちしつづけ、途中のあるホールで彼等がまた一か八かの賭けのプッシュに出てきて、僕が、

「止めとけよ。負けがかさんで吠え面かくだけだぞ」

いってまたナイスショットをしたら、その日僕に初めてついてたキャディが感心して思わず、

「石原さんて、おいくつなんですか」

質《ただ》してきた。まんざらでもない気持ちで、「いくつに見える」と聞こうとしたら見城の奴がいきなり、

「もう六十八だよ」

いい放った。それを聞いて件《くだん》のキャディが、

「ええっ！」

絶句して、化け物でも見るみたいにまじまじ僕の顔を見直したものだが、その時なぜかいい気持ちとそうじゃない気持ちが混じり合って妙な気分だったな。

その後、そっと彼女に、

「君、僕がいくつくらいに見えた」

質したら、

「五十代の後半かと思ってましたが」

いわれてむべなるかなとも思ったが、逆に一層本当の年の意味を考えさせられたよ。ところがそれからわずか二年して七十代となった途端、体力の低下は一瀉千里《いっしゃせんり》の感を免れない。ゴルフの飛距離は落ちる、風邪は引きやすくなる、夏風邪まで引いてもすぐに治らない。平成二十二年の夏恒例の五ヶ所湾からのパールレースに出て二晩ほとんど徹夜でレースをし、微風と暑さと夜の雨に祟《たた》られたら船から下りて足下がふらつき、夏風邪を引きもどしていて一向に治らぬうちに秋になってしまった。

気持ちに体が追いつかないという苛立ちを抑えられない

太陽の季節の男が、年からしても今じゃ斜陽の男なのはわかりはするが、それが業腹でどうにも自分で納得できないでいる。そんな年で徹夜のレースに出るのは馬鹿だともいわれるが、なんでこんなざまなのかと、とにかく納得できないんだよ。

もともと知事は三期で引退してパールレースどころか人生三度目の、ロスからハワイまでの花のトランスパックレースに出るつもりでいたんだがこのざまだ。そんな自分がどうにも気に食わないでいる。

これじゃいけない、こんな自分をなんとかしなけりゃと、ふと思いついたことがあった。昔々僕がそそのかして一緒に新しい派閥を作った同僚の中川一郎が怪死してしまってその後始末に悩んでばたばたたし、一方、身の回りにもごたごたあって心身ともにばらばらになりかけていてね。思いたって希代の名僧松原泰道さんの寺に行って座禅でもしようと出向いたら、息子のこれも風変わりの坊主の哲明さんがつき合ってくれた。

長い線香一本が尽きるまで小一時間座ってたが、終わったら哲明さんが、

「あんた偉丈夫だと思っていたけど、こうして後ろから見るとしょぼいねえ」

いわれちまった。

「でしょうな」

いったら、

「そんな時、座禅なんか組んだって効きはしないよ。それよりあんた海が好きなんだろ。二、三日海にでも行ってたら少しは楽になるよ、そんなもんだよ」

いわれて翻然《ほんぜん》とし、クルーを動員して三日間伊豆の島々を回ってきたら確かに楽になったものだった。

でその後何かにそのことを書いて、息子の哲明も一種の名僧だろうなと書いたら、たちま

ち手紙が来て、「一種とか、だろうなとは何だ」と抗議されちまったよ。

で最近ヨットレースで引いた夏風邪もぐずついたままでどうにも気分が優れず、己の肉体の凋落《ちょうらく》がいまいましくってならずに思いつき、またあの哲明さんの寺に行って座禅を組んでみようかと三田にあるお寺に電話したら奥さんが出た。哲明さんはおいでですかと聞いたら、なんと彼は昨年脳幹から出血して亡くなったと。わずか七十の年でね。

あれはなぜか妙に応えたな。僕より若い彼が。本気じゃないが、ちょいと頼りにはしてたんだがな。

そんなことで今度は哲明さんのお父さんの、今は亡き希代の名僧泰道さんに頼ろうと彼の名著『般若心経入門』を改めて読み直している。実はこの本は僕がプロデュースしたんだ。版元の祥伝社が発足した時、何かいい企画はありませんかと頼られて、当時日本中で『般若心経』の写経を指導していた友人の高田好胤《こういん》さんに般若心経入門を書いてもらったらと勧めた。そしたら好胤さんが、いや自分なんぞおこがましい、自分なんぞより知る人ぞ知る名僧の松原泰道さんに頼むべきだというので、そういうことになった。

結果としてこれは大成功で松原泰道師の手になる『般若心経入門』はミリオンセラーとなった。なのにそのプロデューサーたる僕はこの名著を熟読した訳ではない。

頼りにしていた息子までが早死にしてしまったので、しかたなしに親父さんに乗り換えて救われたいと思ったのだが、これがそうはいかない。昔さらっと一読してなるほどと思っていた本が、自分が本当に迷いだしてみると、そう簡単に救いには繋《つな》がらないんだな。自分が間違いなく老いてきた、その先には死がある、ということくらいはわかっちゃいるが、気持ちに体が追いつかないという苛立《いらだ》ちをどう抑えるのか、どう逃れるのか誰か教えてくれよ。

僕にとっては肉体が自我なんだ。自我をなくすことが救いだ、覚りだというなら、死ねば肉体は消滅するのだから人間は死ななきゃ覚れないのかね。誰でも死ぬ前に覚りたいのにな。

第十五章

古い教養

男の魅力にもいろいろあるが、その男の人間としての幅を感じさせるのはやはり彼の教養の深さだろう。それも単なる博学ではなしに、思いがけぬことをよく知っている奴というのは、〝うむ、おぬしなかなか出来るなあ〟ということになる。思いがけぬ時に思いがけぬ知識を垣間見せられると、一目置かざるを得ない。それもこちらの教養と感性次第だがね。

僕の畏友渡部昇一は英語学の泰斗《たいと》だが、英語以外の教養の深さというかその物知りぶりにはいつも驚かされる。

学問としての英語の造詣の深さは当然で、いつか仲間内の英語通をもって自ら任じている竹村健一に僕が、日本での英語の教育は日常の会話に必要なコロキュアルな表現を教えない。僕がそんな英語を学んだのは趣味のヨットレースで外国に出かけた折々のことで、例えばヨットの修理に必要な釘を町に買いにいって、店屋のオヤジにどれくらいの大きさの釘だと聞かれ、手まねで大きさを示したら、「オー、ザットラージ」といわれてそういう便利な表現を初めて知らされた。だから米とか粉とか数で数えない物を買いたい時両手でこれくらいという場合はディスマッチといえばいいし、ヨットレースで本部艇からスタートラインを決めるリミットマークまでの距離を質《ただ》し、相手がどこかの建物を指してあれくらいの遠さだと教える時、ザットファーですむ。

そんな便利な英語を学校では誰も教えてはくれないと僕がぼやいたら竹村が、

「そんな英語はあかん、邪道や」

いったら渡部教授が、

「いやそれは違いますな、石原さんが正しい。指示形容詞を副詞として使うのは英語の伝統です。あくまで正しい英語ですよ」

たしなめられて竹村大先生もぎゃふんだった。

その渡部教授がいよいよ大学を辞めて引退の折、仲間内を集めてのパーティでの記念講演で、最後に、自分もこれから今までと違った生活を送ることになるので、今までの関わりでの知り合いたちとはあるいはまた会うこともあるのかないのか、ということで今日で一応さようならの集まりを開かしてもらったと述べ、そのくだりで『拾遺和歌集《しゅういわかしゅう》』の中の詠《よ》み人知らずの歌を引用してみせたものだった。

「別《わかれ》ては逢はむ逢はじぞ定《さだめ》なきこの夕暮や限《かぎり》なるらむ」とね。

これはなかなか洒落《しゃれ》た挨拶じゃないか。僕としては、なるほどと感心させられたな。これは彼の学者であり教養人としての、見てくれ以上の男としての幅を感じさせる挿話だと思う。

思いがけぬ男に思いがけぬ素養があると魅力は増幅する

僕の親父が存命中、家によく、親父を慕っていた部下のある男が酒を飲みにきていて、奄美の旧家の出というその男は漢文の素読が得意で、よく僕をつかまえては手にしてきた支那の何やらの古典を読み下しては講義してくれたものだった。こちらはいささか迷惑でもあったが、彼の見掛けによらぬ教養というか能力に感心させられもした。

いつかそんな折に僕が、当時有名だったワンマン総理の吉田茂が大磯に構えた屋敷がかつ

ての総理伊藤博文の「滄浪閣《そうろうかく》」という別邸と知って、滄《あお》い浪《なみ》というのはやはり場所が大磯の浜辺のせいだからかといったら、

「いやそれは違う。滄浪というのは支那の湖北省を流れている漢水の一部の古い呼び名だ。支那の戦国時代に、王の側近として活躍していた屈原が讒言《ざんげん》によって都を追われ、絶望してさまよっている時に、ある漁父が彼にいった有名な言葉がある」と教えられた。

「滄浪の水清《す》まば以て我が纓《えい》を濯《あら》うべし
滄浪の水濁らば以て我が足を濯うべし」と。

纓というのは髪の毛を束ねる飾りの紐《ひも》のことだそうな。

滄浪なる言葉の由来はそういうことだそうで、なるほどねと思った。

彼からの講義はそれしか覚えていないが、いつかそれを思い出し、逗子の家の庭のテラスから逗子の入り江を眺めながら僕も作ってみた。

「湘南の海に風たてば、我が船を走らしめよ
湘南の海の波おさまれば、我が面《おもて》を映すべし」と。

なかなかいいだろう。

これもあの男の古い教養の余韻だな。思いがけぬ男に思いがけぬ素養があるというのは、そいつの魅力を増幅するものだ。

僕の弟は歌も歌ったが、思いがけなく長唄もこなしていた。

といえば驚きだが、実は彼が学生の頃よく遊びにいって寝泊まりしていた仲間の母親が長唄のお師匠さんで、彼女から暇な折、長唄の『勧進帳《かんじんちょう》』のさわりの部分、

「ついに泣かぬ弁慶の、一期《いちご》の涙ぞ殊勝なる」

だけを習って覚えて、俳優になってからの座敷でその一節だけを謡ってみせた。

聞いた者はみんな感心して、どうかもう少し聞かせてほしいといわれてもあいつ、

「いやいや、だいぶ昔習った道楽でね。大方忘れちまったから、これ以上はお恥ずかしい」

なんて。

それでかえって評判も高まったな。

で僕も真似して、あいつが死んだ後だが、今は亡き友人の観世栄夫《かんぜひでお》に、僕の好きな織田信長が愛唱していた幸若舞の『敦盛』の一節、

「人間五十年　下天の内を比ぶれば　夢幻《ゆめまぼろし》の如くなり。ひとたび生を得て　滅せぬもののあるべきか」

を謡ってもらい、テープに録音してそこだけは彼そっくりに謡えるがね。ついでに幸若舞でひとさし舞えればいいんだが、そこまでの暇はない。

洒落た言葉は民族の感性に触れて共鳴する

何であろうと日本の古い芸能の中の名文句というのは、今でもとてつもなく魅力的に響くものだ。近頃の歌謡曲の歌詞なんぞとても敵《かな》わない。若い内は迂闊《うかつ》に聞き飛ばしても、ある年齢になるとそれが文化の神髄というか、民族としてのDNAで、心に響いてしみるようになるものだ。

歌舞伎の名文句から小唄、都々逸《どどいつ》、甚句《じんく》までいろいろあるな。相撲甚句にしても谷町の前で謡うためじゃなし力士同士がか、あるいはもっとプライベートにか、こんな句もある。
「相撲に負けても怪我さえなけりゃ、晩には私が負けてやる」とね。

都々逸なんぞはこんな筋の歌の宝庫だな。いつか気の合った議員を何人か連れて下町の料理屋で一席もうけた時、当節じゃ数少なくなった幇間《ほうかん》（太鼓もち）を呼んだら小憎い文句の都々逸を聞かせてくれて議員どもは感動し、中には忘れぬように手帳を取り出して文句を書きつけていた奴もいたな。曰《いわ》くに、
「久しぶりだな何からしようか、お燗《かん》つけよか、帯とこか」

「私の小舟にあなたを乗せて
いくもいかぬも棹《さお》しだい」
どうだね、これらはやはり日本語の語韻の味わいだよ。つまり優れた、あるいは洒落た言葉というのは文化のDNAを踏まえて民族としての感性に触れて共鳴する訳だ。鈍い奴らは別の話だが。

高校の頃クラスに歌舞伎の名文句にくわしい奴がいて、彼自身というより彼の親父さんあたりの影響なんだろうが、そいつが何かの折々に仲間を歌舞伎の名文句で茶化していたのが面白かったが、ある時ある授業の先生の悪口を誰かが黒板に書いて、やってきた先生が怒って犯人を詮索したが皆とぼけてわからない。その時カリカリきた先生にその男が、
「悪い野郎は河内山《こうちやま》」
となってみせたら大笑いで先生までが笑いだして治まったが、あれはあの先生も「天保《てんぽう》六花撰《ろっかせん》」の悪人河内山宗俊《そうしゅん》のくだりを知っていたんだろうな。

日本人の感性の深さをよく表象する一冊の本がある。昔、日本が多くの影響を受けた支那の詩や名文から抜粋し、さらに日本人がそれを翻案した名文句や、日本人の手になる詩歌を

選んで並べた『和漢朗詠集』なるもので、ついでにいうとそれをさらに抜粋して僕が解釈したものもあるぞ。人生のさまざまな機微についての名詩歌名文句のアンソロジーだ。

例えば男と女の関わりの極み、つまりセックスに関しても、

「翠帳紅閨《すいちょうこうけい》 万事の礼法異なりといへども

舟の中浪の上 一生の歓会これ同じ」などとある。

これは日本の文人が漢文調にしたてた戯文だが、愛の行きつくところがセックスならば、良家の子女と豪華なホテルでものものしい結婚式の末に緑色のカーテンがかかりピンクのシーツで調えられたホテルのベッドで行う初夜のセックスも、小舟の中で波に揺られながら彼女と行うセックスもその歓《よろこ》びは本質同じものだと。ラブホテルまで行かずとも道端で人目を避けてするセックスもその歓楽は同じものだということ。

この文句は彼女を誘う時、嚢中不如意《のうちゅうふにょい》、つまり金のない男が彼女を口説いて納得させるためには好都合ではないか。もっとも相手の感性次第だがね。

人生に多い、さまざま心に響く「別れ」についてもいろいろある。白居易《はくきょい》の、

「きみと後会せむこと いづれの処《ところ》とか知らむ

我が為に今朝《こんてき》一盃を尽《つく》せ」

旅に向かう親しい君と再会できるのは一体どこでだろうか、今朝別れの前に僕の差す盃を乾してくれよ。

男同士の別れには酒がつきものだ。

同じような漢詩の井伏鱒二《いぶせますじ》の名訳にも、

「この盃を受けてくれ　どうぞなみなみつがしておくれ　花に嵐のたとえもあるぞ　さよならだけが人生だ」とあるからね。

別れが表象する人生のはかなさについてもいろいろ名文句がある。白居易の、

「蝸牛角上《かぎゅうかくじょう》　何事をか争う

石火光中《せっかこうちゅう》この身を寄す」

『荘子』の言葉の中に、小さな蝸牛《かたつむり》のこれまた小さな右左の角の中にそれぞれ違う国があり、互いにいがみ合っての戦で多くの犠牲者を出すというたとえがあって、こんなちっぽけな世界の中でことさら何を争うことがあるのか。人間の人生なんぞ蝸牛角上の争いに似て、石と石をぶつけて放つ小さな光の中に終えるみたいなものじゃないか。誰しも死ぬ時は、ああ昨日生まれたと思っていたら俺はもう死んでいくのかという淡いニヒリズムだよ。

「石火光中この身を寄す」というのは人生に対する殺し文句だな。

同じように日本の沙弥満誓《さみまんせい》の歌にも、

「世中《よのなか》を何にたとへむ朝ぼらけ
漕《こ》ぎ行く舟の跡の白浪《しらなみ》」
期待に満ちた新しい日が始まらんとしているすがすがしい朝、沖に向かって漕ぎ出していく舟の航跡も、漕ぎ手は気づくまいがあっという間に消えていくのだ、と。
何かの会話の折節にこうした古いが、いかにも洒落た文句をひらめかせる奴はなかなかの男ということだよ。

いつか親しい仲間内でゴルフをしていた時、全日本アマの決勝まで行った無類のダンディの五島昇さんがその日は珍しく大荒れで名手としては酷《ひど》いスコアになりそうだった。

そしたらあるホールで五島さんがまたミスをしてぼやいての独り言で、

「ドライバー狂いパター入らず、虞《ぐ》や虞や汝《なんじ》をいかんせん」

と慨嘆するのを耳にしたので、僕がすかさず、

「四面楚歌《しめんそか》ですか」

いったら彼が振り返りにやっと笑ったものだった。

あれは互いの古い教養が触れ合った洒落た瞬間だったたな。

楚《そ》の国王項羽が敵の漢軍に囲まれ、その敵の陣営の中から楚の歌が聞こえてくるのを耳に

して、進退極まった我が身をかこって連れていた愛妾《あいしょう》の虞美人《ぐびじん》に、

「時利あらず　騅《すい》逝かず　騅逝かざるを奈何《いかん》すべき　虞や虞や若《なんじ》を奈何《いかん》せん」

と慨嘆した古事からきたものだ。

無類のダンディが、支那の古事にからむ名文句を口にしたのはますます彼のダンディとしての幅と深みを感じさせられたものだが、それにすかさず応えられた自分にも僕としては満足だったけどな。

第十六章

クラブ

人間というのは気の合った同士群れたがるもので、それは他者との関わりがとかく重荷な近代社会では当然のことかも知れない。ということで生まれてきたのが西欧におけるクラブで、それはある意味で排他的な連帯ともいえる。

その排他性とは趣味における強い仲間意識であって、蓼《たで》食う虫も好き好きというたとえのとおり人の好みにもさまざまあるから、同好の士が集まってよしみを通じるというのは人生での気のおけない憩いの時ということになる。

だからクラブというのは本来何についてであれ、ごくごく限られた仲間の集まりのことでありそのための場所がクラブハウスということだ。

だから当節銀座界隈《かいわい》で大流行《おおはや》りの、座るだけで何万円もふんだくられ、ごてごて化粧したあばずれの女どもにかしずかれ、ワンショットの酒に馬鹿高い金をとられて帰る高級（？）クラブなるものは実はクラブという名に全く値しないものだ。そんなところへ毎晩通っている手合いも多いそうだが、僕の理解には全くほど遠いな。

どこかの会社の馬鹿御曹司が夜な夜なそれなるクラブに通って、シャンパンを抜き、はべっている女たちの前でコースター代わりに万札を十枚折って重ね、グラスを一気に飲み干したらそのコースターをくれてやるといって女たちに大騒ぎさせていたという噂は、世の「高級クラブ」なるものの安っぽさと、日本人の遊びの趣味の低劣さを如実に証《あか》していて恥ずかしい、というよりやりきれないね。

時と場所によったら男は男、女は女でいい

大体日本人というのは自分の趣味を満たした後のくつろぎ方が拙劣《せつれつ》で話にならない。

イクスクルーシブな、つまり排他的な選ばれたメンバー以外には門戸を閉じているクラブでの、事を終えた後のクラブライフこそがクラブの醍醐味《だいごみ》なのであって、その日やったゴルフの成績やテニスの出来、ヨットの試合の成績なんぞは忘れて勝手なくだを巻き合って過ごす時間こそが人生の再生の時なんだが。

日本人はどうもそれが下手、というか苦手、というかその味わいがわからない人種なのかも知れない。

ひと頃東京のホテルオークラの本館にオークルームというスタッグの、つまり男たちだけのバーがあった。いつかそこで仲間を待ちながら一人で飲んでいたら奥に毛唐の男どものグループがいてがやがや話している。手持ち無沙汰で聞いていたら、かなりえげつない猥談《わいだん》をしていた。

そのうち中の誰かがそれをまぜっ返して上手い冗談をいったので僕も釣られて大笑いしたら、連中がそれに気づいて振り返りウインクしてきたのでこちらもウインクし返してやった。ただそれだけのことだが、スタッグという排他性の中ならではの、つまり男だけにしかわからぬ心地よさだったな。

ところがそのバーも、女を入れぬとはけしからぬというフェミニズムの抗議であえなく潰されてしまったよ。時と所によったら男は男、女は女で気ままにやったらいいじゃないか。

アフタースポーツの歓楽は乏しいものになってしまった

実は僕がそそのかして、希代のダンディだった東急コンツェルンの総帥五島昇が作り出したスリーハンドレッドクラブは女性のメンバーは作らない。女性同伴のプレイは認めるが、それはそれでいいじゃないか。

そもそもこのクラブは、いつか彼のパワーボートで下田の沖でカジキの釣りをしていた時、僕がヨットレースで出かけたマニラで親友だった、後にマルコスに暗殺されたアキノ上院議員に連れていかれたマニラ郊外のポロクラブが実に洒落《しやれ》たものだったので、ああしたカントリークラブを日本にも作って下さいよといったら、五島さんの取り巻きの知る人ぞ知る遊び人の田中睦夫、通称ドコドンが、

「いやあ慎ちゃんのいうとおりで、あれは素晴らしいクラブですよ。日本にああしたカントリークラブがないのは恥ずかしい。五島さん是非作って下さいよ」

と口添えしてくれ、後日マニラに所用で出かけた五島さんがポロクラブに足を運んで一見し気に入って、帰国するなり、

「あのクラブはなかなかのもんだな。あれくらいのものがこの国にあってもいいわな。しか

しこの国じゃポロなんて流行らないからゴルフ・プラスアルファだ」

というこことでたっぷりしたプールと素晴らしいローンのテニスコートつきの、メンバーも三百人に限った本格的なカントリークラブが出来上がった。

その場所を選ぶため、ある日、今は亡き有吉佐和子も乗せて五島さんと三人でヘリで飛んだ。候補地は三ヶ所あったが、一番大きな大磯の高麗寺《こうらいじ》山裾よりも、限られたメンバーなら誰も自家用車で来るだろうから、これからモータリゼイションが盛んになる時代に東京から十分でも近いところがいいのじゃないですかと僕が献言して、その場で今の茅ヶ崎に決まったものだった。

出来た頃は五島さんが自分の趣味で選んだメンバーばかりだったせいで、プレイを終えた後の夕刻、テラスにもトーチがともされたりして、夜遅くまで気の合ったメンバーが飲みながら歓談したものだったが。

しかし折角のそのクラブも今じゃ一種のステイタス・シンボルみたいになっちまって、メンバーの大方が上場会社のサラリーマン上がりの社長族になってしまい、朝、会社への出勤と同じ時刻にやってきてプレイ、昼過ぎには帰ってしまう手合いがほとんどで好シーズンの夕刻にも人影がない。

プールもメンバーでは使う者が僕と後は外国人メンバーの家族くらいで、不経済ということで取りつぶされ、ローンのテニスコートもメンバーで使うのはテニス好きだったソニーの盛田さん亡き後は僕くらいということでもの悲しいよ。

どうも日本人というのはがつがつスポーツはしてもその前後のクラブライフがみすぼらしい。かつての僕より上の世代の連中にはそれが出来たが、その後は駄目だな。

天候によっては命がけともなりかねぬヨットレースの後も、最近ではレース仲間が寄り合ってする乱痴気騒ぎがほとんどなくなってしまった。せいぜいが各艇でセールを収《しま》った後、コックピットで一杯やって解散じゃ全く味気ないね。

二昔三昔は、月例のポイントレースや全艇際どくフィニッシュした島周りのレースの後は、船を収った仲間がわざわざ油壺まで戻ってきてヨッテルのホールでのどんちゃん騒ぎでレースの打ち上げとしたものだが、この頃ではとんとそれがない。

大体、最近の若いヨット乗りたちは馬鹿騒ぎ大騒ぎをしなくなっちまったな。昔の話をしてやると皆しきりに羨ましがるが、金なら出すから皆で画策して面白いパーティをやろうじゃないかといっても、尻込みして実現したことがない。何が面白くてつらいレースをしているのかといいたくなるよ。

昔、ある夏、赤坂の座敷で芸者たちに次の日曜日に油壺でのヨット仲間のパーティに誘ったら大勢手を挙げたので、クルーの実家のデパートの社員用のミニバスを借り出して、垂れ幕に「ウエルカム・アカサカガールズ」と大書して駅に迎えに出てみたら、仲間は手ぐすね引いて待ち受けていたのに、旦那の都合か何か知らぬが十人のはずがたった四人しか来ない。まあそれじゃ現地調達でいこうということにしたが、夏の盛りとて若い猟犬たちにまかせたら芸者の予定の数の二倍もの女の子が集まった。揚げ句は芸者たちが若いビーチガールたちに気圧《けお》されて、彼女たちの飲み物のサービスをする始末だったが。

今ではあちこちのマリーナが整備され仲間だけで騒ぐ場所には事欠かないが、なぜかアフタースポーツの歓楽は乏しいものになってしまった。かといってその後他のどこぞで楽しい騒ぎがある訳ではありもしない。

「クラブというのはすなわちクラブハウスのことだ」とは誰かの名言だが、それがなんとかそれなりにまかなえるようになった今日、逆にそれを使う楽しみが消えてしまったのはどういうことかね。

折角五島さんが作ってくれた極めてイクスクルーシブなカントリークラブはただのステイタス・シンボルになってしまい、僕の知る限りのゴルフクラブで限られたメンバーたちが宵の口まで歓談しているのは古い方の相模カントリーくらいで、かくいう僕もメンバーの一人だが、こちらの方は遠いのとウィークデイのビジターが多すぎて敬遠気味だ。

昔々、油壺に割拠するヨット乗りたちで隣の小網代《こあじろ》湾に土地を買って小さくとも自前のクラブハウスを作ろうと画策したことがある。

その頃、東京オリンピックのために近くの江ノ島にヨットハーバーが出来る予定で、カテゴリーは違うがオーシャンレースのヨットマンたちに運営に協力してほしい、ひいてはその後クラブハウスそのものを全てのヨットマンにそのまま提供するということで、高度経済成長最中の日本ならではとついその気になって小網代湾の計画を止《や》めてしまったら、江ノ島の夢みたいな話はガセねたで、施設の中の一室を有料で貸し付けてやるというだけ。

それでもなんとか活用するかという気になったが、ハーバーを管理する県の小役人どもが何かにつけ口うるさく誰も行かなくなってしまった。

やはり、クラブハウスというものはたとえ小さくてもクラブが全て自前で建ててまかなうものでなければ気のおけないクラブライフなどあり得ない、それがあくまで気の利いた遊びの原理ということだ。

だから有名悪名の高いスノッブの集まりの、ニューヨーク・ヨットクラブの、マンハッタンのど真ん中にあるクラブハウスに呼ばれていったら頭にきたな。

その豪華さ贅沢さは羨ましいなどというよりむしろ腹だたしくてね。彼等がそれを出来たのはアフリカから連れてきた黒人を世界で一番長く最近まで奴隷として使役し、先住のインディアンから国土を奪い、大陸横断鉄道の建設には支那から連れてきた支那人たちを奴隷の如くに使役して国土を開いた白人の専制のたまものだなと痛感したね。

彼等の尊大さは長らく独占していたアメリカスカップの試合でようやくにオーストラリアのアラン・ボンドのチームに敗れた時の姿勢によく表れていたな。

北のニューポートでの試合の後の表彰式で、ボンドが手にするはずのトロフィーがない。「一体なぜだ」とボンドが質《ただ》したらトロフィーはニューヨーク・ヨットクラブの部屋にボルトで固定してあるのですぐには持ってこれないと。

激怒したボンドが、

「自惚《うぬぼ》れるなよ。勝者が祝福されないスポーツがどこにあるというのだ。俺はトロフィーなんぞ要らないが、気が向いたら後で送ってよこせ。トロフィーが来たら轢《ひ》きつぶして俺の車のホイールキャップにしてやる」

と怒鳴りつけ、さすがに恥じた連中は急遽《きゅうきょ》ヘリコプターでトロフィーを運びボンドに手渡したそうな。

いかにもそんな連中のたむろしそうな、それにしても素晴らしいニューヨーク・ヨットクラブのクラブハウスだった。

日本のゴルフクラブにも何を勘違いしたのか、鄙《ひな》にもまれなというか、馬鹿馬鹿しく贅沢なクラブハウスがあるな。一度だけ仲間の政治家に招かれて行った千葉の何とかというコースのクラブハウスは、玄関のロビーが馬鹿広く、僕がキャッチボールしても球がとどかぬくらいだだっ広いものだったが、あれに見合うメンバーというのは一体どういう種族なのかね。

クラブ経営の原理はオーナーの権限が駆使されること

ということである時期、東京の新橋の外れに、気の合った仲間だけでそれぞれが自分で持った鍵で扉を開けて入るキークラブを作ったことがある。

建物の持ち主は焼き鳥屋で大儲けした男でそこではバーとも何ともつかぬ商売をしていたが、誰かに連れられ何かの弾みにそこに行ったら中二階のついた小広い建物は閑散としていて、亭主にこんなものを造ってしまったが客の入りはこんな体たらくで、何か他に使い道がないものかと相談されたので、即座に君と俺との関わりで限られたメンバーだけのキークラブにしろとそのかしたらすぐその気になって発足したものだった。

クラブの名は「易俗花」。亭主が兵隊の時駐留していた支那のどこかの村の名だそうだ。

あれは実に楽しいクラブでその雰囲気が評判となり、あちこちから入会の申し込みがあったが、とにかく気の合わないような種族は僕が献言して持ち主の責任で締め出してきた。それがクラブ経営の原理であって、オーナーの権限が駆使されないようなクラブはろくなことにならないからな。

その端的な例が五島さんが自らの裁断発案で作ったスリーハンドレッドクラブで、あのコースは五島さんがほとんど自分で設計したものだが、あのコースの最難関ホールのアウトの九番に誰しもが苦労しいろいろな挿話がある。

僕らは密かにあれを、日露戦争の時、日本軍が苦戦しつくした旅順の要塞の「二百三高地」と呼んでいるが、五島さんが元気だった頃、気の合った仲間だけの三組で試合したことがあった。

僕は第二組でパートナーはヤナセの社長の梁瀬《やなせ》次郎さんと、支那人を排斥し台湾独立を果たそうと活躍し蒋介石《しょうかいせき》政権に睨まれ日本に亡命中の台湾財閥一族の一人で、今日本で活躍しているリチャード・クーの父親の辜寛敏《こかんびん》。

インから回っての最終ホールのアウトの九番、二百三高地をなんとかボギーで上がり、ハンディの同じ僕と辜さんが同じスコアで、その場合は年の順ということだったが、辜さんが、

「まだ陽が高いんだからプレーオフで決めよう」といい出した。

梁瀬さんは九番の両側にあるバンカーを往復していて論外。

そしたら梁瀬さんが、

「君らそんなことといったって後ろのゴツが優勝かもよ」

梁瀬さんはいつも五島さんのことを親しみを込めてゴツ、ゴツと呼んでいたものだ。

「そりゃそうだな」

と僕がいって近くにいた専属プロの勝又に、

「後ろの組の五島さんのスコアを聞いてきてくれよ」

と頼んだ。

何しろ五島昇という人はアマチュアながらゴルフは名手で、全日本アマでは決勝戦まで行ったプレイヤーだったからね。

で走っていった勝又の報告では、最後のこのホールを五島さんがパーで上がれは優勝、ボギーだと辜さんと僕と同じネットになる。

そしたら辜さんが勝又に、「もし三人同じネットなら三人でプレーオフにしようじゃないか」といい出し、勝又伝令がまたそれを告げに走った。

待つうち五島組が近づいてき、五島さんは待ち受ける僕らを意識してか第三打を僕らの前の二本松の下にあるポットバンカーに入れてしまった。

辜さんが、「さあ、これで面白くなってきたぞ」と声をかけ、それを気にしたのか小さく深いポットバンカーからの四打を名手はトップし反対側にある、これまた深く高いバンカーに入れてしまった。そして事もあろうに名手がそこで二つ叩いての六オンとあいなった。

こうなると誰も冗談もいえず、苦笑いしながら上がってき、僕らが並んでいる前のポットバンカーを黙って眺め、いまいましそうに首を傾げる五島さんに梁瀬さんが、

「ゴツ、このホールは難しすぎるよ。このバンカーは要らないぜ」

自分は三つも叩いたポットバンカーを指して訴えた。

そうしたら五島さんが傍らの勝又プロを振り返って、

「おい、このバンカーは埋めろ」

ひとことといってすたすたと歩きだしたものだった。その後、風呂から上がってきてテラスで一杯やりながら眺めたら、勝又プロの指揮で、コースキーパーの連中が早くも例のポットバンカーを埋め始めていたよ。

〝なるほどこれがプライベートのクラブのオーナーというものだ〟と僕としてはいたく感心したものだったが。

五島さんはやがて癌で亡くなったが、いろいろな思い出を残してくれたあのダンディを、僕はあのカントリークラブに行ってゴルフをプレーしあの難関の九番ホールに来る度、昔あったポットバンカーを偲《しの》ばせる二本松の下の窪地に立ってみながら思い出している。

僕らで作った新橋のキークラブもメンバーの恣意《しい》の通じる楽しいものだったな。一階の暖炉のあるフロアでは時折メンバーの芸術家たちの訳がわかるようなわからぬようなパフォーマンスが行われたものだった。

ニューヨークに行って成功した荒川修作が手作りした、歯車の沢山ついた怪しげな時計を暖炉の火の中で回しながら焼きつくし、これで二十億年の時間を超えて俺は超未来に繋《つな》がったなどと嘯《うそぶ》いたり、黛敏郎《まゆずみとしろう》が不思議なカルテットを組んで『メタムジカ』なる不可解な新作を披露したり、他の誰かが現代音楽の始祖のジョン・ケイジを連れてきてこれも訳のわからぬ現代音楽の披露があったり、誰かが当時は滅多に目にすることの出来なかったインディの記録映画を上映してくれて興奮させられたものだった。

いつか何かのパフォーマンスを聞きつけて僕が案内した三島由紀夫が喜んで、「んーっ、ここは魔窟《まくつ》だな！」と慨嘆したのを覚えているよ。

あんなクラブらしいキークラブがまたどこかで復活しないものかね。

つまらないね昨今の東京は。若い奴らも何かとんでもないことをやらかしそうもなく、退屈だよ。

第十七章　ある、とんでもない男の生き方

僕は最近あるとんでもない男と久し振りに再会した。

その名は知る人ぞ知る、アルチュール・ランボー。野内《のうち》良三氏の手による『ランボーの言葉』という、彼の詩の抜粋だけではなしに、詩を書くのを止《や》めてしまった後の彼が友人や家族に宛てた手紙の中から、摩訶《まか》不思議な生涯を終えた男の心情を分析した本のおかげでだ。

ランボーといったってあのくだらぬハリウッド映画の主人公のランボーとは違うぜ。あの映画の製作者がなんで主人公の名を滅多にないランボーなるものにしたのかは、実はわかるような気がしないでもない。

あの映画の主人公はとてつもなく強い、不死身な、そして孤独な男ということで、とにかくとんでもない存在だったアルチュール・ランボーの名を騙《かた》らせたのかも知れない。だから名づけ親は、本家のランボーがとにかく極めて非現実的な人物だったことは知っていて、彼に対してある畏敬の念を抱いていたことには違いない。

若い諸君ははたして本物のランボーについて知っているかどうか。知らないとしたら気の毒、勿体《もったい》ないというか、今まで惜しいことをしてきたものだと思う。

だいぶ昔の話だが何かの記事に彼の名をもじって、「アル中で乱暴」などと書いてあったことがあるが、くだらぬ洒落《しゃれ》を記した奴もまたランボーについては知っていて、彼に対してある思いを抱いていたには違いない。

彼は十代の半ばから突然詩を書きだし、何度も家出を繰り返した揚げ句二十歳にして突然詩作を止めてしまい、その後はアフリカに行って商売を始め貿易商となり銃の密売までしていたが、噂では奴隷まで扱っていたとも。

それもアラビア半島の酷暑の地アデンから始まってエチオピアのハラルに移り、刻苦《こっく》の末、足に癌が出来て帰国し片足を切り落とし、またもう一度アフリカに戻ろうとした旅の途中で癌が全身に転移再発し、苦しみぬいた後、駆けつけた妹に看取《みと》られてまだ三十七の若さで死んでしまった。

ということなら、まあそこらにありそうな割と不運な男の生涯としてくくられそうだが、彼が十代で書き残した詩はサンボリズム（象徴主義）の中でも未曽有《みぞう》の傑作だったのだから。

若い頃、優れた詩に出会うということは感性への刺激なんだ

彼の詩を読んだベルレーヌは感嘆して彼をパリに呼び出して同棲していたが、喧嘩して彼を拳銃で撃って殺しそこね二人は決別してしまう。二人の関係の本質は何だったのかね。ランボー自身は残っている写真や肖像のスケッチでは端整でキュートな少年だったからな。そしてその影像と、彼がアフリカの蛮地で貧しい商人になりはてた後の、かろうじて残っている写真とのコントラストは凄まじいものがある。その格差の背景に、彼が二十歳になる前に書いて残した詩の凄さを置き直してみると、なぜか慄然《りつぜん》として目まいがするんだな。

かくいえば、彼の詩を読んだこともない奴らには、やたら勿体ぶった前置きに聞こえるだろうが、そんな連中はまあ一度彼の詩を読んでみることだ。読む者の感覚、感性次第だが、難解といえば難解、しかしじっくり読むと体の芯に響いて伝わる何かがあるんだ。特に若い連中にとって実はこんなに刺激的な言葉はありはしない。

若い連中はとにかく読んでみろよ。そしたらこの詩を二十歳前の少年が書いて、そしてあ

っさり捨て去ったという凄さの不思議に体が疼《うず》くはずだ。そうでない奴は鈍いというよりないが。

僕は彼があの詩を書き散らしたと同じ年の頃、小林秀雄の翻訳と解説でのランボー詩集を読んでたまげた。小林秀雄という人も日本ではまれな自由気ままで勝手極まる男だったが、彼がランボーという存在に遭遇して何を感じ何を受け止めたかが、この今になってようやくわかる気がしている。

若い頃、優れた詩という優れた強い言葉に出会うというのは大切で有り難いことだと思う。それは感性への直截《ちょくせつ》な刺激なんだ。同じ思春期に僕はもう一人の詩人とも出会ってやはり強い刺激を受けたものだった。

毎月とっていた「文學界」という雑誌に、ある時有名な詩人三好達治の紹介で僕とほぼ同年齢の谷川俊太郎という少年の「二十億光年の孤独」という詩集が載っていた。あれを読んだ時も、遠いところからまだ聞いたことのない強い声に呼びかけられたような気がしたな。よし、だから俺はこの俺でいいんだと思った。くだらぬ高校への登校を拒否して芝居やオペラを見たり気ままな絵を描いて過ごしていた頃だったので、妙に興奮して勇気づけられたような気がしたものだ。

谷川の詩はそのまま素直にぼくの胸に溶けてしみ渡ってきたが、ランボーの場合は全く違っていた。

これはある意味で荒唐無稽《こうとうむけい》、日本語に訳されていたとはいえ僕の言葉の概念を超えていて、彼が歌っているもののイメージが容易にはつかめない。しかし、翻訳とはいえ彼の詩のもたらすビートが体の芯にまで響いてきて、体が疼き彼の言葉に自分が引き摺《ず》り回されるような気がしてならなかった。

これが言葉というものか、こんな言葉があり得るのかという気分にされ、自分が今のままではいたたまれないような気がしてきたものだ。

今になって読み返してみると、こんな言葉を吐き出した彼が家出をしない訳にはいかなかったのがよくわかる。

少年というのは誰しも多感なもので、自分で自分を捉えきれずに密かに懊悩《おうのう》しているものだが、その鬱屈《うっくつ》、その屈曲を彼は未曽有の言葉で爆発させてしまったんだ。

こんな言葉を整然と、そして乱暴に、そして知的で官能的に叩きつけられたらたまったものじゃない。あれは大人になってしまった人間の内部からは出てはこない言葉の弾丸だな。そしてそれに撃たれた者、特に若者は目には見えぬカマイタチに突然出会って精神を裂かれたように、見えない血を流す。その苦痛はある種の、自虐的な陶酔でもある。

君ら、そんな気分になったことがあるかね。

彼の常軌を逸して絢爛《けんらん》とした言葉で綴《つづ》られる詩がいかにして誕生したかは、彼の言葉でいえば「全感覚の錯乱」によるもので、つまり既存の全てのものへの否定、言葉が保証する約束、いい換えれば社会を成り立たせている既存の意味合いの否定によるものだった。

これは決してアナーキスティックな虚無への嗜好《しこう》などではなしに、完全に自由な感覚を踏まえた、完全に自由な人間のもたらすもの、彼が望み憧れた「自由なる自由」がもたらしたものに他ならない。

それはある意味で完全な象徴の作業ともいえる。それ故にこそ彼の詩が織りなす言葉は未曽有の輝きを放っていたんだ。

それに共鳴して同じような象徴詩を書いた若い日本人も何人かいる。中原中也もその一人ではあった。

中原の詩への共鳴はやはり若い世代に強いが、中原はそのまま大人になり、恋愛に傷つき、結婚もし子供を持ち、その子供を亡くすことで悲嘆し、並の人間となっての非業な死に方をするが、彼は自分の手になる詩を捨てることもなかったし、言葉にまみれたまま詩人として一生を終わった。

しかしランボーは彼とは全く違う。あれだけの言葉を錬金術のように奇跡として編み出した男は、それへの評価も待たず、また後にそれを聞いても全く無視して捨て去り、詩とは全く関わりのない人生に突き進んでいってしまった。

その自分自身への無慈悲さは非現実的で、誰にも、どうにも理解できはしない。

僕はいつか電車の中で出会い向かい合って座った、ランボーの僕への紹介者小林秀雄に、

「ランボーというのはどんな人だったのですかね」

とぶしつけに聞いたら、小林さんは当惑した顔で見返してきたが、

「ん、まあ、勤勉な人だったんだよなあ」

と答えたものだった。

小林さんもまた若い頃ランボーに出会って感性を殴られ、情念を揺すぶられた者だったろうが、彼が陶酔して自分の言葉に翻訳までした詩人の、詩への無慈悲な決別の訳はわからず、その後彼が乗り換えた貿易商売という仕事のしぶりへの評価、というより無理やりの理解をしか出来はしなかったのだろうよ。

誰がどう見ても、未曽有の宝石を掘り出し手にしていた者が、それを平然と溝《どぶ》に捨ててしまう所行の理解は誰にも不可能だろうし、常人にはそら恐ろしいものでしかありはしない。

実際にアフリカに渡り厳しい気候のハラルで、儲けの少ない商売に刻苦している三十代の頃の彼の写真の印象は、そげた頰の顔立ち、険しいほどの目つき、あの詩をものした少年の

右／フランスの写真家、エティエンヌ・カルジャによる肖像写真(1871年)。
左／エチオピアのハラルで商人をしていた時の写真（1883年)。

頃のそれとは全く違っていて、禍々《まがまが》しいほどだ。

写真一つの対比が歴然と証《あか》すような、一人の人間の本質的な変貌、というよりもまさに変異の意味は誰が眺めても不可思議というより、恐ろしい。

そして人間というものは所詮そうしたものだということを彼は証してしまったのだ。

ハラルで撮られたらしいあの禍々しい、というより凶々《まがまが》しくもある人相の、元は希有なる天才の男の生涯の在り方を一体誰が、何が決めて与えたのだろうか。

それはこのエッセイのタイトルの、男としての「粋な」などという生き方を超越した、ある一人の男の生き方の中の天国と地獄のありようを何が、何かのために彼の人生を借りて突きつけ示したのだろうか。

男の生きざまというのは、恐ろしくもあるものなのだ

彼と一時期同棲していたベルレーヌとて詩人としての名声はすでに得ていたかも知れぬが、詩そのものが限られた世界のものであり、彼がランボーの詩に驚嘆したとしてもその驚きはまだまだ社会的なものではなく、ランボーの詩が世間を揺すぶるのはずっと後のことだった。その後の現代になってもなお、詩という限られた世界で彼の詩のようにそれぞれの言葉の概念を超えた言葉で綴られた詩はありはしない。その詩が作り出す世界のイメージは現実をはるかに超え、僕らの常識を攪乱《かくらん》し、他の芸術作品が与えることのない強烈な何かの振動のようなものを伝えてくる。

詩もさることながら、詩を捨て去り、ただの商人になり下がってしまった彼の手紙の中にこそランボーという不可思議な、あり得ぬようで実在した人間の謎を解く鍵が窺《うかが》えるような気がする。

ある友達に宛てた手紙の中で彼は記している。

「私とは、見知らぬ誰かのことです。銅が目覚めたら、ラッパになっていたとしても、それ

はぜんぜん銅の落ち度ではありません。このことは僕には明らかです」

そして、

「僕は自分の思想の開花に立ち会っているんです」と。

これは決して卑下ではなしに、なんという強い自我の表示だろう。

だから彼は当時のヨーロッパを支配していたキリスト教を含めて全ての価値観を否定してかかる。

「道徳（モラル）なんて考えだすのは、脳みそが弱ったせいだ」と。

そしてまた、

「ソクラテス、イエス、聖人、正義の人、へどが出る」と。

それは既存の全ての価値への反発だ。それが若者としての通弊にしても、これほど激しく強く確かにそれを己の言葉で歌い出した者がいただろうか。

「まだほんのガキの頃、牢獄に何度でも舞い戻ってくる手に負えない徒刑囚《とけいしゅう》にあこがれた」そうな。

若者の通弊の、自分を拘束する世間への嫌悪と反発だろうが、それを全ての言動でこれほどあからさまに示した才能はあるものではない。

世間や世才のおぞましさに耐えることで彼は苛立《いらだ》ち、自分でもわからぬ何かに渇く。

「胸くそ悪い渇きのせいで、僕の血管はどすぐろい。

ああ、時よ来い、陶酔の、時よ、来い！」と。

そして渇きに渇いた彼は全ての言葉を捨てアフリカに逃れ卑しい商人に身をやつし、無残な死を迎えてしまう。

奴隷の売買については噂でしかないが、しかし密輸には関わり、エチオピアの首長に古い二千丁の鉄砲を仕入れて売りつけ大儲けをしようとするが、逆に手玉にとられて夢も果たせずに終わる。

家族に宛てた手紙の中に、

「ああ、ぼくは人生にまるで未練がありません。生きているとしても、疲れて生きることに、慣れっこになってしまったからなんです」と記し、そして、

「ぼくは骸骨になってしまいました。ぞっとするような姿です。それにしても、あれほど働き、切り詰め、苦しんだにしては、なんとも悲しい報酬ではありませんか！」とまで。

そしてこの男は全身に癌が蔓延《まんえん》しもの凄い苦痛の中で、駆けつけた妹一人に看取られて死んでいったのだった。

そんな不運な人間は他にもいるさ、それが人間の人生の一つというものだという者もいよ

うが、しかしなお、彼が書き捨てて残した『地獄の季節』や『イリュミナシオン』等々、あの不滅で未曽有の言葉の奇跡を背景にして眺め直すと、天才を超えたランボーという男は、男の生きざまなんぞをせせら笑いながら、僕らに自分を見せつけているような気がしてならない。

人間の、それも男の生きざまというのは実はさまざま、恐ろしくもある形であるものだということを、あの男は示してみせた気がするな。

（文中のランボーの詩と手紙の言葉の引用は全て野内良三氏の編訳書『ランボーの言葉』〈中央公論新社〉に依《よ》りました）

第十八章
君の哲学は

君はこの世での自分をどう捉えて生きているのか、君の哲学はどんなものかな。世の中ではよく何々の哲学という。曰《いわ》くゴルフの哲学、料理の哲学等々。しかし「哲学」というのは本来「存在」と「時間」について考える学問のことなんだがね。アリストテレスの言葉に、「ものが在る」というのは実に不思議で厄介なことだ。この壺がどうしてこんな形をしているかなどということではない。何であろうとここに何かが在るということそのものが不思議、不可解ということだと。確かにそういわれてみれば、そうだな。

そして時間とは一体何なのか。物事の存在の形を変えてしまう時間とは何なのかと。そういわれてみれば不思議な気もするね。

それを端的に表したのが『般若心経』の中の有名な、「色即是空《しきそくぜくう》、空即是色《くうそくぜしき》」という言葉だが。

色というのは存在する全ての物事、空というのは変化ということで、存在する物事は全て変化していく、そして変化するということが存在の本質だということだ。

有名な漢詩に「年々歳々花相似《あいに》たり、歳々年々人同じからず」とあるが、花とて実は年ごとに花の咲き様は違うし、枝も伸びて葉も茂るが、しかしさらにその先、幹も老いてやがては朽ちて木も枯れる。時間に逆らえるものはこの世に一つとしてありはしない。

しかし時間が洗い出すものは決して老化だけじゃなしに、その過程で時こそが証《あか》してくれる進化もある。人間そのものもその最たる例だ。人格の向上、品性の劣化等。ただの物にもそれがあり得る。

例えば僕が愛好しているヨットだが、最近の船はほとんど軽くて強いＦＲＰ製だが、この化学製品はいかに美しく精巧に作り上げられても出来上がった瞬間から劣化が始まる。これは科学的に証明されているが、前にも記したオーシャンレース以外で僕が愛好している、アメリカのメイン州で古い職人が造った木製のハーショフ設計のディンギーは年ごとに味わいを増してきている。しかしそれもまたさらに年を重ねれば、ＦＲＰよりは長生きしてもやがては朽ちるだろうけれど。

何であろうと変容する物の存在と時間の関わりというのは考えれば考えるほど、当たり前のようで不思議なものだな。

ということでこれを受けて僕が考え出した存在についてのアフォリズムがある。曰くに、

「時間は存在が映し出す影だ」

そして、全宇宙というとてつもない巨大な存在を踏まえて、

「虚無すらも実在する」と。

我ながらかなりよく出来た文句だと思うがね。

大事なことは君が君の哲学をすることだ

あるコラムにも記したのだが、世界で一番湿度の低いチリのアタカマ砂漠にあるチャナントール山山頂に日本も参加して作られた天文台で観測される宇宙の姿は、まさに満天の星を超えて手の届きそうなところにびっしりと星がひしめいて見え、銀河も白い星たちの作る河だけではなしに、これから星になろうとしている濃厚なガスの塊までが見える。そしてまさ

に手の届きそうなところに見えるそれらの星までの距離が実は何億光年という気の遠くなりそうな隔たりなんだ。

その高原の砂漠に夜、寝転がって空を仰いでいると、自分がまさに宇宙に繋《つな》がって在るという実感がひしひしとしてあるそうな。

しかしまたその実感とは、人間個々の存在なんぞ全宇宙からすれば芥子《けし》粒《つぶ》にも及ばぬ、小さいというよりはかないものだということだろうが、またそれ故に、そんな膨大な宇宙を無限に近いものとして認識できる意識と情念を備えた人間の存在の意味、というよりそれが出来る個としての人間の存在の意味合い、というよりもその価値が感じられるがね。


この世界にはさまざまな宗教があるが、その中で捉えどころのない膨大な宇宙を光背にした人間の存在と、それを司る時間について説いたのは仏教の始祖のお釈迦《しゃか》様だけだ。

お経の中に釈迦が教えた人間の数を表すのに「恒河沙《ごうがしゃ》」という言葉が使われている。恒河沙というのはガンジス川の岸辺の砂全体のことだが、つまりこの比喩は無限ということだ。

ところが人間の輪廻《りんね》を説いているお経『法華経《ほけきょう》』の中で最も劇的な第十五番「従地湧出品《じゅうじゆじゅっぽん》」の中には六万恒河沙から半恒河沙、十分の一恒河沙という表現がある。ガンジス川の全部の砂の半分といったとてそれも無限に近いが、恒河沙を一つの単位に構える表現というのは実に無類に新しく、現代数学の中の群論でいう「有限の無限」と「無限の無限」という観念に通じているんだな。

それに時間についての表現でも宇宙を支配する時間について「劫《こう》」という、極めて長い時間という概念を用いて、自分が神仏としてこの世に現れたのは無量千万億劫の昔なのだと表現している。この宇宙の出現、つまりビッグバンを行ったのが神だとすれば自分はそれ以来この宇宙を司ってきたということだ。

これは極めて哲学的、というよりも哲学そのもので、物事の存在と時間についてこれだけの巨《おお》きさで説いた宗教は他にはない。だから仏教を信じろなどというのでは決してないがね。

大事なことは先達のこうした表現に啓発されて君が君の哲学をすることだ。つまり自分自身の存在とは一体どういうことなんだ、自分とは一体どういうものなんだと考えることが人生の弾みになるのだ。


子供の頃のある夏、食事の後家族全員で、といっても両親と弟の四人だけだが、庭に出てデザートの西瓜を食べて歓談したことがあった。他愛ない会話だったたと思うが、いつになく楽しく幸せな気分だった。その最中、暗がりの中でふと僕一人空を仰いで満天の星を眺めながら、僕ら家族のこの団欒《だんらん》は今限りといおうか、決してそう長くは続かず、どんな変化に僕らは曝《さら》されるのだろうかと思ったものだ。

　それを確かめるように暗がりの中で僕は父親を見つめ、母親を見つめ、弟を見つめ直していた。

　あの時、僕が感じていたえもいわれぬ懐かしい感情というのは一体何だったのだろうかと後々も考えたものだ。あれは人間だけではなしに、物事全ての存在なるものへの予感といえたのかも知れない。

　自分が自分としてここにいる、ここに在るのは、当たり前のことじゃないかといえばそれきりのことだが、しかしもしチリのあのチャナントール山に行って深夜一人寝転がって宇宙を仰いでみたら、それは決して当たり前のことじゃないという実感に打たれるに違いないな。

　それを感じることは一番根源的な自己確認なんだ。自分はなまなか半端にここに在る、今ここに生きて在るのじゃないという自己認識こそが生きていくための勇気を与えてくれるし、やる気を起こしてくれるんだ。その自分が粗末に生きていったら勿体《もったい》ないという自覚だよ。

人間の存在は、あくまで死との対極にあるのだ

この世界にはいろいろな宗教があっていろいろなことを説いているが、それはそれでいい。誰が何を信じていようがかまわないが、現世の人間たちがあがめている神仏は所詮人間が作ったものでしかない。

だから「我が仏は貴し」という排他性もかもし出されてくるが、大切なことは、実はそのもっと奥の奥の、我々の存在を与えたものは一体何なのかということだ。生命だろうが非生命だろうがこの宇宙なるものの存在を与えたのは何なのか、その存在を育み、あるいは消去し否定もするものは何なのか。

全ての存在と虚無にも近い時間を与えたものは一体何なのだろうか。それを考えることで我々は己の存在、己の人生の絶対的なはかなさを知れるし、それを超える自我の強さを逆に獲得できるはずなんだ。

はかないからこそ、存在は絶対的なものだ。

人間の存在は、あくまで死との対極にある。自分の死について考えれば、逆に今こうして在る自分の宇宙の中での意味合い、価値がわかってくるというものだ。

アンドレ・マルローの傑作『王道』の中の、カンボジアの遺跡のしたたかな盗掘者ペルケンが、原住民のしかけていた戦槍（ランセット）を踏んでしまい、その毒が体中に回って死んでいく前に、拉致していた先住民の女と最後のセックスをし終わって、体が痺《しび》れて意識も薄らいでいく中で、

「死、死などない。ただ俺だけが死んでいくのだ」

とつぶやく、あの心境は、死に値する、人間の存在に値する極意だな。

時間は始まりも終わりもなしに虚無に近いほど計り知れないが、それ故にこそ人間の存在の期限、極めて短い人生なるものの、時間を超える意味と意義があるんだ。

まさに、織田信長が愛吟した幸若舞の『敦盛』の名文句のとおり、

「人間五十年　下天の内を比ぶれば、夢幻《ゆめまぼろし》の如くなり

ひとたび生を得て　滅せぬもののあるべきか」だ。

だからこそ、いくら寿命が延びてもたかだか百年、宇宙を洗って過ぎる時間の流れの総体に比べれば瞬間にも等しい人間個々の存在の時間の意味合いは、存在の無限、時間の無限を認知できる人間だからこそ、それを超える、絶対にかけがえないものとして自覚できるんだよ。

だから人生の途中で何かに挫折しそれで人生そのものをあきらめたり捨てたりしている奴は、彼らだけが持っている宝石を磨きもせずに溝《どぶ》に捨てる者でしかありはしない。

人間は、人間を超えたある種の勘を持っている

人間というのは不思議な存在で他の動物にない勘を持っている。動物の中には人間などとても及ばぬ能力を持つものも多々あるが、人間もまた他の動物が持ち得ぬある能力を保持しているな。

それは他の動物が及ばぬ人間の属性、能力、例えば論理的思考の能力、技術を開発し人間だけが持つ文明を作り出し、さらにはその中の成熟の証しとして感性にのっとった素晴らしい芸術をも編み出すことも出来るが、しかしなおそれを超えたある種の勘を人間だけが備えている。

哲学者のカントはそれを彼の著作の中で述べているが、それは人間の理性をも超えたある種の勘なのだ。

多くの人間はある光景、多くは自然の作り出す情景だが、例えば高い山を仰ぎ眺めて口で表現できぬ崇高なものを感じることがある。それは人間の存在を超えたある永遠なるものに

ついての強い予感、自然が伝える神々しさへの畏敬、さらにそのはるか彼方《かなた》に在る何ものかへの予感と敬意といった感覚的な反応だ。

そうだろう、他の動物の中に高い山を仰いでうやうやしく感じるものなどいはしないし、山を神様と思って信仰の対象にすることなどありはしない。

豊かな感性を持った人間ならことさらの宗教や信仰なんぞを超えて神秘なものに反応してしまう。

アンドレ・マルローは日本にやってきた時、奈良の薬師寺の弥勒菩薩《みろくぼさつ》像を仰いで思わず手を合わせて礼拝したという。案内した彼の翻訳者が思わず、

「あなたはキリスト教徒ではないのですか」

と質《ただ》したら彼が、

「誰にとっても崇高なものは崇高なのだ。この仏像を見て全てを超えて神々しく貴いものを感じぬ人間がいるかね。ベラスケスが描いた受難したキリストの像はあまりにむごたらしく人の信仰を阻害しかねないが、この仏像は宗派を超えて、人間を超えたある者の存在を感じさせてくれるじゃないか」

と答えたそうな。

そのマルローがその旅の先に和歌山県那智勝浦町の神社を訪れた時、鳥居を潜って拝殿の

建物に向かいだしたら突然立ち止まって後退し、さっき潜った鳥居の外に立ち直して鳥居の真ん中にお宮の奥の彼方に落ちている那智の滝を据えて眺め直し、

「ああ、このお宮の神様はあの滝だな」

といい当てたそうな。

カントのいった人間独特の感性についてマルロー自身が証明してみせたという訳だ。これは実に美しく素晴らしい人間についての証明だと思うね。そして僕ら誰もがその人間独特の感性を備えているのだ。

そう自覚して自分という存在、それを与えたものについて考えることで君らは、既存のいかなる宗教も超えての、君自身の哲学を体得することが出来るはずだ。

それはどこそこのお宮に参って御札を買って帰って拝むよりも、はるかにそれを超えた御利益があるはずだ。いや、それによって君が帰依《きえ》している神なり仏が君の人生の中で本物の神なり仏として降臨することになるはずだ。

男としての、いや人間としての強さというのは自分の人生のために、その核に据える自分自身の哲学を持つことだ。

それを持てれば何にひるむことも、怯《おび》えることもありはしないさ。

第十九章
人生の言葉との出会い

最近はあまり聞かないが「座右の銘」という言葉がある。

主に男にとってのことらしいが、自分の人生を生きて進んでいくための支えとなる言葉のことだが、いわば彼にとっての人生の指針ということか。

それは最初から選んであるものではなしに、あくまで人生の中で何かのきっかけで出会うものに違いない。それもただ一つということではなしに、折節心に触れてある感動、ある得心によって心に収《しま》われるものだろう。それは読書に依《よ》ったり講演に依ったり、あるいは他人の所行を眺めて会得するものかも知れない。

僕の場合にもいくつかある。

まず最初は少年時代に読んだ、当時は流行作家でもあった、しかし今ではほとんど忘れられてしまったアンドレ・ジッドの小説、というよりも一種の人生論のような『地の糧』という極めてリリックな本の中で、旅を通じての人生の案内人のような男が架空の主人公に伝える言葉なんだ。

「ナタナエルよ、君に情熱を教えよう。
行為の善悪を判断せずに行為しなければならぬ。善か悪か懸念せずに愛すること。
平和な日を送るよりは悲痛な日を送ることだ。私は死の眠り以外の休息を願わない。私の一生に満たし得なかったあらゆる欲望、あらゆる力が私の死後まで生き残って私を苦しめはしないかと思うと慄然《りつぜん》とする。私の心の内で待ち望んでいたものをことごとくこの世で表現した上で、満足して——あるいは全く絶望しきって死にたいものだ」

これはある意味で実に危険な忠告で、最後の一行にあるように、絶望しきるか、あるいは満足しきって死ぬような人生というのは一種の綱渡りみたいなもので、誰も絶望のうちに死ぬような人生を望む者などいる訳がない。

しかし要は、自分の好きなようにしろ、それが本当の人生だということなのだが、それもそう簡単にいくものでありはしない。人間は誰も一人で生きられるものでありはしない。
世の中というのは他人との関わりで動いているのであって、ロビンソン・クルーソーのように自分一人で気ままに生きていけるものでありはしない。ロビンソン・クルーソーにしても最後はフライデーという言葉も通じないパートナーを得て救われるのだが。

しかし流れついた孤島での生活とは違って一般の社会ではもっと繁雑な煩わしい他者との関わりがある。

なかなか己の我を通すのは難しい

ルネサンス以来人間の自我が認められるようになってから、現代まで文学の基本的主題は個人と他者との関わりの中での相剋《そうこく》だった。つまり生きていくため生活の中でいかに他人と折り合っていくか、そのために傷つき失われる自我をいかに保つかが問題なのだ。

誰しも自分の個性のまま、いい換えれば己の感性のまま、自分の好き嫌いのままに生きたいがなかなかそうはいかない。そんなことをすれば大方周りの人間と摩擦が起きてぎくしゃくし、下手をすれば仲間から疎外されてしまう。だから誰しも世間とのつき合いでは自我を折って我慢せざるを得ない。

気ままに生きたいのは誰しもだが、なかなかそうはいかない。いってみれば人生は自分の個性感性を踏まえての進み方と、世の中の常識やさまざまな規範に準じていく、ある意味での迎合のとり合わせで、個人的な現実と社会的現実のせめぎ合いだが、なかなか己の我を通すのは難しい。

だから僕が若い頃感動させられたジッドの『地の糧』の人生の案内人の言葉のように生き切るのは至難のことだな。つまり他人は無視してでも好きなように生きろというのだから。それは得てしてとんでもない犠牲を払わせる生き方でもある。

あの言葉に心酔したせいか僕は当時いた湘南では名門校の高等学校の教育がなんともくだらなく、もともとは海軍兵学校の予備校みたいな学校だったのが、敗戦で一夜明けたら、今まで立派に海軍士官になってお国のために潔く死ねといってきた教師たちが豹変《ひょうへん》して、今度は東大に入って大蔵省の役人になれ、それが一番の出世だなどといい出したものだった。

それにはどうにも我慢できずに仮病を使って一年間登校拒否して、その間東京に出かけては芝居やオペラ、絵の展覧会、封切りの映画なんぞを見たりして過ごしてしまった。有り難いことに、親も薄々感じてはいたが黙って見過ごしてくれたものだった。

十代の一年間の放埒《ほうらつ》はジッドの言葉の影響だったかも知れないが、今になってみると僕の感性を豊かに養ってくれたとも思う。

父親が急死して復学しはしたが、有り難いことに新規にやってきた美術の教師奥野肇《おくのはじめ》先生がこれまた型破りの人で、前任のくだらぬアカデミズム一本槍《いっぽんやり》の教師と違って、すでに光風会展でも注目された洒落《しゃれ》た絵を描く人で、彼は前任者が毛嫌いしていた、僕の描くシュールレアリスム風の絵を評価してくれ、端的に「芸術なんてものは、四角なものでも丸く感じれば丸く描くことなんだ」といってくれて目を覚まされたものだった。

つまり己の感性を信じていけということだよ。あの奥野先生のひとことは僕の人生を強く規定したものだったと今になってもつくづく思う。

その後物書きになったが、多くの顰蹙《ひんしゅく》を買った僕の作品もあの奥野先生のひとことで成り立ってきたともいえる。だから初めて書いた論文の題も「価値紊乱《びんらん》者の光栄」という大それたものだったがね。

基本的には、人生における価値の基準とはあくまで個人それぞれが決めるものだよ。

自分が死ぬということを信じて生きている者はいない

その後の人生でも折節に先人の残した言葉に啓発されたりすがったりして助けられたものだ。必敗覚悟で出ることにした都知事選で一生に一度だけ毎日三十回も街頭演説をこなした時、その間実につらい思いで朝起きるのが嫌でたまらぬほどだったが、ある時、日頃読んでいるお経の中の一行が突然目にとまって翻然《ほんぜん》として悟ったんだな。その曰《いわ》くに、「貪欲《とんよく》滅すれば、すなわち苦滅《く》す」とあった。

つまり、なかなか際どい選挙になっているといわれて、ひょっとしたら勝てるかな、などと思うからつらいので、勝負に執着しなければつらいことはないのだと。前述したとおり、そのお経の一行を自分で紙に書いて胸のポケットに入れていたら不思議につらさが消えたものだった。

あの時、僕が苦戦を強いられていると聞いて弟の裕次郎がベラボウな大金をどう工面してか番頭と一緒に届けにきたものだった。誰かに余計なことをいわれてその金をばらまけということだったが、僕はその必要は全くないと笑い飛ばして追い返した。

後になって番頭の小正《こまさ》こと小林正彦から聞いたが、帰る途中、弟が、あんなに穏やかな兄貴の顔を見たことがないなといっていたそうな。それもお経の文句での悟り、解脱《げだつ》のおかげだったろう。がしかし、その後何かで困ったり迷ったりした時、あの時のことを思い出してお経のその部分を読み返してみても、なぜかあの時と同じ効果はなかったね。それもまた人生の不思議さといえるのかな。

同じお経の文句でも最近この年になって突然ひらめきのように心に響く文句との出会いもあった。

年齢も八十を超えると日に日に肉体が凋落《ちょうらく》していくのがわかる。まして僕は四年ほど前に右手首の腱鞘炎《けんしょうえん》を患っておよそ一年半ほどの間テニスとゴルフが出来ずに過ごした。そのせいで復活した時には足の筋肉が衰退してしまって、特にテニスでは全くダッシュが利かず目の前のボールが拾えない。

専門家に見てもらったら、脚の裏側の筋肉ハムストリングがすっかり弱ってしまっていて、リハビリの専門病院に通ってきている患者たちと同じ状態だと。家でも出来るリハビリ方法を教わって戻り日々努めてはいるがなかなか元には戻らない。

最近ようやく、「ああ、この俺もやはり死ぬのだな」とは思う心境になってきたが、それでもなかなかそうは覚りきれない。

である時、お経を読んでいたら日頃あまり気にせず読みすごしていた部分のある一行に目を引かれ読み返した。ごくごく当たり前のことが記されているのだが、しかし人生のこの頃合になると心にしみてきたんだな。

曰くに、「この世は水泡、炎に似て定めなく、厭離《おんり》の心を捨てるべし」と。

厭離の心とは、ああ嫌だなあ、忘れたい、忘れて離れたいと願う心で、それを捨てると人間は少しは楽になる、ということだが。

前にも記した「貪欲滅すれば、すなわち苦滅す」と同じことだが、こちらの方が肉体の衰えへの執着を直截《ちょくせつ》に説いていると思う。といってそれを毎日百回ずつ読んでもどうなるものではないがね。

前述のジャンケレビッチが書いた『死』は実に面白い労作で、人間の死についてさまざまなアングルで分析している。例えば親族としてのある人間の死、それも肉親とごく近しい者とでは違うし、死ぬ前、死んだ後という時間帯による違い云々《うんぬん》、とあるのだが、分厚いその本の中で一番印象深かったのは、「人間は誰しも、人間はかならず死ぬということは知っている。しかし自分が死ぬということを信じて生きている者はいない」という指摘だった。

これは少しは知性を備えた人間の業で、知性に依《よ》れば知識として、存在というものには限りがあるということは承知していても、いざ自分自身のこととなると、さまざまな執着にがんじがらめになって、この自分自身の存在も絶対に不滅などである訳はないと、信じられないというより納得できない。これもまた人間的というか、なまじの知性があり欲望を意識することの出来る人間という動物の弱さだろう。

僕は東日本大震災が起きた時、日本の首都東京を預かる仕事をしていた。あの東北の大震災以来同じ火山帯の上にある東京の震災対策に腐心しているが、東京の最大の弱点、古いものは戦前に建てられた、あるいは敗戦直後に建てられた木造の家屋の密集している、いわゆる木密地域の改修に手をつけようとしてもなかなかことが運ばない。

町はいかにもこまごまして人ひとりしか通れないような狭い路地もあったりするが、そこに住んでいる人たちの人情は高級マンションの住人たちよりはるかにこまやかで住むには心地よい町だ。

そこを訪ねて住民と話し合ってみると、誰しもがいつか来るだろう地震を信じているが、「そうなったら、おたくのこんな古い木造住宅はいっぺんに潰れますよ」と案じていっても、持ち主はなぜか、「いや地震はきっと来るだろうけど、うちは大丈夫だよ」と闇雲に断言する。これにはまいるな。つまりジャンケレビッチが指摘した、人間が死ぬということへの認識と同じ人間としての迷妄なんだ。

人生の言葉との出会いは大切だ

日本史の大天才の武将だった織田信長が愛吟していた幸若舞の『敦盛』の、

「人間五十年　下天の内を比ぶれば　夢幻《ゆめまぼろし》の如くなり

ひとたび生を得て　滅せぬもののあるべきか」

であるが、信長は多分それを信じきってかかっていたのだと思う。

若い頃から愚か者というよりも、その奇態な着物や身の飾りからバサラ（不良、変わり者）といわれていたが、その着物一つの趣味にしてもあくまで自分感覚で選びぬいたもので、それこそがジッドが『地の糧』に記した、己の感覚のまま、つまり自由奔放に選んだもので、さらに後々彼が採用した領地の中での楽市・楽座といった自由経済の合理性も彼の感性がもたらした合理的な所産だったといえる。

さらに彼の人生の発端ともいえるあの桶狭間での奇跡的な勝利、十倍の手勢を率いた今川の陣に先頭きって、「者ども死ねや！」と叫んで斬りこみ相手を倒すあの戦の本髄は、人間は必ず死ぬ、死ぬなら今しかないという自分を自分で投げ出してかかる強烈なニヒリズム、それはニヒルに見えてもそれを超えた強烈な存在感の爆発だよ。

そしてその最後も、朝廷だの伝統だのを盲信する明智光秀などという俗物の裏切りを知るや、「ならば是非もない！」と寺に火を放って完全に自分を消滅させてしまう男の生きざま死にざまとなって歴史に刻まれたんだ。

彼の五十に満たぬ鮮烈な人生を支配し通したのは、『敦盛』の文句に表象される人間の存在についての強烈にニヒリスティックな認識といえそうだな。よく世の中で「死ぬ気になればなんでも出来る」といわれるが、彼が出会って愛吟した『敦盛』の名句こそが彼の人生を見事に刻み出したといえそうだ。

故にもだ、大切な言葉との出会いは、大切なんだよ。

第二十章
人との出会い

人間社会で生きていく限り、人生にはさまざまな人との出会いが用意されている。いつ、どこで、どんな人間と出会うかはまさに合縁奇縁《あいえんきえん》であって、その出会いがまた人生そのものの充足を決めてしまうということも多々ある。

だからこそ人生はまさに不可知で面白い。もちろんその逆もあるさ。恋愛なんぞその典型だ。悪女に惚れて何もかも失ってしまう、悪い男と知りつつもつかまって一生台無しにしてしまう。他の動物にはない人間独特の情念（センチメント）のもたらす恐ろしさだな。

昔の新派名狂言の一つ『瀧の白糸《たきのしらいと》』。恋人の水芸人に助けられ検事になった主人公が、元水芸人の白糸を裁くことになる。その彼は彼女に「お前はなんでこんな馬鹿なことをしでかしたのだ」と咎《とが》めるが、彼女は男との関わりについて公然と、「それは私の酔狂でございます」と答える。

つまり自分が好んで行ったこと、あくまで私自身の責任ですからと。

まあそこまで割り切ってのことならしかたもないし、咎める筋合いもないが、世の中の人間の出会いというのは、男と女の出会い以外の関わりは結果を眺めて自分の酔狂ではとてもすまぬことが多い。そうした出会いを一体何が誰が司っているのか、思えば不思議。不思議なるが故にそれは運命、もっと重く宿命とでも心得ておくべきなのかも知れないな。

特に後々思えば、自分の人生に大きく関わった相手との出会いはいわば宿命の表象であって、その結果が悪にせよ善にせよ、その出会いはまさに不思議としかいいようがない。

僕に関していえば、今思うと僕の人生の出だしは綱渡りのようなものだった。

高校時代、学校が馬鹿馬鹿しくって一年間登校拒否し、その間東京に出かけて芝居やオペラを見たり勝手な絵を描いたりして、それでも大学にはどこかの仏文に行くつもりで、当時の仏文は京都大学が最高のスタッフだったので、フランス語で京大を受験するつもりで、その間近くに住んでいた、後に明治大学の学長にもなった斎藤正直さんにフランス語を習ってもいた。

そしたら親父が急死してしまい、その後弟の裕次郎は放蕩《ほうとう》を始め、お袋もそれを制御でき

ず家はどんどん傾いて女中もいなくなってしまい、心配した親父の上司だった二神《ふたかみ》さんとい
う当時は山下近海汽船の社長が金にならぬ仏文なんぞ止《や》めて、その頃出来たばかりの公認会
計士になれと勧めてくれた。
話によれば、当時の大卒の初任給が一万三、四千円だったのにその仕事に就けば収入は最
大二十二万円あるという。なぜかその時聞いた二十二万円という鮮烈な数字を今でも覚えて
いるが、ならばどんな学校に行ったらいいのかと質《ただ》したら、二神さんの母校一橋だという。
それならそうしようと受験し合格したので、サッカー部からの勧誘も断って半年、一生懸
命に簿記と会計学を学んだが、これは僕には全く相性のない学問だと悟ったので半年して止
めちまった。
その後は体育会に入って中学時代からしていたサッカーを再開し、考え直してみるとおよ
そ何の勉強もせずに過ごしたな。大学での勉強なんぞおよそ何の役にもたたぬと思っていた
が、半年学んだ会計学と専攻した社会心理学だけは今になってみるといささか役にはたった
とも思うが。
などなどしているうちに四年生になっちまって、周りの仲間はそれぞれ当てにしていた会
社に就職を決めていて、考えてみるとこの僕は就職なんぞ考えることなく過ごしてきていた
のに気づいた。

さてどうしたものかと思っていたら、昔、伊藤整や瀬沼茂樹たちがやっていた「一橋文芸」の復刊をしようと努力していた仲間の一人西村潔に、一緒に東宝の映画監督の試験を受けないかと誘われ、映画好きの僕としては「そりゃいいな」とたちまち合意し受験したら二人して合格してしまったものだ。あのまま映画監督になっていたら、後に物書きになって関わりを持つようになった映画界を眺め直してみても、かなりのものになっていた自信はあるがね。

人生の推移は綱渡りの連続だ

それはそれとしても就職試験前後に僕にとっては今思っても奇跡というか、ともかく得がたい人との出会いがあった。

画策していた「一橋文芸」の復刊はなんとか軌道に乗りかかっていたが、原稿も今一つ集まりが悪くその穴埋めに僕が百枚ほどの、僕にとっては処女小説を書いたのだが、印刷所に回して雑誌が出来かかっているのに当てにしていた先輩たちからの金が集まらない。案じた末、当時『女性に関する十二章』などのブームで流行作家になっていた一橋の先輩の伊藤整さんのところへ押しかけてめどをつけようと思い立ち、西村潔と二人して杉並の久我山の伊藤さんの家に押しかけ懇願したものだ。

玄関に出てきた大先輩に率直に僕が切り出したら、「僕は商業学校の学生が文学をやるのはあまり賛成できないけどなあ」といいながらも奥にいる奥さんを呼び出して、

「お母さん、この学生たちに一万あげて下さい」

いったら奥さんがこんなこともとあらかじめ用意していたのか、着ていたエプロンのポケットから分厚い札束を取り出して千円札を十枚たまわった。

他の先輩たちはノスタルジーで雑誌復刊へのメンタルサポートは熱く約束してくれたがそれだけ。それに比べてさすが流行作家は違うもんだと感激して帰ってきたよ。

そしたら西村が、こうした寄付はそれを獲得できた者の特権でその一割は勝手に使っていいんだといい出して、それならと二人して帰り道に飲み屋で祝杯を挙げてしまった。ちなみに当時の千円というのはもの凄く使い手があったからな。

そのせいでかどうか、まだ金が足りない。伊藤さんの寄付のおかげで印刷屋に前金は払っていたが、雑誌が出来上がったと知らされても本を引き取る金がまだ足りない。こうなればもう仏の顔も二度三度でいくしかないと、またぞろ西村と二人して伊藤先輩のお宅に押しかけて、恐縮して声を出さない西村に代わって僕一人が端的に、

「三年がかりでやってきた雑誌が出来上がったのに世に出せません。まことにあつかましい

お願いですが、もう一度僕らを助けて下さい、あと一万円お願いします」

いったら伊藤さんが自ら奥に行って今度は手の切れるような一万円札を差し出してくれたものだった。この伊藤さんの好意には、少なくとも僕の人生に関して絶大な意味があったんだよ。

雑誌が出たら、一橋学生新聞なんぞは左翼が支配していたので僕の処女作「灰色の教室」をこてんぱんに悪評してきた。最初は感心してくれていた西村もそれを見て沈黙してしまったが、暫《しば》くして、その頃ようやく始まった文芸雑誌「文學界」の同人雑誌評に、評論家の浅見淵《ふかし》さんが「注目すべき新人の登場だ」と絶賛してくれていたものだ。

それを見つけた西村からその雑誌をもらって読んだら、雑誌の中に新しくもうけられた「文學界新人賞」の案内が出ていて、当時は年に四回募集がありその第一作が載っていた。ほう、と思ってそれを読んだら実につまらぬ作品で、しかしその選考委員の中にあの伊藤整さんもいて、他の武田泰淳や吉田健一といったそうそうたる委員たちの評は意外に高いものだった。

〝なんだこんなものがこれだけの評価を受けるのか。こんなものなら俺にも簡単に書けるな。俺もひとつ応募してみるか〞と思った。

それで僕としての第二作「太陽の季節」を書いた。内容は前作の若い学生群像の中の一人を拾い出して、そいつにまつわる話を作り出した。仕事は簡単に出来ておよそ百枚の小説を二晩で書いたが、僕はぎっちょの悪筆なんで一応殊勝に清書し直したもので、清書という退屈な仕事には延べ三日もかかったな。

郵便局まで行って小包として郵送を終えた時、それが自分にこの先何をもたらすかなどとても考えもしなかったが。

当時唯一の「文學界新人賞」は当節氾濫している新人賞よりはいささか権威もあって、年に一人、それも四つの候補作から最終的に選ばれ、僕の時には四作目の作品はかの有吉佐和子の『地唄』だった。

僕にとって何より嬉しかったのは一応候補作となった段階で、つまり作品が雑誌に掲載されたことで、新人ながら当然それなりの原稿料が入る。当時の金で確か一枚四百円、今の物価からして四千円にもなるのかな。その百枚分の金が入った時真っ先に何をしたかといえば、親父が死んだ後落魄《らくはく》して女中もいなくなって、僕ら遊び盛りの息子二人の汚れた下着の洗濯を木の盥《たらい》に洗濯板、そんなもの今の君らは知るまいが、それで手で洗ってくれていた母親のために電気洗濯機を買ったものだ。そして母親にも、他の何の時よりも感謝された。あれは生まれて初めて味わった親孝行の実感だったね。

それもつまりは、前をたどれば伊藤整さんのおかげなんだ。

そして伊藤さんにはその後物書きとしてもっと本質的なことで強い啓示を受けた。

あの頃の僕の人生の推移を綱渡りといったのは、実はさまざまいろいろあって、今でも思い出すとぞっとするよ。

新人賞をもらった「太陽の季節」を日活映画が先物買いで買いにきたんだが、その商談に弟の裕次郎が兄貴一人じゃ不安だといい出し同伴してきて、当時一番洒落《しゃれ》ていた日活ホテルの七階の吹き抜けのラウンジのバーで相手のプロデューサーにはったりをかけ、新人の作品の原作料は三十万円が通り相場だというのを、あいつが、実はこの作品を大映も買いたいといってきているが、おたくの方が先だったのでねとブラフをかけ、相手もそれにつられ十万円吊り上げてくれたものだった。

それはそれとしても肝心の就職試験だが、親友の西村とは同じ東宝に応募し、またぞろあの伊藤整先輩に推薦状を二人並べて書いてもらっていたもので、その前に西村には悪いがすでに原作を売った相手の日活の方が有利かと思ってこちらは僕だけで応募していた。

ところが面接試験の折、日活の社長の堀久作がいきなりこちらを「お前」呼ばわりするので、まだ社員にもなっていない相手をお前と呼ぶのは失礼じゃないかとたしなめたら、喧嘩沙汰になり即座に帰れということになってこちらも席を蹴って帰ってきた。

後は東宝だけが頼みの綱だが二次試験の時、サラリーマン物のためのシナリオの概要（シノプシス）を書かされ、午後の面接の時それを自分で読まされるのだが、僕にはいかにも苦手な題材で我ながら出来が悪く、その段に及んでストーリーを変えながら読んでいたらそれがばれて、名プロデューサーでもあった藤本真澄《さねずみ》製作担当重役が、

「おい君、ずいぶん長いんじゃないかね」

「いえ、実は出来が悪いんで直しながら読みました」

白状したら、

「なんだ、まるで歌舞伎の『勧進帳』じゃないか」

と大笑いされ、それが受けて合格とあいなった。

その後、作品が芥川賞をもらって世の中が大騒ぎとなり、結局、四月の入社式に出たきりで退社し企画の顧問とあいなったが、実はその前後にも綱渡りがあった。

藤本真澄という人も僕にとっては恩人の一人でね。こと映画に関してさまざまなことを教わったな。

外国での東宝主催の映画祭にも同伴させてくれたり、評判のいい映画の試写会や封切りに僕を誘い出し、映画を眺めながらこのカットは要らない、ここは長すぎるとか、このカットはクローズアップにすべきだとか、後々彼に勧められて生まれて初めて映画の監督をする時の貴重な参考になった。

その後、僕の原作の映画化で、ついでにシナリオも自分で書いて主演してみろといわれ、その気になってとんだり跳ねたりしたし、さらに後には助監督たちの反対を押し切って、僕に監督させて拳闘の世界をすっぱぬいたかなり残酷なヒット作を撮らせてくれたものだ。さらに後にはフランソワ・トリュフォーがまとめ役で五ヶ国の気鋭の監督たちとのオムニバス映画『二十歳の恋』の日本編を撮らせてくれたものだ。そのおかげでトリュフォーやポーランド編を撮った『灰とダイヤモンド』のアンジェイ・ワイダとも親しくなることが出来た。映画という限られてはいるが、しかし世界的な分野での僕の視野を広げ、あの世界での一家言を持てる人間に育ててくれたものだ。そういう意味では藤本さんは僕にとっての足長おじさんのような有り難い存在だった。

芥川賞受賞の前だったので年末年始の休みには試用社員として生まれて初めて家にはおれず、配属された横浜の外国もの映画館で切符のもぎりをさせられ、勤め人の処女体験をさせられたが、その時の体験で切符をもぎって戻す時、「有り難う」というのはアメリカ人だけだった。そのひとことでこちらの気持ちがどれだけ救われるかは経験した者でなくてはわからない。以来、僕は映画館のもぎりには必ず「有り難う」ということにしているがね。

ということで東宝社員にはならずにすんだが、実のところあのまま監督修業をしていたらどんなことになっていたのやら。

当然、最初は助監督という丁稚奉公《でっちぼうこう》だが、これは世の中で一番過酷な商売で、第一に安月給、そしてチーフ助監督になるまでの十数年は使い走り小間使いの連日でとてもまともな生活なんぞ出来はしない。それを知ってか知らずにか監督志望で東宝に入ったのだが、なんとその年の春先に僕は無謀にも結婚してしまっていたんだ。

芥川賞の受賞なんぞ結婚を決めた後のことで、今考えても何を思ってのことか無謀無計画というよりない。あれで結婚寸前に賞が決まり大騒ぎになって生活のめどがついたからよかったものの、でなかったら一体どうなっていたことやら、思い直すと、ぞっとしてくるな。

失敗したら、なんでそれに失敗したかを書けばいい

しかしそんな奇跡の綱渡りの起点は、かつての母校の後輩たちのちゃちな同人雑誌の復活のために、鷹揚《おうよう》に寄付をしてくれた伊藤整という有り難い先輩の存在そのものだった。後になって例の寄付について質された伊藤さんが、

「あの時やってきた学生の寄付への無心のしかたが妙にさっぱりしていて、変わった学生だなと思った。あれが石原君だったんだから、あの時お金を出しておいてよかったよ」

と呵々大笑《かかたいしょう》されたそうな。

そして物書きとして出発した僕のその後の生き方にも、決定的な影響を与える忠告というか建言《けんげん》を伊藤さんは与えてくれたものだ。

伊藤整という作家はもう今の若い連中はあまり知るまいが、日本の文壇にあって珍しく、ただの物書きではなしに「文学者」という呼称にまさに匹敵する、論理性を備えた希有なる存在だった。

ということはジェイムズ・ジョイスやD・H・ローレンスの翻訳を手がけた余韻だろうか、彼自身の小説作りのための独自の方法論を備えた、傍《はた》からつべこべいわさぬ確固とした論理的な個性を備えた作家だった。と同時に若い頃は極めてリリックな詩人でもあった。

その優れた先輩に、物書きとして出発した後のブームの中での身の処し方について相談したことがある。

弟が俳優として走りだし兄弟揃《そろ》ってちやほやされだした頃、僕にも自作の作品の映画化の折に主演の依頼まであった。興味はあったが、文壇なるものの因習への気兼ねもあってどうしたものかと先輩に質したら、

「あなたは今とても大切な、他の者たちにはなかなかあり得ないところに立たされているんですよ。だから何でも思い切って試みたらいいんです。失敗しても一向にかまいはしない。

もともとは作家なんだから、なんでそれに失敗したかを書けばいいんですよ」と。

これはいかにも伊藤さんらしい、シニックで人を食ったような、しかし実は世の中を見通しての有益極まりない忠告だった。それで僕も勇を鼓して映画に出たり、映画監督をしたり、歌を歌ったり、興味の湧くものには貪欲に手を出してきた。そして政治家にもなったよ。政治に失敗してもそれを書けばいいと、あの伊藤整がいってくれたんだからな。

こんな有り難い先輩が滅多にいるものかね。伊藤さんと僕との関わりは、まさに神様が与えてくれる人生の奇跡だと思っているよ。人生には他人とのさまざまな出会いがあるが、それが自分の人生にどんな意味を持つかを心して生きていくことだ。

第二十一章

人間の脳

人間の心はどこにあると思う。

よく心が痛むとか、胸に応えるというがね。何か怖い目に遭ったり、驚いたりすると胸が、つまり心臓がどきどきしたり、悲しい、あるいは嫌な思いをさせられると胸が詰まる思いがするが、つまりあれは心臓がどきどきしたり、息苦しくなったりする心臓の現象で心が心臓にある訳じゃない。

ならば嫌な思いをするという場合、胸が、心臓が苦しくなるかというとそうではなしに、頭が重くなる。困った時には頭を抱えるということになる。つまり人間の心とは、心臓ではなしに実は頭の中、脳にあるんだ。

この脳というのがまた摩訶《まか》不思議というか、実に複雑巧緻に出来ていて、この働き具合出来具合で人生も左右されてくる。

男と女の脳の働きの違いもあるのだろうが、それは多分男と女の本質的な違い、例えばホルモンの働きなどで違ってくるのだろう。それ以前のこととして、人間が己の生き方について考え、工夫努力する際多くのことを司る脳の働きについて知っておくことは肝要だと思う。

脳、つまり頭の中にはいくつかの部分があってそれぞれ違う機能を備えて動いている。おおまかにいって大脳、小脳、脳幹という三つの部分に分かれているが、さらにその中に海馬などという不思議な名前の部分や、大脳についても前頭葉、後頭葉、側頭葉、頭頂葉などがあってそれぞれその働きが異なっている。

人間が他の動物と違って特に発達しているのが大脳で、大脳の発達こそが他の動物に比べて人間の知能の優越を証《あか》している。つまり緻密な思考、確かな記憶、言語の造成と言語を通じての確かな伝達等々の機能を司るのが大脳なんだ。

その大脳にも前述のように頭の上、側（横）、前、後とそれぞれあってそれぞれ違う働きをしている。頭の天辺《てっぺん》の部分は体全体の皮膚の感覚を司って、かつまた外界、自分の周りの世界を認識させてくれる。後ろの部分は目に映る情報の整理、すれ違った女が綺麗かどうか、自分に気がありそうかどうかなどを判断する。

前の部分は今見た異性の相手を自分が好きになれるかどうかとか、彼女をどうしても欲しいとか、いやそれは無理だからあきらめようとか、いやすぐに追いかけようとか、感情、意欲、運動機能、思考判断などを備えているんだな。

しかしこんな微妙複雑な脳に何かで欠陥が生じるとえらいことになってくる。精神病がその最たるもので、これは脳の病に他ならない。

友人の精神病学者斎藤環《たまき》氏から聞いたことだが、「クレッチマーの類型論」というものがあって、人間は生まれつき何らかの精神病の資質を備えているものだそうな。曰《いわ》くに三つの要素、精神分裂病（統合失調症）、躁鬱《そううつ》病、癲癇《てんかん》症があるそうで、それはあくまで資質の問題であって、その資質がそのまま発病するということでは決してないが。

ちなみに僕は癲癇症資質らしい。彼にふと自分の日頃の癖として、朝起きて洗面している時歯を磨きながら鏡に映っている自分に向かって声をかけ自分を叱りつける癖があるといったら、それは典型的な癲癇症の表示だといわれたがね。

などなどということは、人間の複雑巧緻に出来ている頭は何の弾みでどうなるかはわからないということじゃないのかな。よく何かの弾みで記憶を喪失してしまった男や女のドラマがあるが、そしてそれが思わぬきっかけでまた喪失から戻るというストーリーだ。

終戦直後のアメリカの名画『心の旅路』も戦場での激しい空襲のショックで記憶を喪失したロナルド・コールマンが放浪の末たどり着いた昔の家の戸口の小さな木戸がきしって開くその音で気がつき、待ち受けていた妻のグリア・ガースンの胸に帰り着くという話。

弟の裕次郎の映画『銀座の恋の物語』も、記憶を失った彼女に、昔、彼女を描いた肖像画を見せてもわからぬのが、壊れたまま一つだけキーが狂っている小型のピアノを弾いて、その曲のその部分を聞いた瞬間昔を取り戻すという話で、いずれにせよ人間の頭というのは随分もろいもので、かつまた微妙に鋭いものだと悟らされる話だ。

しかし何かの弾みで壊れてしまったまま治らぬケースも多々ある。分裂病にかかって度が進み、非常に凶暴な性格に変じて周りの手に負えなくなる患者の対処に今みたいに良い薬がまだなかった頃、周りの者たちの安全のために大脳の一部を切り取ってしまうという乱暴な手段が講じられたこともある。ロボトミーという手術で、それを行って患者の狂ってしまった大脳のある部分を切除すると凶暴性はなくなるが、別の結果としてその患者の人格が一変して全く無気力な人間になってしまったそうな。

それで周りの被害はなくなるが、それは一種の殺人ではないかという非難が起こり、その手術に便乗して、生検用の脳組織を患者に無断で切除した東大の台《うて》弘《な》教授が糾弾され、東大の大学紛争はそれをきっかけに拡大してあの学園紛争にまでなった。それがさらに全国に広がり訳のわからぬ混乱が続いたが、あれで日本の大学が合理化されたなどという成果は全くありはしなかったが。

いずれにせよ人間の脳というのは驚くほど微妙で厄介、ある意味では恐ろしくもある存在でこれが人生を優に左右してしまう。動物の数は多いが、人間以外の高等とされる動物でも人間に等しい感情の発露はありはしない。

動物は種を保存するために繁殖を試みるが、それは本能的というよりはむしろほとんど宿命的な作用であって、人間の行うセックスのように機微に富んだ作用ではないし、微細でかつ濃厚な感情感覚を伴うものでありはしない。

昔、有名だった漫談家の徳川夢声《むせい》がある時魚の繁殖の映像を見て、雌の魚は懸命に産卵しその上に雄は争って精子をかけて回るが、「あれで魚には快感があるんでしょうかね」と慨嘆して皆が同感の思いで笑ったものだが。カマキリの雄なんぞは雌との交尾の時に雄よりはるかに図体《ずうたい》の大きな雌に交尾の最中に雌の背中に乗っかりながら下から食われてしまう。あれは無残というよりも、あれもまた彼等一族の宿命なのかも知れないがね。

それに比べれば人によりカップルによって違うだろうが、人間の性の営みは正統から変態まで実にさまざまあるな。そしてそれを促しているのは全部、それぞれの脳の働きだ。

セックスの営みに限らず他の高等動物に比べて人間の脳の独特の働きの一つは、結果としてさまざまな宗教を作り出すことだ。

哲学者のカントがいったように、人間には高い山を眺めて感動したり、さらにその雄大さの中に永遠性を感じたりする働きがある。それは古典的宗教のシャーマニズムに繋《つな》がるものだろうが、それがさらに様式化されると日本の神道や他の古典的宗教にもあるように山そのものが御神体として信仰の対象になったり、那智の飛瀧《ひろう》神社のように滝が鳥居の中に収《おさ》まって御神体ともなる。

それにしても人間の脳というのは知れば知るほど興味津々たるものがあるな。

海馬という奇体な名前を持つ脳の一部は、脳の中で唯一細胞が分裂を繰り返す神経細胞が集まる器官で、頭に収《しま》われた情報の整理、つまり取捨選択を司っている。

これが破壊されると、それ以降の一切の記憶が残らなくなる。例えば、一度眠るとその日にあったことは全部忘れられてしまうという。しかし「身体的学習」や「感情の記憶」は忘れられることはない。例えばスポーツの練習で培った技、ボールを蹴る、テニスのラケットでボールを打ち返すといった技は続けて出来るし、誰か嫌な奴に嫌な目に遭わされたような記憶は消えずに、その相手に出会うと憎しみの感情はまた蘇《よみがえ》りもするし、また海馬に障害が起こる前の出来事の記憶は正確に思い出すことも出来るそうな。

これはまた、年寄りがよく慨嘆する、ついさっき考えたことを忘れてしまうという現象ともあくまでも違ってなんとも不思議な症状だ。一体どこがどうなってそんなことになるのか想像もつかないが、想像だけじゃなしに脳の専門家の学者とて訳のわからぬことらしい。

つまりそれほど脳というのはなんともかんとも微細、微妙、精緻に出来ているのだな。海馬なる不思議なものを抱えている大脳にしたって、その部分部分ではいちじるしく働きが違う。

前側にある前頭葉は人間が人間の社会で生きていくために最も大切なところともいえる。相手に遠慮するとか物事のわきまえ方、あるいは約束は守るとか物事をつつしむとか自分をコントロールする理性の働き。だからここが壊れるとロボトミーが必要な人格にもなりかねない。

脳幹を鍛え直さなければならない

頭の天辺、頭頂葉は人間という動物としての感覚、闇の中でぶつかり触ったものが固いとか柔らかいとか、思わず落ち込んだ水溜《みずた》まりの水が冷たいとか熱いとかを覚える機能。

頭の横側こめかみの辺り、側頭葉は主に物事の記憶、そして匂いと音への感覚。ここが壊れると昔のことが思い出せない、ついさっきのことも覚えられないし、耳は聞こえても何の音かわからない、匂いは嗅げても何の匂いかわからない。

頭の後ろ、後頭部の働きは物を見る能力でここが駄目になると目には異常がなくとも物が見えなくなってしまう。等々あるが、最近わかってきたことは、脳の中でも極めて大切な部分は、実はどこもみな大切でその一つでも損なわれれば大変なことになるのだが、人生全体を背景にして考えると極めて重要なのは、脳幹ということになるのだな。

別の言葉でいうとそれはすなわち脳幹の強さということだ。それは人間の我慢強さ、耐久力、心理学的にいえば「耐性」なんだ。

それを備えていない奴は生きていく過程でいつも受け身型の人間にしかなれはしない。つまり味気ない人生をしか送れない。ならば人生において強い人間になるにはどうしたらいいのか、それは実は案外簡単なことなんだ。

何でもいい、つらいこと嫌なことを敢《あ》えて繰り返し行うことだ。つらいこと嫌なことなどそこら中にあるじゃないか。嫌々でも家の仕事の手伝いをする、体育会に入ってしごかれる、毎日走る、いくらでもあるよ。それが脳幹を鍛えてくれる。そしてそれが実は良き人生のための原理なんだ。

昔からよく、健全な肉体には健全な精神が宿るといわれているがそのとおりで、肉体の酷使で与えられた強い心はまた逆に、さらに年をとると衰えた肉体を健全な精神力、つまり張りのある強い心が支えてくれるようになるのだ。

いろいろな方法で脳幹をいじめて鍛えるということは、結果として必ずその堪《こら》え性《しょう》を培ってくれる。知らぬ間に我慢強くなる、つまり人間として強くなる。

ところが最近、文明が進んでいろいろな機械の進歩もあり、こと大脳にとって不可欠のさまざまな情報や知識が簡単に流れこんでくる。例えば難しい漢字や言葉一つでも、分厚い辞書などを抱えて引かなくても小型の電子辞書で簡単に引けて、苦労して本をあさり頁《ページ》を繰って探すことなく簡単に手に入る。それどころかちょっとした興味に駆られれば、予期以上に膨大な情報がぞろぞろと流れ出てくる。

最近ではそれを整理評価するために情報リテラシーなどという言葉もあって、いってみれば過剰な情報を前にしてその整理や、その評価分析までをさらに情報に頼るという馬鹿な現象が氾濫している。

その結果、頭の中の脳の負担の比率が狂ってきて実に滑稽な現象が起こっているんだな。

例えばこの頃の男も女もあまり激しい失恋をしなくなった。

ということはその前提となる激しい恋い焦がれ、激しい思慕なるものが淘汰《とうた》されてきてしまったんだ。例えばある男がある女を見そめて慕情を抱くが、男と女の関わりに関する余計な情報が氾濫していて、それによると男の自分はどう見てもBクラスの2ランク、相手の女はAクラスの1ランクという情報による識別だとランクが離れすぎて上手くいく可能性が少ないということで簡単にあきらめてしまう。一体誰が何を根拠に作り出した男と女のランキングか知らぬが、そんなものに惑わされて好きな女も好きになれないというのじゃ、人生の機微なるものがどこにあるというのかね。

そうした人為的な情報が氾濫しそれをまた過剰に摂取して大脳に収いこみ、そうした教養ともいえぬ、本物の知識ならぬ知識を収いすぎた頭、すなわち大脳は異常に実のなりすぎたリンゴの木みたいなもので、上の大脳を支えるはずの肝心の幹が、堪え性がとぼしく「耐性」をいちじるしく欠いて痩せているから、脳幹がその使命として支えなくてはならぬ上に過剰な情報でのリンゴの実が実りすぎて人生での強い風が吹くと頭でっかちになった木を支えきれずに簡単に折れてしまう。幹が折れたら木は立っておられず、倒れて朽ち果てるしかありはしない。

いい換えれば防波堤のない港みたいなもので、時化《しけ》がきて波が高まり港の中に打ちこんでくると中の船は波に曝《さら》されぶつかって壊れて沈むのと同じことだ。

当節の若者の多くが積極性に欠けてしまった所以《ゆえん》もそこにある。一流とされる商社に入った新入社員が海外勤務を嫌がったり、ゼネコンに入った社員が土木か建設かどっちを選ぶかと問われて、いきなり企画をやりたいなどという現象は未曽有《みぞう》のことだな。

僕のやっている外洋でのヨットレースも、最近では若いクルーがオーバーナイトの試合を嫌がってなかなかクルーが集まらない。以前、折角作った沖縄や小笠原からのレースはほとんど参加艇がなくなってしまったよ。

何しろハザダスな物事に挑む若者がいなくなったら、そんな国家社会は衰微していくに決まっている。

これからこの社会を引っぱっていく若い世代の、脳幹をなんとしてでも鍛え直し、人生の糧となる耐性を強化しないとつまらぬ人生の溢《あふ》れた、つまらぬ社会にしかならないぞ。

第二十二章
男と女

男と女の違いについていろいろいわれてはいるが、要するにこの世には男と女しかいないということだ。それしかいないということは、同じ人間だろうと、性器の形なんぞだけではなしにかなりの部分あきらかに違う。故にも男は男、女は女ということではないか。

人間に限らず哺乳類は、遺伝学的にいうともともとは全て女、雌しか存在していないのだが、その雌から雄が派生する、つまり女からしか男は派生しない。全ての雄の雄としての存在は雌によって与えられるということ。だから人間の体の中にある染色体の種類も女がXX、男はXYと違う。

今は亡き三島由紀夫は自ら天才を自負していたせいか、女は男に比べて染色体の数が一つ少ないから女には天才は生まれない、などといっていたが、あれは天才（？）にしては物知らずというのかな。

いつか三島さんが僕の前でもそういったので、世界で最古の長編小説をものした紫式部は天才といえませんかねといったら苦い顔をしていたな。

染色体の種類の違いが何をどう左右するのかは知らないが、何が何だろうと男と女は同じ人間だが、しかし互いに違う。違うからこそ二つが結ばれる結婚や恋愛を通じての夢があり、悲劇喜劇もある。

所詮この世は男と女

若い連中はもう知るまいが、昔人気のあったニヒルな感じの男前の鶴田浩二という、歌もなかなかよかった俳優の持ち歌に『傷だらけの人生』というのがあった。中の文句に、「しょせんこの世は男と女」とあって、「ひとつの心に重なる心　それが恋ならそれもよし　しょせんこの世は男と女　意地に裂かれる恋もあり　夢に消される意地もある」とあったな。

ここで恋について講釈するつもりはないが、恋も含めて男と女の関わりのもつれこそが人の世を彩っているんだ。今でいえば演歌、昔は流行歌といったが、「歌は世につれ、世は歌につれ」で歌の情感も随分変わってきたが、しかしいつの時代でも流行《はや》り歌の大方の主題は男と女だよな。

今はすたれたというが、昔にも本当の仁侠《にんきょう》の道があったかどうか怪しいもので、男同士の義理と人情の世界を歌った、今でもカラオケで人気のスタンダードナンバーの一つ『人生劇場』でも、男同士の意地なり義理で体を張りにいく男も、歌の文句では「あんな女に未練はないが　なぜか涙が流れてならぬ」とあるが、女は男だけの世界にまつわりつく。そして続く文句に「男ごころは男でなけりゃ　解るものかとあきらめた」と。しかしこれもまあ、女が女ゆえの男の未練ではあるがね。

男は女への未練を抑えられるが、女の男への未練は『娘道成寺《むすめどうじょうじ》』の最後は蛇になって安珍《あんちん》にまつわりつく清姫《きよひめ》の体ともなる。

しかし、女だけの世界に男がまつわりついて云々《うんぬん》ということがあるのかね。いや、そういえば当節、ストーカーなる男が増えてその揚げ句に殺人などということもあるが。あれは男としてなんとも浅ましいな。

男の女に対する強い未練なるものも当然にあるが、その未練の形、その断ち切り方はやはり男と女ではかなり違うような気がするな。前にも記した『天の夕顔』の主人公のように一生慕いぬいて結ばれなかった年上の女性への思慕を、大金はたいて作らせた大きな花火に託して一人で打ち上げ、天にいる彼女にその花を摘ませるというのはなんとも粋で男らしいじゃないか。

ハリウッドのオリジナルシナリオで未《いま》だに最高傑作とされている『カサブランカ』の、ヨーロッパから逃れようとしている亡命者のひしめくカサブランカのナイトクラブのハンフリー・ボガート演じるオーナーは、戦争の最中のパリで、夫はナチスに殺されたと知らされたイングリッド・バーグマン演じる女と束の間知り合って熱愛しながら引き裂かれる。

その彼女が奇跡的に生きていたレジスタンスの闘士の夫とリスボンからアメリカへ逃れる手立てを探してカサブランカに現れ、再会する。

彼女は彼に夫の脱出のための手立てを講じてくれと頼み、彼は断る。女は拳銃を取り出し彼を脅して熱願する。ならばどうか君の手でこの俺を殺してくれ、俺はそれでこそ浮かばれるというが、女も撃てはしない。結局、彼は脱出の手立てを講じ二人を送り出してやる。

そして飛行場で彼らを追いかけてきたナチスの将校を殺し、それを黙認した現地のフランス人の警察署長、これをまた洒落《しゃれ》た俳優のクロード・レインズが演じていてね。無事脱出した飛行機を見送った後、男同士肩を並べて帰っていく。ぐっとくるラストシーンだったな。あれはまさに男の世界ならではのシーンだった。

その主題歌がこれまた有名な『アズ・タイム・ゴーズ・バイ』で、その文句がなんとも上手く男と女の関わりについて語っていたな。

〝Woman needs man and man must have his mate　That no one can deny〟

とね。

つまり鶴田の歌の通り、「しょせんこの世は男と女」ということだな。

しかしその男と女、男が男であり女が女である限り、決定的に違うことがある。また、そうでなければ男が男であり女が女である意味もありはしまい。

もっとも最近では同性愛がおおっぴらなものとなり、一部の国では同性の結婚までが公認されている。これは普通の男、普通の女にとってはどうにも奇異なものに感じられるが実は遺伝学的に優にあり得ることなのだ、ということを最近僕は知らされた。

それまで僕は同性愛者に対して偏見を抱いていたが、ある遺伝学者から遺伝学的に同性愛の存在は避けられないものだと教えられたんだ。絶対に異性をしか愛せない者の総称をヘテロといい、同性にしか愛着できない者をホモというが、これは遺伝学の原理からして必然的な派生なのだそうな。

それは人間に限らず哺乳類全般に共通した遺伝の原理で、いかなる世代においても人間に限らず虎にしろ猿にしろ象にしろ哺乳類には二十パーセントはホモが誕生してくるという。その反面、他の二十パーセントは完全なヘテロが。そしてそれらのホモは発情期に同性が同性を慕っても不自然なことなので群れからキックアウトされてその世代で途絶えてしまうが、人間の場合には獣と違ってさまざまな感情や知識、ある場合には精神までが働いてそうした感情を受け入れ、同性間の結婚にまで導いていくということだ。

それを知るまで僕はホモセクシュアルに関して無知故に強い偏見を持っていて軽蔑までしていたが、それを知らされて今までの自分を反省してもいる。

しかしホモの人たちがそれで幸せかというとそうは思わない。彼等が同性同士いかに愛し合っても、彼等自身は幸せを感じ合ってもなお、それはあくまで限られた二十パーセントの世界でのことで一般には異端な存在だから当然肩身の狭さがあるに違いない。第一、生物にとっての始原的な責任である、種の保存のための生殖を果たすことが出来はしない。

人間のような高等動物は子孫を作るために自分は生きているのだという本能的使命感をことさら持っていはしまいが、しかし自分自身の子孫を持ち得ないというのは傍《はた》から見れば気の毒というよりない。そしてその負い目を彼等は密かにだろうが感じているに違いない。

いつかテレビでハリウッドのかなり有名なバイプレイヤーが自分がホモであることをようやく告白していたが、しかしやはり自分の人生はそのせいで決して幸せだったとはいえないと、淡々と語っていたのを見てある感慨を覚えさせられたことがあるが、遺伝学が学問として科学的にそれを証明していることで僕としては納得を強いられたものだったが。

ならば両極の二十パーセントとの間の六十パーセントの問題だが、人間以外の哺乳類では発情に沿って素直に雄は雌を雌は雄を求めて受け入れる以外にはなさそうだ。しかし人間となるとさまざまな感情が働いて、両方の性を愛することが出来ることになるようだ。世間ではそれを両刀使いというがね。

人間というのは感情多感複雑な動物だ

しかし異なる二つの性の間で持たれる性愛は本質的には種の存続のためのものであって、子孫を残すことの出来ぬ性愛の行為が不毛なものであることに違いはない。

京都大学の動物行動学の優れた研究者の竹内久美子さんのある著書には、男の浮気は人間の雄としての宿命であって、どんなに熱烈な恋愛の末に結婚した男でも、やがていつかは浮気をする、浮気をしてしまうのは人間の雄としての本能であってどう否定できるものでもない。いわば男の宿命だというようなことが書かれていて、僕としては思わず膝を叩いてむべなるかなと納得したたな。

で、その本のそのページに赤鉛筆で印をつけて女房の机の上に置いておいたら、捨てられちまったよ。

結婚というのは人為的なもので動物の番《つがい》とはかなり違っていると思う。多くの男多くの女の中からたった一人を選んでその契約を絶対的なものとするために、ものものしく宗教的な儀式まで行い不変の誓いを立て合うが、竹内さんの解析のとおり男は雄としての宿命を帯びているからその衝動に駆られて当然他の女、他の雌に触手を伸ばしてしまう。

その結果としてのごたごたで離婚ということにもなるが、カソリックは宗教原理的にそれを禁じている、というより認めないことになっている。これは人間の繁栄の原理からすれば非原理的、つまり非人間的といえるな。

昔、名優マルチェロ・マストロヤンニが演じた『イタリア式離婚狂騒曲』という映画があったが、あれによればカソリックのうるさいイタリアでは、いったん神に誓って行われた結婚を破って好きになった相手と晴れて一緒になるには今の相手を上手く殺すしかないということだったが、人殺しと神様への誓いを破るのとどちらが悪いかは知れたことだろうが。

結婚の枠からはみ出した男女の関わりを世間は不倫として断じるが、不倫は種の保存という生物の繁栄のための公理ともいえそうだ。

いつか不倫がバレて居直り、「不倫は文化だ」とほざいて叩かれた芸能人がいたが、彼のいい分はある意味で正しくて、むしろ不倫は人間繁栄のための原理だとでもいえばよかったのに。それにしても「不倫は文化だ」というのはある種の名言で、それで叩かれるというのは彼のいい分にいい足りない節があって、「世界最古の名古典小説『源氏物語』を見ろ、あれは全部不倫の羅列だ。天皇の不倫までが見事に描かれているじゃないか」とでもいえば世間を沈黙させられたろうにな。

とにかく人間というのは感情多感複雑な動物だから、結婚なり不倫なり男と女の関わりにはさまざまなものがからんでもくる。場合によったら功利計算の上に成り立つこともあるし、政略結婚なるものまである。要はそれを当人がどう心得るかだろうが。

実はこの原稿を書くために男と女に関するアフォリズムを集めてみたが、およそ参考にならなかった。

一、二昔前と今とでは世の中大変わりで社会での女の地位はがらりと変わってしまったからな。風俗としてではなしに、例えば女が正式のスポーツとしてボクシングをするというのはどういうことかね。

女の魅力の表象たる顔を無残に傷つけてまでああしたスポーツをするという現象が僕にはどうにも理解できないな。というとそれまた女性蔑視だといわれるかも知れないが、レスリングまではともかくボクシングを、肝心の顔を傷つけてまで女だてらにやるということの意味合いが僕にはわからない。

あれは長らく性的に差別されてきた女性の歴史的反発とでもいうのかね。いざという時、家族を体を張ってまで守らなくてはならないのは男の男としての宿命だが、そのための術《すべ》の一つを女までがこなしてかかるというのは本末転倒の気がしてならないが。

男と女の関わりには笑いがあり涙があり同等平等だ

歴史を振り返ってみると女は故もなく男と差別されてきたことは確かだな。特にそれを露《あらわ》に表しているのが皮肉なことにいくつかの宗教だ。

イスラムの過激な宗派はこの現代でも歴然と女を差別している。あの原理主義のタリバンがそうだろう。女は学校に行くな、学問は不要だと、これはいささか、神の摂理に背くことじゃないのかな。

仏教のお経の中にもいろいろある、『法華経』の第十二の提婆《だいば》達多《だった》品《ほん》には女は不浄なものだから男と違っていろいろなものにはなれない、まず仏にはなれないと。

これはいささか女性には気の毒な決めつけだな。そしてなんと、魔王にもなれないと。他の部分にも、このお経を読んで努めれば来世には必ず女ではなしに男になって生まれてくるとも。

これは今読むといささか、いや甚だ女性には気の毒、というより極めての偏見と思うがね。しかし昔から一般的に女は男に比べてか弱いが故に割を食ってきたことのまぎれもない証左に違いない。

遺伝学からすれば生物の存在はまず雌から始まっているのだという、まさに神が決めた摂理に背くものに他なるまい。

自分が属する種の保存のために死に物狂いで雌を奪い合い生殖して子孫を残す他の生物たちを見習えということだろうが、しかし前述のように人間という高等生物には他の動物にはないさまざまな感情があり、情報もあり、とすると人間における雄と雌の関わりは他の動物たちとは違って、はるかに幅広く奥深いものがあるのは当然だろうな。

故にも男と女の関わりには笑いがあり涙もあり悲劇喜劇もあるということだ。

しかしその限りで、男と女はその関わりにおいて、同等平等ということだろう。それがこの現代においてようやく認められ普遍化したというのは結構なことだ。

といいたいが、最近僕はあるショッキングな体験をさせられたよ。

ある雑誌に久し振りに原稿を載せようと編集長に電話したがなかなか繋《つな》がらない。何度目かにようやく相手が出たがその編集長は女性で、いきなり原稿掲載の件なら私はあなたが嫌いだから私がこの職にある限り一切原稿は私の雑誌には載せませんという。

驚いて訳を質《ただ》したら、あなたは女性を蔑視しているからと。さらに質したら私のばばあ発言だと。いやあれは私ではなしに対談したある学者がいったことで、その話を別の席でしたらその中に共産党の支持者がいてそれを私の発言として喧伝《けんでん》され迷惑したのだといったら、その言い訳は聞いているが、いずれにせよあなたは女性蔑視論者だ。

それに在日外国人への差別論者でもある、その訳は彼らを三国人と呼んでいるからと。いやそれは法的にも正しい言葉で、国会でも論議されたが法務大臣が法的にも正統な言葉だといってくれたがねといったら、何にしろあなたが蔑視論者であることは自明で、それ故に自分はあなたを許せないからあなたの原稿は一切私の雑誌には載せませんと。

あれには驚いたね。女も強くなったというより、この女には何かが欠落しているのではないかと慨嘆《がいたん》したな。少なくとも男には、ああした責任ある地位にいる者にああした奇妙な思い込みというか、奇妙に一途《いちず》な者はいないだろうなと思ったがね。

あれも男と女の本質的な違いの露出なのかな。

第二十三章
お祭り

国を問わず世の中にはあちこちお祭りが実に多い。祭りという限り当然宗教、信仰との関わりだが、しかし不可知なるものを信じる人間の特性に関わりある信仰心の一つの表示としての祭りなるものにしてはあまりに仰々しく、というよりにぎにぎしく騒がしいものも多い。

そしてその騒がしい祭りの担い手のほとんどは男だ。

もちろん女がその核として在る祭りもあるが、それは決してにぎにぎしく騒がしくもない態様のもので、実はその祭主《さいしゅ》の女性の持つ霊感に依《よ》るせいでしめやかなものにならざるを得ない。ここで講釈をするつもりもその知識もあまりないが、こと信仰に関していうと何故男よりもはるかに女の方が霊感が強いのだろうか。

僕の労作の一つ、新興宗教についての分析をした『巷の神々』（これは名著だぞ）の中にも実例を挙げ縷々《るる》記したが、新しい宗教の立ち上がりには必ずある女性の霊感がもたらす奇跡が土台となっていて、その創始者のペアの男の方は優れた組織者ではあっても霊感による能力は欠けているというパターンがほとんどだ。

ということはさておいて、祭りの騒がしさの担い手がほとんど男というのは、結局、女に比べての男の体力が勝っているということに違いない。ということは祭りとはいっても男の持ち分は「お祭り騒ぎ」の方で、実は本物の神事とは本質関わりがないのだな。

その訳は、もともとお祭りなるものの根源はシャーマニズムにあって、シャーマニズムなるものは人間の手に負えぬ、人間にとってある時には脅威でもある自然への畏敬《いけい》からくるものだから、自然の力への慰撫《いぶ》、あるいはその克服といった危険な作業は体力のある男の仕事、男の責任とされてきたに違いない。

ということからお祭り騒ぎの担い手は男ということになる。お祭り騒ぎは男の仕事ということだ。早い話、日本のお祭りにはつきものの御神輿《おみこし》なるものを担ぎ回るのは男の力仕事に違いあるまい。

もっとも当節では、女も御神輿を担ぎたがり女用の神輿も出来、中には男に交じって重い神輿を担ぐ女もいるがあれは本質度を超した手合いで、フェミニズムの時代とはいえあれは人間の文化の本質を毀損《きそん》する現象ともいえそうだな。

神輿担ぎくらいなら女も参加できようが、他のさまざまな祭りを見ればとても女には無理なものがほとんどだ。

例えば厳寒の頃に神輿を担いで海に入るとか、泥田《どろだ》の中に入って争うとか、岡山の西大寺《さいだいじ》で二本の宝木《しんぎ》を男たちが裸で争って取り合う祭り。あれは見るからに壮絶な祭りで、まわし一つの何百という若者たちが宝木を奪い合ってもみ合う。真冬の祭りだが寒さなんぞ忘れて、というよりそのもみ合いに上から水をぶっかけて湯気もうもうの中での大乱闘だ。

もっと危険で眺めていても恐ろしいのは長野の諏訪《すわ》大社の、巨木を傾斜の激しい山の斜面から滑り落とす祭りなんぞは、下手をすれば転がり滑り落ちる巨木の下敷きになって死ぬ者まで出る荒々しくも勇壮なお祭り騒ぎで、あれは眺めるだけでも空恐ろしくとても女の仕事ではあり得ない。

岸和田の「だんじり祭」にしても、あれだけの重量の背の高い豪華な飾りの地車《だんじり》を引き回し、高速度で町の角を急カーブを切って回す仕事なんぞ女に出来るものではない。

祭りは解放の場で、男と女の出会いに繋がる

しかし祭りは決して男だけのものではなくて女なしに成り立つものでもありはしない。その象徴的なものは東京都下の府中の「くらやみ祭」で今日ではそのありようは昔と全く違うが、土地の古老から故事来歴を聞いたら昔はその名のとおり暗闇で行われる祭りに便乗してのフリーセックスの舞台だったらしい。

といっても乱交のためというより、古い時代のしきたりその他で、相思相愛なのに結ばれにくい二人が祭りの暗闇にことよせて結ばれるという神様の粋な取りはからいの場でもあったそうな。

そして祭りには踊りがつきもので、皆で踊るという興奮の中でかもし出されるエクスタシーこそが男と女を結ぶセックスの交わりに繋《つな》がっていくのだな。

それにしても最近の若者どもはダンスをしなくなったね。踊りというのは祭りにつきもので、祭りは立場や階級を超えての自己解放の場で、解放はすなわち男と女の自由な出会いに繋がる。つまりダンス、踊りというものは心理的、感覚的にセックスの前戯の意味合いがあ

るのだが、この頃の若者の遊びにはダンスがからむ様子がほとんどないな。

何年か前、逗子の家の入り江を挟んでの対岸のマリーナで人気のロックバンドのライブショーがあり、その騒ぎの様子が海を渡って伝わってくるので出かけてみたら、大変な賑わいなのに音楽に合わせて踊っている者がほとんどいない。大方の連中が音楽に合わせて片手を挙げくるくる回しているだけで、ほんの何組かだけのカップルがステージの前で手も組まずに向かい合って踊っているだけだった。

眺めていてなんとも味気ないというか空疎というか、こいつら何しに集まってきているのかなと思ったね。

とにかく二人して踊っているうちに段々互いの距離が狭まって、やがては頬寄せてのチークトゥーチークの踊りとなっての密かな高揚があり、そしてその後は、という段取りがあり得るのに今時はそんな悠長なプロセスを踏まずにその後はいきなりカーセックスということなのかね。としたらなんとも味気ないな。

いい祭りというのは人生の素晴らしい記憶として刻まれる

踊りの祭りで有名な阿波踊りもこの頃では様式化されすぎて、目抜きの通りに組み上げられた桟敷《さじき》の前をそれぞれの連《れん》(グループ)で、決まった踊りの振り付けで一糸乱れずに踊って通り過ぎるようになった。あれじゃ祭りの踊りの意味がないな。祭りの名を借りたただのショーだ。

あれならまだ青森のねぶた祭りの方が大きなねぶたの周りで、中には勝手に外から飛びこんだ連中、そんな奴らをカラスというそうだが、彼等も一緒に勝手気ままに踊る、というより「ラッセー、ラッセー、ラッセーラー」という日本語らしからぬ掛け声で跳ね回る方がずっと気ままで祭りらしいな。

阿波踊りも昔はそれぞれの町で連を組んだり組まなかったり、あるいは余所者《よそもの》たちまでが勝手に連に加わって町のそこら中で勝手気ままに踊って回ったものだった。

一度見物に行ってそれを見て感動して、翌年は東京の仲間たちと語らって「東京悪童連」なる連を作って高提灯《たかちょうちん》まで作り、僕のデザインの浴衣で東京から足袋裸足《たびはだし》で飛行機に乗り込み徳島まで繰り出していったものだ。ちなみに僕のそのデザインの浴衣はデザインコンテストで優勝もしたぞ。

その姿で町に繰り出し勝手気ままにそこら中で踊り回っているうちに、見知らぬフリーランスで踊っている連中までが合流して大きな連になってしまって実に愉快だった。

一晩二晩三晩と踊り疲れて、今日はもう寝て過ごすかと思っていても、陽が落ち町のあちこちから囃子《はやし》の音が聞こえてくると、やっぱり今夜も出かけるかという気になって繰り出したものだった。

そしてその中から新しいロマンスまで生まれもしたものだよ。

そんなこんなであの祭りは僕としては忘れがたく、歌まで作ったよ。

「たずねる人は君ならで
去年《こぞ》の祭りの舞い姿
母ともなりぬ君なれば
思いはむなし　阿波の月

祭りの囃子遠のきて
月こそかかれ眉の山
二度とかなわぬ恋なれば
思いを捨つる連絡船《わたしぶね》」

とね。

今の様式化されてしまった阿波踊りにはそんな情緒はとてもないな。

いい祭りというのは年代を超えて、洋の東西を超えて、人生の素晴らしい記憶として刻まれるものだ。

ヘミングウェイの傑作『日はまた昇る』の舞台のスペインのパンプローナの牛追い祭りもその典型だろう。

あれは闘牛に使う牛を一斉に町に解き放ってその牛の前を若者たちが走り回り、中には逃げ遅れて怪我をする者まで出る、神仏に関わりもないただの乱痴気騒ぎだが、それはそれでなんともいえぬ解放感があってのエクスタシーがある。

ヘミングウェイがあの祭りを初めて目にしたのは未《いま》だ世に出る前の無名に近い頃だったろうが、彼はその乱痴気騒ぎの中での解放感の、さらに裏にある人間たちの虚無感を感じ取り、戦争での傷で不能になってしまった主人公ジェイクと彼を愛しながらかなわぬまま若い闘牛士と駆け落ちする女ブレット、そしてアル中のロバート・コーンといった半ば失われた人間たちを祭りの興奮と歓楽の中に配置して見事に描き出している。

それは祭りは所詮ただお祭りでしかなく、祭りの興奮が過ぎた後の虚脱との対比こそが人生だという、淡く苦い人生の公理ともいえるだろう。

しかしなお若い頃味わった祭りの興奮と陶酔は人生の中でいつまでも長い余韻で残っているものだ。

ヘミングウェイもやがて功なり名とげて国民的な英雄ともなり、しかしなお傑作の中編小説『キリマンジャロの雪』で奇《く》しくも予感予言していたとおり、晩年は才能が薄れ作品は冗漫となり果てそれを自覚して自殺の衝動に駆られ、結局は猟銃をくわえて足の指で引き金を引いて自殺し果てたが。

しかしその前の最盛期、仲間と一緒にかつての青春の歓楽の思い出に満ちたパンプローナを訪れた彼が、昔行きつけだったバーを訪れ、彼に気づかずにたむろしていたアメリカの若者たちが、

「おい、あのヘミングウェイが昔ここで飲んでいたのかと思うとぞくぞくするなあ！」

と興奮して叫んでいるのを聞いて、満面の笑みで後ろからその若者たちに近づきいきなり背中を叩いて、

「おい若いの、君ら何を飲んでいるんだ」

と声をかけ、彼等が絶句して彼を見つめるのをいかにも嬉しそうに笑って見返していたと、彼のエピソードに満ちたいい伝記『パパ・ヘミングウェイ』を書いたホッチナーが記していたが。

あの挿話もまた良き祭りの良き余韻といえそうだ。

いずれにせよお祭りはどれもいつも楽しいが、その余韻がいい形で長く残ればさらに楽し

いし、人間の生き方をさえ変えてくれるものなのかも知れない。

当節若者の退屈が横行している

　ということでいえば自前のお祭りも悪いものじゃない。

　自前のお祭りとはパーティのことで、この頃面白いパーティに出くわしたことがあまりない。それはお前がもう年だからだといわれそうだが、決してそうではない。

　ことは例の福岡市の公務員が酔っ払い運転で車を橋の上で衝突させ他の車を家族ごと海に転落させ子供たちを殺してしまった事故以来、飲酒運転の取り締まりが厳しくなったせいで酒を飲んで車を運転して帰るということが出来なくなったせいもあるだろうが。

　第一、昔と今とでは車の数も違うから深夜走っている車の数も格段に増えて安心できない。僕が二十代の頃は銀座で飲んで逗子の家まで運転して帰るのは常套《じょうとう》だった。行きつけの一丁目のバーから雨の夜、ダッジのコンバーチブルでわずか四十三分で帰ったことさえある。そんな時代を今さら懐かしむつもりもないが、現今の飲酒運転規制では若者たちも身動きできず、例えばヨットの試合の後の打ち上げパーティも下火で、なんとも試合に張り合いがないのは否めないな。

気象によっては命がけにもなるロングレースという祭りの後、そんな状況を互いに振り返りながら酒を飲むのはまさにスタッグ（男だけ）の世界の醍醐味《だいごみ》なのにな。

昭和三十年代に僕が作った湘南一円のヨットでの月一度のポイントレースでは、油壺のヨッテルでの打ち上げパーティに、葉山や江ノ島をホームポートにしている船のクルーたちも、レースの後、車でまた駆けつけてきて表彰式の後のドンチャン騒ぎでその後また車で帰っていったものだったが、今では休日の湘南地方は車の大混雑でそんなことは望むべくもない。

それでもなお連休の折なんぞ、船に泊まりがけで面白いパーティをやろうじゃないかと若いクルーたちにいってもなぜか動かない。金も酒も一切俺が受け持つから後は君らでやれといって、昔のそんな思い出話をすると溜め息ついて羨ましいなあ楽しそうだなあというだけで何故か動かない。

いつかの夏、気の合った船四杯が寄せ合ってのパーティでは誰かが一摑《ひとつか》みのハイミナールなる睡眠剤を砕いてぶちこんだパンチを作って差し出し、酔っ払った外人の女の子が「ファック、ファック！」と叫びながら水に転落する有様で、それをまた助けに誰かが素っ裸で飛びこんでと、あんな港でのお祭りも姿を消してしまったよ。

僕とゴルフの評論で有名な岩田禎夫《さだお》と、早稲田のヨット部OB会長の並木茂士の三人が主催する「湘南マフィア」というヨットマンの組織があるが、これが催すマフィア血盟忘年会なるものはヨットの世界では有名悪名で、会が乱れる（?）と怪我人こそ出ないが部屋が壊れかねないほどの乱痴気騒ぎだ。最後は据えられた四斗樽《よんとだる》から余った酒が柄杓《ひしゃく》でクルーどもにぶっかけられたりもし、呼ばれてきた芸者たちが抱腹絶倒しこんな面白いお座敷見たことがない、花代をもらうのが後ろめたいというほどのものだったが、これも年々下火で若い者たちから新しい企画がとんと出てこない。

祭りというのは決して自然発生的なものじゃなしに、いつか誰かが考え出し伝統化したものなのに、当節若者の退屈が横行しているのに、お前らなんとかしろとけしかけるのだが一向に動かないね。

お前ら、何が面白くて生きているのかといいたいよ。

第二十四章

懐かしいところ

僕ももういい年だし人生の黄昏《たそがれ》にかかっているから、これから是非行ってみたいなと思うところよりも、思い返してつくづく懐かしいところの方が多いな。またそれが多いということこそ人生の充実の証《あか》しといえるだろう。しかしいずれにせよ年老いてこそのノスタルジーだろうがね。

僕は神戸で生まれたが、四つの年までしかいなかったのでさしたる記憶がない。思い出せるのは近くに何かの施設があって、それが時折何のためにか突然サイレンを鳴らすのだが、その音がとても耳ざわりで怖かったのと、近くに単線運転の山陽電車が走っていて、年上の仲間の悪ガキたちに誘われ電車を脱線させようとレールの上に大きな石を置いて物陰から見守っていたものだが、その度運転士が降りてきて舌打ちしながら石をどけて事なく過ぎていったものだった。あれで事が成功していたらどんなことになったのだろうか。今なら石を見つけただけで警察が飛んでくることだろうな。

運輸大臣になって最初の記者会見で鉄道についての思い出などという質問が出るかも知れませんというブリーフィングがあったので、昔のそんな悪戯《いたずら》についてでも話そうかといったら、官房長が顔色を変えて、いかに子供の思いつきとはいえ、お立場を考えてそれは絶対に止《や》めて下さいといわれて止めておいたがね。


湘南という土地ほど恵まれた地域はありはしない

父の転勤で神戸から移っていった小樽の印象は子供心にも鮮烈だったな。温暖な神戸とがらりと違って冬は数ヶ月雪に閉ざされる北海道の気候は子供にも応えたが、特に母親は打ちのめされて、最初の冬を過ごした後、僕ら二人の息子を連れて母親の故郷の宮島に帰りたいといい出し、親父を困らせたそうな。

寒さについての子供なりの恐ろしい体験は、庭にあった鉄棒をうっかり素手の両手で握ったら寒さで凍っている鉄棒に手が張りついて離れない。驚いて離そうとしたら一本の指の皮が剝がれて血が出た。恐ろしさに叫んで母親を呼んだら母も動転したが、流石《さすが》大人の知恵でお手伝いにお湯を運ばせ鉄棒にかけて凍結をゆるめて怪我は指一本ですんだが。

学校からの公園を抜けての帰り道、あの頃の冬の交通手段の一つだった馬橇《ばそり》に便乗したものだ。しかし橇を動かす男は子供たちが便乗するのは黙認してくれたが、降りる時にいちいち止まってはくれない。かなりの速度で走る橇から鞄や何かを抱えて飛び降りるのはちょっとした冒険で、最初は抱えた荷物ごと雪の中にひっくり返ったものだが、そのうち子供なりの知恵でまず荷物を雪の中に放り出し、その後体一つで飛び降り荷物を抱え直して帰ったものだった。あれも子供なりの処世術といえたろう。

しかしとにかく大雪の積もる北国というのは厄介なものだった。特にまだ、ろくな舗装のなかった頃だから春が来て雪が溶けだすと、土と混ざってそこら中泥濘《ぬかるみ》と化して歩きにくいのと汚いのとで春なんぞ一向に嬉しくもなかったな。

小樽に七年いて小学校五年の時、父の転勤で湘南の逗子に移った。湘南という土地に移ることなしにいろいろな、いや全ての意味で今の僕はあり得なかったと思う。

司馬遼太郎が『峠』という作品で書いている長岡藩の家老河井《かわい》継之助《つぎのすけ》が若い頃死ぬ思いで豪雪に覆われた峠を越え江戸にたどり着いてみれば、江戸は雪一つ見えず空っ風は吹いてもかんかん照りの温暖の地で、その差に彼は啞然《あぜん》として屈辱感さえ覚えたというのは、小樽から湘南という日本で一番恵まれた地に移った僕にすればよくわかる。

湘南という土地はいってみれば日本のコートダジュールで、こんなに恵まれた地域は他にありはしない。昔は財閥や政府の要人、あるいは泉鏡花や永井荷風といった有名な文士たちの避寒地で、文士は間借りしていたろうが、他の裕福な連中はそれぞれ豪勢な別荘を構えていたものだ。

僕がいた一橋大学は東京の北辺の国立にあってそこで雪が降りだしても東京までくると霙《みぞれ》に変わり、逗子に戻れば優しいこぬか雨だった。

時代の変化とともにそうした別荘は企業の寮となり、それも淘汰《とうた》されてマンションに変わりはて人口も増えたが、それでも他に比類なき恵まれたところだ。その一角には日本の三大古都の一つ鎌倉もあり、何よりも変化に富む相模湾の海が広がり、マリンスポーツの舞台としては絶好の地だ。

僕が一番小さなA級ディンギーから始めて、太平洋も渡った大型のヨットに乗って人生を展開してきたのも湘南の逗子に住むことになったおかげだ。僕や死んだ弟にとって〝Sea is my life〟となったのも湘南という土地、特に逗子という小体《こてい》な入り江を持つ町に住めたおかげだ。だから本籍も逗子に移してしまった。

逗子に引っ越してきた時、子供心にも今まで住んでいた北海道に比べて同じ日本なのにこんなに優しくきめの細かい風土があるものかと感嘆したな。人はそれぞれ郷土を自慢するだろうが、何でもあるようで実は何もないようなコンクリート砂漠の東京に比べて、魅力をたたえた海を後背に持つ町の魅力は計りしれない。

あの頃の逗子や葉山は徳冨蘆花《とくとみろか》が『自然と人生』の中に記した優しく美しく豊饒《ほうじよう》な風物がまだそのまま残っていて素晴らしいものだった。蘆花が『自然と人生』の中に書いていた、鯊《はぜ》が入れ食いの田越《たごえ》川のほとりの柳屋という小体な宿屋の庭には、蘆花の記述だと冬場強い西風が吹くと「天を撫《なだ》して鳴る」大きな欅《けやき》の木も茂っていた。

青春こそがもたらす無謀のエクスタシー

戦争が終わって高度成長が始まりかけた頃の湘南は、東京なんぞに比べてはるかに飛んでいたな。

それを痛感したのは小説を書いて世の中に出たての頃、僕の原作の映画化のロケにやってきた映画会社のスタッフが、逗子の隣の葉山のヨットハーバーで生まれて初めて見たクルーザーヨットに感心し仲間に、「おい、寝床のついたヨットがあるぞ!」というのを聞いて、こいつら結構田舎者だなと思ったね。

娯楽の少なかった当時では映画は絶対の娯楽だったし、それを作る活動屋とよばれる映画人はよほど洒落《しゃれ》た手合いかと思っていたが、考えてみたら東宝も大映も日活も撮影所はみんな多摩川の中流沿いの田舎にあって、海なんぞろくに知らぬ手合いばかりだったからな。

弟の初主演の作品『狂った果実』でハーバーの岸壁にカメラを据え弟のあやつるヨットにカメラに向かって真っ直ぐに走ってこいと命令した監督が、タックの度にカメラのフレイムから外れてしまうヨットに怒って、「なぜ真っ直ぐ走ってこないんだ」と怒鳴ると弟が物怖《ものお》じせずに「ヨットというのはね、風に向かっては真っ直ぐには走れないの。ならあんた自分でやってごらんよ」といい返し、監督の面子《メンツ》丸つぶれになったこともあった。

弟と二人で思いついて町の用品屋で買った女の子用の派手な模様の布地で、弟の女友達に洋裁で仕立てさせて作った揃いのアロハシャツを着ていたら東京の遊び人たちは目をむいて羨ましがったが、そんな才覚も湘南育ちならではのものだった。

かつて文壇が盛んだった頃には、東京で飲んだくれた鎌倉文士たちが新橋から終電に乗り込んでの賑わいもあってたまらなく懐かしいね。川端康成、小林秀雄、高見順、今日出海、永井龍男、横山隆一、中山義秀《なかやまぎしゅう》等々みんな一癖二癖のうるさいが魅力ある人たちだった。

とはいいながら湘南も昔に比べれば変わりはてたな。しかしそれでもなお、湘南は依然として相対的に、湘南としての絶対の魅力を備えてはいる。逗子湾を一望できる逗子の家があった頃は帰る度に海も山も空も懐かしかった。

新緑の頃、目の前の小さな岬の斜面の森を望遠鏡で眺めると、木々のざわめきがまるで海の底を眺めるみたいで興味が尽きない。こんな憩いの場所を持てた僕はつくづく幸せだと思った。これで親父の転勤先が大阪や名古屋だったら僕の書き物もおよそ違っていたろうな。

しかし湘南の他にもいろいろ思い出の懐かしいスポットはある。

妙高高原にあった大学の寮で最初の小説「灰色の教室」を書いたものだが、あれが物書きとして世の中に出るきっかけになった。それ故にというよりも、実はもっと強烈な印象の出来事があそこであった。

同宿していた一年上の水泳部の選手とある日目の前の妙高山に登ったのだが、そいつは案外元気がなくて途中で足に痙攣《けいれん》を起こして脱落してしまった。それを見ての優越感で僕一人で登頂を果たし、その後斜めに下りて燕《つばめ》温泉まで出て寮に戻るつもりでいた。

途中小雨が降りだし帰りを急いだが、誰かが燕への案内板を悪戯して角度を変えていて、行けども行けども村に着かない。数キロほどいった辺りで樵《きこり》に出会って質《ただ》したらとんでもないと教えられあわてて元へ引き返した。へとへとになって燕へたどり着き、転がりこんだ宿屋で持っていた有り金全部、といっても三百円だが、それで限りの飯を食わしてくれといったら、学生とみこんでか岩魚《いわな》までついた飯を出してくれた。

この先どこまで帰るのかと聞かれ妙高高原といったら、山裾を回ってのとんでもない長道《ながじ》だという。もう夕方に近く、近道を聞いたらこの先に小さな山を潜《くぐ》るトンネルがあるが、村の人間の手作りで時々中が崩れて塞がることがあるから止めておけといわれた。

行ってみたらいわれたとおり手掘りらしいトンネルがあった。入り口で覗《のぞ》いてみたが中は崩れた様子はなかったが、周りはただの土の壁がむき出しでいかにももろそうな作りだ。長さ二百メートルほどのトンネルを抜ける途中、何かで壁が崩れたらそのまま生き埋めで行方知れずとなりかねない。

トンネルの手前で暫《しば》く考えたね。時計を見るともうじき暗くなる。そこで意を決して息を溜めた後、頭をぶつけそうな天井の低いトンネルの中を死に物狂いで走ったよ。なんとかトンネルを抜けきってみたら、小さな尾根の向こう側は手前側よりもまだ少し明るくてほっとしたものだ。後で地図を借りて測ってみたら山の勾配を入れて、その日歩いた距離は優に五十キロあった。あの時ほど己の健脚を密かに誇ったことはなかったな。

年とって足腰の衰えてきた今になればなるほど、あれはなんとも懐かしい思い出だ。今でも目の前に薄暗く、遠くにぼんやり出口の明かりが見える、あの不気味なトンネルを思い出すことが出来る。

あれは僕が人生の中で本気で命がけで、しかし人知れず一人っきりでやった冒険だった。もし途中で地震でもきたら、僕は永久にあそこに一人埋もれて行方知れずでいただろうが。あのトンネルを走りきった瞬間の、あの満足感、あの気持ちの高ぶりを何といったらいいのだろうかね。青春こそがもたらす無謀のエクスタシーか。

海には思い出が満ちている

しかしやっぱり人生を振り返っていかにも懐かしい瞬間、懐かしいスポットといえば海に尽きるな。その海のどこと聞かれても海は広すぎてどこともいえない。しかしそれ故に海には切りがないほど思い出が満ち満ちている。

例えば日本のヨットマンとしては初めて参加した国際レース、最初の香港－マニラレースで、禁断の大陸だった中共の海に紛れ込んだら当分監禁されて出てこられないといわれていた当時、海の境界を知らせるホーンが聞こえてくる海域を、濃い霧の中七、八ノットの速度で手探りするみたいに走っていたら、一夜明けてもなお濃い霧の中から突然巨大なジャンクの影が浮かび上がり、評判の海賊かと驚いたら家族たちらしい数十人が乗り込んだ船で、彼等は僕らが方角を間違って漂流しているのかと思い込み、後ろの来た方角を指してしきりに

「香港、香港」と叫び、こちらは前を指して「マニラ、マニラ」と叫び返して別れたが、あれは異国の海ならではの出来事だった。

なんとか胸を撫《な》でおろして先を急いだら、今度は、霧が晴れた海には一面の海蛇。中には十メートル近いものまでいて、それが船体をよじ登ろうとして船にからみついてくる。見渡せば四方数百メートルが蛇の海だったが、あんな光景はあれきり他で目にしたこともない。

その次の年にこれも日本からは初めて参加した憧れのトランスパックレースではさまざまな初体験を堪能《たんのう》したものだ。初体験というのは何もかも嬉しく懐かしく、見たもの聞いたもの、そこで出会った人間たちも忘れられない。

特に初めての洒落た体験というのは、真似してやろうと思ってもまさにTPOの問題で簡単には反復は出来ない。

出かける前に日本のヨットのパイオニアの一人、巴《ともえ》工業の山口良さんから紹介されていた、トランスパックの発進基地ニューポートビーチのヨットマンのシケンクが、クラブでの夜のパーティに、入り江の対岸の自分のオフィスからタキシードに着替え、カクテルドレスを着た奥さんを乗せてやってき、セールを下ろした船を手際よくポンツーン（浮き桟橋）に繋《つな》いで最後は見送る僕に向かって空いたカクテルグラスを放ってよこし、また手際よく帆を上げて帰っていったものだ。

あれはあそこならではのなんとも洒落た風景だったが、残念ながら日本には未《いま》だタキシードで行くヨットクラブもないし、そんなパーティもありはしない。

太平洋をさまよい走った航海は懐かしいよ

あの後ついに参加し出発したトランスパックレースの醍醐味《だいごみ》は語りつくせぬものがあるな。サンタカタリナ島を越え、冷たいフンボルト海流を抜けた後、貿易風の吹きそめる太平洋を一途に走る航海は、レースとはいえ追手の風を受けスピンネーカーを張りつめて走る素晴らしいものだった。

初めて渡る太平洋は見るもの全て初めてで、スコールの折に前後左右に立つ数十の虹の景観、どこから飛んできたのか数日の間僕らの船に付き添って飛んでいた大きな阿呆鳥《あほうどり》、そして近づいた陸を知らせるボースンバード。

それよりも後に知らされたが、アラスカに近い、遠い海で嵐が生まれてはるばる数千キロの南まで送ってくる横波が時折、突然、船の間近で立ち上る三角波のコックピットを濡らす飛沫《しぶき》。そしてこれも初めて目にした、なぜか同じ星なのに青と赤と半々に光る星。

そして何よりも、朝は水平線から昇り夕方は水平線に沈む太陽を眺め、ウオッチ・オフの時くつろぎながら、夕刻に飲む酒の味。あれもまさにTPOの成せる醍醐味だったな。

二度目のトランスパックではとんだ事故続きで、突然来られなくなったナビゲーターに代わってその役を務めた僕だったが、手慣れたはずのナビゲーションで、なぜか天測の後のラインが出ない。焦りに焦ったがどうにもならない。

このままハワイを行き過ぎて太平洋の迷子になるのかしらと酒も飲めずに悩んだが、ついに訳がわからない。

ホノルルに近づきホノルル発のコンソラン（通信士）の電波をとらえ、なんとか位置を出したらマウイ島の断崖寸前で危うく衝突座礁を免れてジャイブ（反転）し、事なきを得たが。その後モロカイの海峡を過ぎる時飛沫にけぶる海峡の上に、さながら海峡をまたぐ橋のようにけぶってかかった夜の虹の神秘さには心を打たれたな。

後々ある出来事がきっかけで知らされたが、僕のナビゲーション・ミスは、レースの時に使われているカリフォルニアのデイライト・セイビング・タイム（夏時間）を忘れていたからだった。これは案外プロがやる間違いでね。それから数年後、友達の汽船でダイビングに行った珊瑚《さんご》海《かい》の孤島で、船長が今夜一時にここで皆既月蝕《かいきげっしょく》があるというので起きて待っていても月蝕は始まらない。文句をいったら船長が頭をかいて、私としたことがオーストラリアの夏時間を忘れていましたと告白した瞬間、僕のミスの理由が判然としたものだった。

あのレースでは途中冷えすぎて盲腸になった弟をなんとかコーストガードにランデブーして引き渡したが、その後温めてまた船に戻りたいという彼を、船の位置がわからずついにあきらめさせて恨まれたもので、彼が死ぬ前にあのミスの訳がわかってあやまったら、

「兄貴、もう遅いよ」

いって間もなくあいつは死んだがね。

そのせいもあって太平洋をさまよいながら走ったあの航海は何もかも、なんとも懐かしいよ。

第二十五章

別れについて

前にも記したが、「哲学」という学問は本来は物の存在とそれを変化させてしまう時間とは何かということを考える学問をいうのだ。よく料理の哲学とか野球の哲学とか、何々の哲学とかいうが、あれはただそれについて深く考える姿勢のことをいっているだけで、本来の「哲学」とはかなり厄介な思考のことだ。

アリストテレスもいっているが、ここになぜこのコップがあるのかというのは考えれば考えるほど不思議なことで、このコップがなぜこんな形をしているのかなどということの前に、物の存在そのものというのは、よく考えてみれば摩訶《まか》不思議なものだと。そしてそれを変えてしまう時間とは何なのかと。

世界の宗教の中でこの不思議なる存在と時間について触れているのは仏教くらいのもので、世界に普遍しているキリスト教にもそれはありはしない。キリスト教の神学なるものは後からギリシャに発生した哲学をまぶしたもので、その点では仏教を説いたお釈迦《しゃか》様は存在の有限無限、時間の有限無限について説いた希有なる人だと思う。

だから死という別れのつらさを救うために、輪廻転生《りんねてんしょう》という巨《おお》きな希望を説いたのだな。

いずれにせよ全ての物には変化があり終末、つまり別れがある。それこそが存在というものだし、その上に人生についての確かな認識と自覚があり得る。

人の一生も、生まれて育ち少年へ、少年から青年、そして中年から老年へと変化しやがて死を迎える。それは全ての物事の条理であって誰もそれを否定できないし逆らえもしない。全ての物事には終わりがある。ということを誰も知ってはいるが、しかし信じてはいない。

死は人生での最大の、決定的な別れだろうが、しかしお経の言葉のように、この世にはさまざまな別れが満ち満ちている。

恋愛を含めて、人と人との出会いにも別れという終わりがある。

これは人生の中での痛切な出来事で、故にも古今東西、小説や歌の主題の多くは「別れ」だな。歌にしても楽しい出会いを歌ったものは少ないが、別れの歌はやたらに多い。そしてそんな歌の方がよく流行《はや》る。ということは、人間は実は死を含めて物事の終わりを信じてはいなくとも、予感しているということだろうか。他の動物にはそんな予感はありはしまい。だから人間にはさまざまな執着がある。それが人間の弱さでもあり、強さでもあると思う。当節流行りのストーカーなるものはその弱さの露呈だろうが、彼らは物事の終わりを信じられぬというより、それを受け入れられぬ弱い人間ということだろう。

それに比べると昔の男の方がまだ抑制が利いていた気がするな。西條八十《さいじょうやそ》という素晴らしい詩人が片手間に書いていた流行歌がいくつもあり、その一つに、

「言えばよかったひとことが　何故に言えない打明けられない

バカな顔してまた帰る　恋は苦しい　おぼろ月」

というのがあったが、この方がストーカーよりはまだましだ。

何にしろ人間の感情というのは始末の悪いものだ。人間のセンチメントなるものは、いかなる合理をもってしても抑えられるものでありはしない。

人間のセンチメントの中でも一番厄介なのは恋愛だ

少し外れるが昨今の原発拒否の風潮も、消費税率引き上げ反対も、それは放射能が怖いのもよくわかるし、誰しも払う税金が安いのを願うだろうが、今日の日本経済の規模を将来も保とうとするなら、どれほどの量の電力が必要とされるか、電気料金がどれほど上がったらどの産業が致命的な打撃を受けて潰れるのか、例えば一九七〇年代のオイルショックで、日本のアルミ産業がほとんど瞬間的に壊滅してしまった過去の歴然とした事例をどう捉え、いかなるシミュレーションをするのか、世界に例のないこの国の高福祉低負担が今後はたしてまかり通るのか、その試算もせずにいきなり可否を唱えるのは感情（センチメント）に駆られた、論にもならぬ論でしかあるまいに。

しかし人間のセンチメントの中でも一番厄介なのは恋愛で、あんな男に惚れたら酷《ひど》い目に遭うぞ、あんな女と一緒になったら終わりだぞといくら周りにいわれても惚れてしまえばもうにっちもさっちもいかないのが人間の常だ。

そしてそれ故に、別れなるものは何よりもつらい人生の出来事となり得る訳だ。

人間の別れというのは歌も含めて芸術の多くの主題の一つだが、詩歌の主題も別れが圧倒的に多い。出会いの嬉しさを歌った歌なんぞ滅多にないな。

ハードボイルド派の始祖レイモンド・チャンドラーの代表作の二つの題名も共に死という

決定的な別れを謳《うた》って『長いお別れ』と『大いなる眠り』となっている。

別れを歌った詩歌も数限りない。

別れといってもさまざまあるな。刹那《せつな》の別れや、逆にしみじみした別れ。しかしまあ別れというのは大方しみじみしたもので、それ故に詩歌や小説の主題たり得るが、しかしボードレールが歌った、大都会ならではの、そして人間ならではの、それも都会に住む男ならではの別れというものも確かにある。

その大都会ならではの、しかも男ならではの心の激しくも空《むな》しいときめきとその喪失を、人生での別れというにふさわしいかどうかはわからぬが、少なくとも僕は同じ戦慄を味わったことがあるし、しかしなお今ではその相手の印象すら覚えてはいないんだ。

でもあれは、男の側の一人勝手かも知れないが、瞬時にしてもなお激しい憧れと瞬時にしての別れだったことは間違いない。

ボードレールの詩とは対照的な、島崎藤村の名詩『惜別の歌』などは流行歌にまでなり、小林旭のスタンダードナンバーにもなっている。

「遠き別れに耐えかねて
この高殿に登るかな

悲しむなかれ我が友よ
旅の衣をととのえよ

別れといえば昔より
この人の世の常なるを
流るる水を眺むれば
夢はずかしき涙かな」

とあるが、実はこの歌、臆測するに、誰か親しい友人との別れを歌ったのではなしに、彼自身の心境でなかったろうか。

彼は自分の姪と恋愛に落ちて一族の顰蹙《ひんしゅく》を買い、逃れて外国に行くが、帰ってきてまたその恋愛は続いたそうな。姪との恋愛とは近親相姦になるのかならぬのか、いずれにしても当時とすれば禁断の木の実だったに違いない。

その愛を断ち切るために外国に逃れる間際の別れのための逢瀬《おうせ》となれば、その悲痛さもまならぬものだったろうに。

つらい別れを描いた小説の数も限りなさそうだ。それを原作に踏まえた優れた映画の数も。

『誰が為に鐘は鳴る』では、スペインの内戦に参加したアメリカ人ロバート・ジョーダンと政府側の兵士に家族を殺され自分もレイプされた薄幸の娘マリアとの、ゲリラのキャンプの中で芽生えた恋も、政府軍の進軍を阻止するための橋の破壊活動の中でジョーダンは被弾して倒れ最早《もはや》動けなくなり、せまってくる敵を前に彼と一緒に死のうとする彼女をジョーダンは、「今では君は僕なんだ。僕たちは別れをいう必要はないんだよ。別れるわけじゃないんだからね。振り返っちゃいけないよ」と説得して強引に発《た》たせる。

あの瞬時のうちでの愛の燃焼とその崩壊の別れのつらさの宝石のような愛の結晶。それは彼の言葉のように瞬時にしての別れ故に永遠なるものとして心に刻まれて残るのだな。

「別れも楽し」という言葉があるが、あれはつらさ故の逆説的ないい逃れで、楽しいと信じようと願うほどに別れのつらさをいい得ているのだろうに。

戦後の日本映画の傑作の一つ、原作にロマン・ロランの『ピエールとリュース』を借りた岡田英次と久我美子主演の『また逢う日まで』も、戦争に引き裂かれる相思の二人の最後の別れは、当時は白昼禁断だった接吻《せっぷん》を、別れのつらさにたまりかねた二人が最後に見合った窓のガラスごしに思わず唇を重ねてしまう。あのワンカットは、激しい抱擁なんぞよりも人生での別れなるものの本質を、実にさりげなく表していて胸にせまったものだった。

さらば師匠、あばよ談志！

この僕も人生の中で他にあり得ぬというか、僕とその相手ならではのあるしみじみした別れを味わったことがある。あれはこの僕が勝手にしかけた、というか強引にもちかけたというか、とにかく僕とその相手ならではの別れだった。

その相手は二〇一一年に亡くなったあの天才的な噺家《はなしか》、立川談志だ。

彼との仲は随分長きにわたっていていつが初めかもう覚えてもいないが、僕が参議院に出た次の選挙の時、僕らの組織の候補者だったスキーヤーの三浦雄一郎が突然ノイローゼになってしまって、その後釜に殿様崩れの細川護熙が売り込んできてしかたなしに彼に決めたが、仲間の中でも違和感があり、ある仲間たちが立川談志を出したいといい出した。

僕も賛成して仲間から二人が立ち、談志は最後に当選したものだった。議員としての彼はしっちゃかめっちゃかでいろいろ物議をかもしはしたが、とにかく一期は務め終えた。議員でいる間の二人の間に二人ならではのいろいろ面白い思い出があったが、むしろ二人の仲はその後もっと濃くなって、彼が得意になって演じる古典落語のスタンダードナンバーの『芝浜』を今は亡き三木のり平さんと聞きにいって二人してこてんぱんに批判して喧嘩になったりしたものだった。しかしその後彼の『芝浜』は格段によくなったし、談志自身もそれを認めていたものだ。

そんなこんなで二人の仲はいつも会えば互いに憎まれ口を叩き合う間柄だったが、大抵いつも僕があいつをいい負かしていたな。そんなせいであいつ、男の子が生まれたら僕と同じ名前をつけてしまった。訳を聞いたら僕とのいい合いで頭にきた後、その子を叱りつけて鬱憤を晴らすためだとか。ま、それも彼一流の諧謔《かいぎゃく》だろうが、僕もその子も互いに迷惑といえば迷惑だよな。

それでも時々何かで相談をもちかけてきたりしていたものだが、そんな時だけ僕のことを「あにさん」なんて呼んでいたくせに、人前では僕のことを「慎太郎」とか「あの野郎」といっていたそうだ。

それからさらに時がたって彼が病気がちになりだしてから、突然向こうからいい出して二度三度雑誌で対談をしたことがある。

「なんで急にこんな企画を持ちこんだんだ」

といつか質したら、妙に神妙に、

「俺あ、こうやってあんたに会って石炭を焚《た》かれると元気が出るんでね」

といってくれたものだった。

それから暫《しばら》くして、今度はこちらが長く務めすぎた都知事のルーティンワークで神経がくたびれて体まで変調をきたして、僕の方があいつに石炭を焚いてもらいたくなって電話してみたら奥さんが、

「お知らせしていませんでしたが、また喉頭癌が悪くなって今度は舌の方にも移ってもうほとんど話せなくなりました。命も危ないと思います。当人も死ぬなら家でといっているので、明後日あたり家に連れ戻すつもりです」と。

そしてそれから三日後、思い切って彼の家に電話を入れてみた。娘さんが出て彼はもう全く話すことが出来ませんということだった。

「なら僕が一方的に話すから、僕からだといって彼の耳に受話器を当ててやって下さいよ」

いったとおりに彼女は電話を取り次いでくれた。そこで僕は一方的に話してやったんだ。

「やい談志、お前もそろそろくたばりそうだってなあ。しかしまあ、いつかはくることだぜ。俺だってもうそう長くはあるまいよ。人間てそんなものだ。誰も前からそうは信じちゃいまいがな。君と俺とのつき合いってのは考えてみるとなかなか味なものだったじゃないか。君は俺を羨んでいたかも知れないが、俺も君を羨んでいたんだ。お前さんほど好き勝手をいって、それでいて腕は上がって誰もあんたみたいな芸の出来る奴はいなかったからな。

国立劇場であんたが弟子の誰かに『芝浜』をやらせ、その前に君が小話で一席やって、そ

の後また真打《しんうち》で何かやるはずだったな。企画していた、あんたにぞっこんだった福田和也が、下手すると体がもたないかも知れないから、その時は自分が司会して舞台の上で二人の対談にしてくれといってた。

お前さんは何とかいう弟子の前にジョークに近い小話ばかりで客を抱腹絶倒させて楽屋に帰ってきて、俺に、もう疲れたからこのまま帰りたいと打ち明けたな。俺は、ああ、かまわないからこのまま帰っちまえといって帰してしまった。あれが俺の出来た最後の、まあ贈りものだったな。

お前さんは誰も出来ない芸で、さんざ喋りつくしていかにも疲れたろうよ。神様がもういい加減に休めよといってるんだ。だからもう、ゆっくり休めよ」

と僕はいってやったんだ。

そしたら最後の頃、あいつ言葉にはならないが、ぜいぜいした激しい息づかいで僕に答えてくれたんだ。しかし僕にはその言葉がよくわかったよ。

「うるせえな、あんたにいわれなくっても俺ぁよくわかってるよ。いいたいこと、やりたいことさんざやってきたんだ。今さら何もくよくよなんかしちゃあいねえよ」ってな。

あれは僕が経験してきた中で、二人ならではの実にいい別れだった。

さよなら師匠、あばよ、談志!

第二十六章
動物との出会い

人生の中では人間以外の生き物との出会いも多々ある。

この地上には人間以外の生き物も棲息《せいそく》しているのだから彼等との関わりなしに人間の存在もあり得ないのは自明のことだ。

僕の動物との出会いの最初の記憶は幼年時代、神戸の家に何故か大きな鳥籠、というより鳥が収まった大きな檻《おり》があって中に何十羽ものいろいろな種類の小鳥が飼われていた。後で聞いたら父が子供たちの情操教育のためにと仕入れたものだったそうな。そんな心遣いは出費から鳥の面倒まで大変なものだったろうが、それが僕ら兄弟の情操の育成にどれほど役にたったのか当人にもわからないが、とにかく僕の父というのは今思い返すともの凄く子煩悩だったな。

僕自身は小鳥についてほとんど関心がなかったのだけは覚えているが、弟の柄に似合わぬ繊細なセンシビリティは案外あの鳥たちへの弟なりの関心が培ったものだったのかも知れない。裕次郎の観察力というのは実は抜群だったから。

同じ映画を見てもある印象的なシーンの中での、さりげなく置かれた小道具についてまで見定めていて、感心させられたものだ。

例えばローレンス・オリビエ主演の『ハムレット』のラストで、ハムレットの遺体が送り出されていくシーンで、手前のハムレットの椅子の上にオフィリアが溺れて死ぬ前に摘んで作った花束が萎《しお》れてなお置かれていたなどというのには僕は全く気づかなかったが、あいつはそれを見定めていて、後々もう一度見直した時、心して見たら彼のいったとおりだったのには驚かされたものだ。

あれも親父の幼い子供の情操教育への心遣いの成果だとしたら有り難い話だ。

鳥といえば小学校の高学年になって小樽から逗子に引っ越してきてその家で飼っていた、いつも綺麗な声で鳴いていたカナリアが、ある日けたたましく鳴くので鳥籠を見たらいつの間にか大きな蛇が軒伝いに忍び寄ってきていて、蛇の大きさに驚いて手の施しようもなく、母と僕ら兄弟の三人が見ている前で蛇は鳥籠の格子をひん曲げて入りこみカナリアを飲み込んでしまった。

あれは人間以外の動物が互いに襲い合い殺し合うこの世の生存の原理を、目の当たりにまざまざ見せつけられたシーンだったな。そしてあのなんともむごたらしい光景を目の前で見せつけられ、僕ら子供も何かを納得させられた思いだった。

動物との際どい出会いの最たるものは狩猟

当節日本の社会では人間同士で営む家族そのものの形、というよりも本質が変わってきて、都会では鳥以外のペットを飼う者が増えてきた。

特に犬を飼う人が増えて、その飼い方も昔とは随分違ってきたし飼われる犬の種類も変わって、というより多種多様になってきたな。こんな犬のどこが可愛いのかと首を傾《かし》げたくなるようなグロテスクな、全く可愛げのないような犬も結構な値段で売り買いされているようだ。中には冬はペットの犬に着物を着せそれを抱いて歩いている手合いもいるが、あれは犬にとっても迷惑なんじゃなかろうか。抱いている人間も馬鹿に見えるがね。

人間と犬との関わりは旅するために使った馬との関わりと同じくらい古いものだろう。それは狩猟のための追い立て役としてで、僕も昔は鉄砲の猟をしたから犬との関わりの実感はある。猟をしていると利口な犬と馬鹿な犬とでは獲物も違ってくるし、利口な犬はこれでも犬かと思うほどなまじな人間よりも素晴らしい。

いつか北海道の北見の近辺で猟をしていた時、僕の撃ち落とした鴨が小川に落ちて潜って逃げた。仲間の猟犬に飛び込ませて追わせたが、そのまま水の底に沈んだのか見つからない。さんざん捜しても見つからず、首を傾げて戻ってくる犬を飼い主が叱りつけてさらに捜させたら、暫《しばら》くして犬は鴨の代わりに誰かが撃って落としたらしいカラスをくわえて、はたしてこれでしょうかというふうにまた首を傾げて戻ってきたが、あの時はその犬に強い共感というか友情の如きものを感じたよ。


他の動物との際どい出会いの最たるものはやはり狩猟で、特に相手が大きく危険な動物だと時には命がけのこととともなる。

海での釣りにしても、カジキマグロの漁ともなるとあの図体《ずうたい》のでかい百数十キロもあるターゲットはその先に二メートルに近い上顎《うわあご》を持っていて、その先端はナイフのように鋭く恐ろしい。現に船に釣り上げられる瞬間、最後の一暴れで人を突き刺して殺す魚もいる。それに釣り上げてみるとカジキというのは魚と全く違う臭いがする。あの臭いは陸の上の四つ足の獣と全く同じだな。

昔よくアラスカで鉄砲の猟をしたものだが、人間というのはずるいもので相手が凶暴だといろいろ策を講じて臨む。ある湖でアラスカヒグマの水飲み場というのがあって、その目の前の岩陰にモーターボートを潜ませ、熊がやってきたら近づいて船から鉄砲を撃つ。何かの時には全速で逃げるという手立てでいった。

そうしたらとんでもなくでかい熊が現れた。モーターボートを岩陰から回して熊から十メートル近くまで近づけ、乗っていた四人で一斉射撃したが、胸に傷を負った熊が口から血を吐きながら吠えて、逃げる代わりに船に向かって湖に飛び込んで突進してきた。その形相にこちらは恐れをなし船は全速で後退し、コックピットに立っていた四人はその勢いでひっくり返って腰を抜かし、ほうほうの体で退散したものだったが、あの時の熊の形相の凄まじさは今でも忘れられない。

人間はただの趣味で動物を猟《か》りたてたりするが、鉄砲など持たぬ相手の獣はまさに命がけなのだから。あの経験で僕は僕なりに何かに思い当たって以後鉄砲を使っての猟は止《や》めにしたよ。

後で聞いたが熊という猛獣は他の猛獣よりもはるかにタフで、鉄砲で相手を仕留めるには二ヶ所に当てるしかない。一つは心臓、もう一つは肩のつけ根だそうで、頭などに当てても弾を撥《は》ね返してしまうそうな。

ある時アラスカでの猟の旅で、もう一組開高健とカメラマンの立木義浩の、これはもっぱら川釣りのための同行者だったが、大きな熊の番《つがい》が出たという報せでブッシュパイロットを雇って遠くへ飛んだ。近くの草地に舞い降りて僕らはブッシュに分け入って熊を追ったが、旅のスポンサーの「アペックス」の社長の森さんという富豪が彼らを草地に残し、念のため鉄砲を一挺預けて別れて進んだ。三百メートルほどいったところで番の雌を仕留めたが、帰る途中彼らを残してきた辺りで銃声が聞こえた。

待つ間の退屈に何かを撃ったのだろうと戻ってみたら、開高がさっき突然そこに熊が出て、思わず引き金を引いたという。そして弾が当たった手応えもあったと。

いわれて辺りを捜したら確かに血が流れていた。さっき仕留めた雌の番の雄だとしたら、半矢になった熊はいつどこから襲ってくるかも知れない。これはこちらが獲物を追うよりも危険なことで、とにかく捜して仕留めなくてはとブッシュをかき分け進んだら、なんとわずか先にとんでもなく大きな雄のヒグマが死んでいたよ。

開高が撃った弾は見事偶然にも熊の心臓に当たっていたんだな。それを見たら開高も立木もそのままその場に座り込んで立てなかったな。おかげで名カメラマンの手による奇跡の獲物の写真はありはしない。

僕はあの時、偶然以外の何ものでもない、いわば流れ弾に当たって死んだヒグマの運命に、人間として気の毒な思いを禁じ得なかったね。

犬とすれ違う時には本能的に用心している

動物と人間の関わりは古来さまざまあるが、それにしても当節大小の犬の散歩につき合って多くの人間が犬に引きずられながら歩いている風景は、今までの贖罪《しょくざい》というか、どうも僕にはなんだか馬鹿馬鹿しくもの悲しく映るがね。それでも日本人だけは連れている犬の糞をいちいちさらって袋に入れ持って帰るのは殊勝なものだ。あれは外国ではなかなか見られぬことだ。特にパリの街の犬の糞公害は酷《ひど》いもので、何が花のパリかといいたい。

しかし僕は基本的に犬は嫌いでね。子供の頃小樽の家ではバロンという名の大きなシェパードを飼っていたものだが、その犬が当時の僕には大きすぎて苦手だった。弟の裕次郎は何故かその犬を全く恐れずに、犬の方も僕より彼の方になついていて、親父と犬を連れて散歩に出た時、どこかで犬と一緒の写真を撮ったんだが、僕はすぐ隣に座った犬が気になって終始落ち着かなかったのに、弟は平気で犬とじゃれながら写真に収まっていたな。

僕が犬を決定的に嫌いになった所以《ゆえん》は、ベトナム戦争の取材にいって肝炎にかかり半年養生を強いられ、ようやく近くの医者まで歩いて注射に通えるようになった時、帰り道で割と

幼少時に飼っていたシェパードのバロンと、弟の裕次郎。

大きな犬を連れた奴に出会ったら、その犬が本能的に僕が弱っている人間と嗅ぎわけたのか突然襲いかかってきたんだ。

　飼い主がそれを止めきれず、犬はいい気になりやがって飛びかかってきて僕はよろめきながらもその犬の首輪を両手で握って振り回し横の壁に叩きつけたら犬が頭を打って泡を吹いて動かなくなった。

　以来、犬とすれ違う時には本能的に用心しているが、いつか息子の一人とジョギングの帰りにそんな話をしていたら、向こうから犬を連れて散歩している女がやってきた。並木道の狭い歩道で、息子が先にすれ違い、その息子には何もしなかった犬がいきなり僕には吠えかかった。ついその前までの会話を犬が知る由もなかろうが、相手は本能的にこの人間は俺が嫌いなのだなと感じ取っていたのかも知れない。お互いの本能のすれ違い、いや本能の出会いということかね。

それからまたしても、今度は出かけようとして玄関を出てきた家の前で、これも女が引いた犬がいきなり僕に吠えかかり、飼い主の女がそれに引きずられ犬がもっと間近で吠えかかるのでその犬の顔を蹴とばしたら、飼い主の女が、「何をするんです！」と悲鳴を上げて咎《とが》めるので、「この犬は狂犬じゃないの。これで僕が嚙まれたら裁判になるよ」といい返したら女は膨れっ面で行っちまったが。

後で家でその話をしたら子供たちが全員、「今頃そんなことをするのはお父さんぐらいだ」と咎められたが、そうとしたら世の中どうかしているんじゃないのか。人間と犬とどちらが大切、どちらが偉いというのかね。

動物を飼うという体験は人生に向かい合うためにも必要なこと

だから僕はむしろ猫の方が好きだ。猫の方がはるかにわがままでいいな。ボードレールだったかの言葉に「猫と女は呼んでもこないが、呼ばない時に勝手にやってくる」ともあったがね。

一度猫を夢中で飼ったことがある。その猫がまだ子猫の頃なのに、箪笥《たんす》の裏に逃げこんだ鼠を追い出したら本能に駆られてだろうが襲いかかって食い殺すのを見て妙に感動したのを覚えているな。あれは「野性」なる生存の原理に初めて触れた感動といえるのかも知れない。

その猫が子供を数匹産んで、その一匹一匹に名前をつけて溺愛したものだが、母にいわれて惜しみながら誰かれにくれてやり、その後親猫も家の前で車に撥《は》ねられて死んでしまった。その猫とのつき合いでよろず生き物の一生というものについて悟らされたような気がしたな。それで憑物《つきもの》が落ちたように動物を飼う気は全くしなくなった。

あれは女との別れにいささか似ていて、子供なりの生命の存在についての根源的な解脱《げだつ》といえるのかも知れない。

しかし動物を飼うという体験は男にとって、人生に向かい合うためにも絶対に必要なことかも知れない。

女はやがて成人すれば自分のお腹を痛めて子供を産みそれを育てるという決定的、絶対的な作業を受け持つのだからそんな必要はあるまいが、男にとっては人生への何らかの身構えのためにも必要なことなのかも知れないな。

猫を飼う前に小学校での授業の一環として蚕《かいこ》を飼わされたことがある。これもやってみるとあの毛虫に似た虫に妙な愛着も湧いてきて、毎日近くの山に入って桑の葉っぱを探してきてはあてがったものだが、やがて蚕が繭を作り、それを学校に供出して誰かがそれから絹を取り出したのだろう。

しかしその翌年も同じ作業を宿題としてやらされている間に、家に巣くう鼠が突然蚕を食い荒らし、蚕が半分むごたらしく殺されたのを見て、これまた突然嫌気がさして残った蚕を捨ててしまったよ。

しかし動物を飼う楽しみといえば、同じ人間の子供を育てる、つまり親として子を飼うことほど面白く興味津々《しんしん》たるものはないな。そんなことをいうと子供と獣とを一緒にするのかと叱られそうだが、飼育ということの面白さという点ではやはり子育てに勝るものはありはしない。

分身という言葉があるが、子供はまさに自分の分身であって、自分の良いところ悪いところを全て母親と半々に受け継いだ生き物だから、自分という存在の歴史の伝承者でもあって己の人生の将来を予感させてくれて興味尽きないね。

僕には男の子が四人いるが、当然それぞれ性格が違っている。

僕も家内も共に二重瞼《まぶた》だが、中に一人だけ末の息子が一重瞼で子供の頃それに気づいて気にしているので冗談で、「そうだよ。お前は橋の下に捨てられていたのを、俺が可哀そうで拾ってきて育ててやったんだぞ」といったらショックを受けて暫く眠れなかったそうな。

後でそれを聞いて平あやまりにあやまったものだが、今でも東京の赤坂近辺、ヤクザと韓国人の多い通称ヤッカン通りを歩いていたら、東京に来たばかりらしい韓国人に同胞と間違われて道を聞かれて往生したそうな。

これが孫となるとやはり関心の質が全く違ってくるな。

「来て嬉し帰ってうれし孫の顔」という川柳があるが、至言だね。孫が可愛くないかといえばそれは可愛いが、ただそれだけ。彼らの何についても責任を感じることはほとんどない。しかし子供はいくら長じての後でも責任の如きものを感じさせられるがね。

僕の母というのはかなり個性的な女だったが、いつかまだ幼かった頃の長男を連れて母のいる離れに行ったら目を細くして彼に語りかけているので、「お母さん、孫は可愛いでしょう」いったら、振り返って、「孫は孫だよ。私はお前の方がよっぽど可愛いよ」あからさまにいわれて子供の手前ばつが悪かったものだったな。

そしてこの今頃、僕も実はおふくろと同じ感慨を覚えているね。

第二十七章

リーダーの条件

人間は何らかの組織に属さずには過ごせないし、特に男はその中でのリーダーにならなければ甲斐《かい》もない。

リーダーといっても会社や政党のトップに限らず、例えばスポーツのチームのキャプテンにしてもだ。ある意味ではスポーツのチームのリーダーは、試合という一種の極限状況の中での有形無形の差配という責任があって端的にその資質能力が問われるし、露呈もする。

僕がここ何年かで感心させられたのは日本の女子サッカーチームのキャプテンだった澤《さわ》穂希《ほまれ》選手が、ドイツで開かれたワールドカップでチームメイトに「ピンチで苦しくなったら私の背中を見て」といって走り回り、見事優勝を勝ち得たことだった。あの時の決勝では仲間からのコーナーキックを足の外側を使って奇跡に近いシュートを決めて同点に持ち込み、最後はＰＫ戦で優勝を勝ち取ったものだった。

あの後、都としての表彰の場で彼女にじかに会って話したが、テレビで見る限りさしたる美人には見えぬ彼女が、実際に会ってみるともの凄く魅力のある女性だとわかった。それはあの見事な実績が証《あか》すリーダーたる女の魅力に他なるまい。容姿を超えたリーダーたる人間の魅力といえるだろう。

同じサッカーで、中学時代からサッカーをしていた僕にもある素晴らしいチームキャプテンの思い出がある。当時はサッカーの名門だった湘南中学、高校で僕が入部する前にキャプテンをしていた海老原朗という選手がいた。

同じ湘南でサッカーの選手をしていた海老原三兄弟の二番目の男で、東大に進みサッカーチームのキャプテンを務めていたが、その年のリーグ戦で東大は最下位になってしまった。僕のいた一橋はその前に二部に落ちていたが、その屈辱を抱えて彼はその前年に設置された天皇杯のトーナメントでまさに獅子《しし》奮迅《ふんじん》の活躍で仲間を叱咤して駆け回り見事チームを第三位に持ち込ませたものだった。

その様を見て僕はまさに男が男に惚れて、もし僕に妹がいたらこんな男と結婚させたいなと思ったものだ。

彼ら兄弟の三番目は僕の一年下で、暫《しばら》くして世の中に出た後クラブチームでも一緒に蹴っていたが、彼にあの朗ちゃんがどんな女性と結婚したかを質《ただ》したほどだったが。

しかしまあ大学での名キャプテンがすべて世の中に出てやはり優れたリーダーになるとは限らない。それが世の中、人間の不思議さというものだろうな。


目の前の現実と闘うには冷厳な現実家でなければならない

やはり優れた指導者というのはＴＰＯ、つまり事のタイミング、その立場、その状況に応じて求められて出現するに違いない。そしてそのＴＰＯに応じて優れたリーダーを持ち得ぬ組織は競争に敗れてしまうし、持ち得た組織は競争に勝つし栄えもするが。

そしてそのＴＰＯに応じて求められる優れたリーダーの資質は、当然ＴＰＯに応じて違ってくる。それに応じたどんなリーダーが与えられるかはまさに天のみぞ知るだが、しかしなお、どこにおいてもリーダーたらんとする者はまず、そのＴＰＯを確かに心得ていなければ適《かな》うものではありはしない。

人間はそれぞれ個性を持っているが、その個性がそのＴＰＯに合わなければ良きリーダーの誕生ともなり得ない。

例えばリーダーの資質として往々にいかなる理想を抱いているかが問われたり評価もされるが、リーダーは組織の先頭を切って目の前の現実と闘わなければならないのであって、その闘いに勝つためには何よりも冷厳な現実家でなくてはなるまい。

美辞麗句でリチャード・ニクソンを破り華々しく登場してアメリカ大統領となったジョン・F・ケネディはこれまた華々しく暗殺されて倒れたが、実は彼と僅差で敗れ後に大統領となったニクソンはその実績においてははるかにケネディを上回るものがあった。例えばケネディが始めて泥沼化していたベトナム戦争を終わらせたのは彼だったし、ドルの地位向上のために金本位制からの離脱など思い切ったことをやってのけた。

故に一時期はキング・リチャードとまで呼ばれていたが、部下が起こしたウォーターゲート・ビルでの盗聴事件で嘘をついたということだけで追い落とされてしまった。世間というものは理想論には喝采するが実務での成功には冷ややかなものだ。しかしなおそれを承知で事を進めるのが本物のリーダーといえるだろうな。

そしていかなるケースにおいてもリーダーたる者にとっての絶対必要条件は、どんな制約があろうとある場合にはそれを無視してでもよかれと信じることを敢《あ》えて行うという果断の勇気だ。

彼以後ろくな総理大臣を出してこなかった日本の国政の中で、それ故にいわばラストエンペラーならぬ、最後の総理大臣ともいえる、かの中曽根康弘は、周りは気づいていないがいろいろな形で憲法違反を平気でやってのけていた。

友好国のアメリカにだけには戦略に関する日本の優れた技術を提供してもいいと、閣議にもかけず決めてしまい、相手のレーガン大統領はこれを非常に良とし、アメリカはその後それを受けて湾岸戦争の準備を始め戦《いくさ》には楽勝できた。

あの戦争でアメリカが世界で初めて行ったミサイルによるピンポイント爆撃、戦の冒頭にミサイルがイラクの参謀本部の屋上の煙突の中に入り、コンピューターのある作戦頭脳部を破壊したのは、当時の日本の世界有数の半導体を装備したおかげだし、空で活躍した垂直上昇型戦闘機は、最硬の合金アルミリチウムのパーツを削り出す日本製の工作機械なくして出来はしなかった。

戦後のペンタゴンの報告書には、その他日本が供与してくれた合わせて十二種の新技術のおかげで我々は勝利できた、日本の功績は八万の兵隊を送って共に戦ったイギリスの功績をはるかに勝るとあったくらいだ。

その後も当時の中曽根総理が伊豆大島の三原山が噴火して島全体が危機に陥りそうになった時、これまた独断で町長に連絡し、「保安庁と自衛隊の艦船をさしむけるから、町長と警察官数人を残して他の島民全員は島を離脱して東京に避難せよ」と命じて画期的なエクソダス（脱出）を行わしめたものだった。

これらの措置は全て閣議にもかけずに総理の独断で命じられ、しかもあきらかに憲法に立脚した内閣法違反で、リーダーたる総理の独断果断で行われたものだったが、結果を見れば当然のことだ。

物事に関して果断を避けて中途半端をとってはいけない

ＴＰＯに応じて求められるリーダーとしての要件はさまざまあろうが、何よりもまず大局を見通すということ。そしてそれに応じての判断力、決断力、さらには未曽有の試みであろうとそれを思いつく想像力、創造力。

今直面している問題、あるいは危機の背景にある大局とは何なのかという判断認識なしに物事への的確な対処は出来ようもない。毛沢東の方法論の『実践論・矛盾論』の中に実に的確簡潔な叙述がある。

彼は目の前にある解決をせまられている厄介な問題を「従属矛盾」と呼び、さらにそれをもたらしたその問題の背景にある大きな矛盾を「主要矛盾」として、その主要矛盾への認識とその是正への試みなしには本当の問題解決はあり得ないとしている。

これしごく当たり前の論のようで実はなかなか心得られない認識なんだな。大方の人間は目の前の問題解決に腐心はするが、その背景を把握しないと本当の解決の術《すべ》に必要な有効な試みも実践もままなりはしない。

それを獲得するために必要なものは所詮人間の感性であって、勘の悪い人間に何を期待してもどうにもならない。その勘の養成には頭の自由な回転が必要で、頭を自由に回転させるために何が必要かといえば、それは仕事以外のことに興味を持って頭を使うこと。つまり何でもいいから趣味を持つことなんだ。

スポーツでも、俳句、絵画、囲碁、将棋、何でも好きなことでもっと上手くなりたいと密かに工夫することで頭全体の勘が冴えてくる。

前にも述べたが、無名の下っぱから取り立てられ大出世した秀吉の出世のきっかけは、敵と張り合って取ったり取られたりしている川岸の墨俣《すのまた》という地点に、なんとか出城を造りたいと試みその度失敗していた織田陣営の中での合議で、秀吉が一晩でそれを造ってみせると豪語し、実際に一晩で出城を組み上げたことだ。その秘訣《ひけつ》は川上で密かに出城の櫓《やぐら》の部分をモジュールとして造っておいて、それを夜中に流して川下の墨俣で回収して組み立てまさに一夜にして城というよりも木製のフォートを造り上げてしまった。つまり他にない発想の所産だ。

信長はそれを高く評価した。つまり優れたリーダーの資質の一つは、思い切った人事が出来るということでもある。

未知のものへの強い好奇心を抱くような感性こそが必要

しかしいくら優れたリーダーだろうと大きな仕事を為《な》しおえる、あるいは過酷な競争に耐えて勝つ、思い切った戦略奇略を駆使して勝って生き残るためにはなかなかリーダー一人ではかなわぬことが多い。戦後一代で成功して登場してきた会社、例えばソニーにしても決して盛田昭夫や井深大二人の手によるものではなしに、彼らの他にソニー八人衆とよばれた若い幹部が勢揃《せいぞろ》いしていたし、ナショナルにしても松下幸之助には良き腹心が多くいたものだ。

年中戦ばかりしていた戦国時代ともなれば戦に勝つためには優れた武将を多く備えおくことが肝要だった。前述の信長にしても後に天下人となりおおせた徳川家康にしてもそれがいえ、ただこの二人の部下の選び方は極端に違っていたが、しかしなお周りにはなるほどと思わせる人物が多くいたものだ。

信長の場合は才能第一主義で無能な幹部は容赦なく切り捨てて追放までしたが、家康は譜代の重臣を尊重しながら育てて使い通した。信長が家康を警戒して、その長男の信康をいわばいがかりの冤罪《えんざい》をかぶせて切腹させてしまった折の、信康とその母親が組んでの謀反の咎《とが》を、問われて暗黙に認めてしまい、結果として信康を死なしめたことになる重臣の酒井忠次をも、家康は心で恨みながらもそれを隠して重臣として据え置いたために、その一族は無類の忠節を尽くさぬ訳にいかなかった。

秀吉にも名ナンバー2としての弟の秀長がいたが、惜しくも早逝してしまい、彼がいたならば朝鮮征伐などという愚挙はとらずにすんだろうに。

ことほどさように優れたリーダーほど人材の鑑定には優れていたし、それがまたリーダーの器量の証しでもあった。

リーダーに優れた感性がなければ他人の優れた才能、それを支えている感性の識別は出来はしない。その感性のせいで傾奇者《かぶきもの》といわれた、身につけるものからして自由奔放な趣味で通した信長の闊達《かったつ》さ。渡来したキリスト教の宣教師たちの持参した新しい道具に興味を持ち、フロイスの日記によれば、地球儀を見て驚くことなく信長はこの地球が実は丸いということを瞬時に理解したとあるが、既存のものに縛られることなく、未知のものへ強い好奇心を抱くような感性こそがリーダーたるものの必要条件の一つといえるだろう。

リーダーたるものの必要条件についてあげていけば、まさにTPOに依《よ》るが故に切りもなく広範なものになるだろうが、しかしどこに身を置いていようがまず、俺こそがリーダーになるのだという人生に向かって胸を張る姿勢、その意思こそが君ら男の人生を切り開いていくのだよ。

最終章

勝者には何もやるな

ヘミングウェイのある短編の題に「勝者には何もやるな」というのがある。これは言葉としても素晴らしいな。人間の、特に男の生きざまの特質について端的に証していると思う。よく、その人間の真の価値は棺の蓋を覆ってからでないとわからないといわれるが、そんな例は実は枚挙に遑《いとま》がない。その男のやったことの真の意味合い、真の価値は往々その時点では真の理解も評価も得られないが、彼が死んだ後暫《しばら》くしてようやく理解されるという例は実に多い。

その逆、彼らが何かした時それが時流に乗ってちやほやされても時がたてばたちまち忘れられたり逆の評価となることはままある。世間とはそんなものだし、世間を代表しているつもりのメディアの評価なんぞ、もともと感性を欠いている手合いだから浅はかなもので真の評価とはいえず、それにつられての世間の人気とか評価なんぞ全く気にすることもない、と僕は常々思っているが。

それは何の世界についても同じことだ。だから世の中の権威なるものもいかがわしいものだし、それになびく者も実は人間の弱さをさらけ出しているとしかいいようがない。

スポーツマンにとっての原理原則を証した金田正一

これは時代を超えて相対的に比べようもないことだが、僕は少なくとも戦後のプロ野球の歴史の中で最高、最大のピッチャーは金田正一だと思っている。

大分以前のことだがベテランのスポーツ記者たちによる合評会があって戦後最大の投手は誰かという論議だったが、最後に金田かあるいは杉下茂かということになった。そして結論は二人はいかにも比べにくいが、金田は日頃よく走り込んでいた、杉下はほとんど走らずそれでいて金田に比肩する成績を残したので杉下が一枚上だという結論だったが、僕は彼らの意見に絶対に反対だ。

杉下があまり走らなかったかどうかは知らないが、金田はよく走っていたし、そして監督時代は抱えている投手たちに強制して徹底的に走り込ませていた。そして彼のチームはあっという間に優勝もした。これはスポーツマンにとっての原理原則だし、人生の原理ともいえると思うがね。

それに彼は杉下に比べてバッターとしても卓抜《たくばつ》な選手だった。彼の他にろくな選手のいなかった国鉄スワローズ時代、彼はよくピンチヒッターとしても駆り出されロングヒットを放っていたものだ。

実は僕の山中湖の別荘が金田の別荘と背中合わせで、そんな縁で彼が引退した後のある時期よく一緒にゴルフをしたものだった。

そんな時彼はコースを歩きながら足を蹴り上げたり腕を振り回しての体操をしながらプレイしていたものだが、ある時彼の右腕に比べて左の腕があまり高く上がらず自由に動かないのを見て質《ただ》したら、「これが俺の黄金の腕よ。この腕でプロ野球のために俺は何十億もかせいでやったのよ」と使い果たした左腕を愛《いと》おしむように突き出してみせるのを見て共感したものだ。

実際に国鉄スワローズ時代の彼は一人でチーム全体を背負っている観があった。

ある時、浅利慶太やその配下の役者たちと青山の彼の家で酒を飲んだ後、近くの神宮球場に出かけて国鉄の試合を観戦したら、金田がマウンドに立たぬチームはなんとも無様な試合ぶりで、ネット裏にいた僕らが口汚くチームを罵っていたら選手たちが血相を変えて睨《にら》みつけ、いい返してきた。それでも野次りつづけて、

「お前らそれでもプロか、恥を知れっ！」

と誰かが怒鳴ったらベンチにいた金田が聞きかねたのか姿を現し、腕を組んでこちらを睨みつけてきたので僕がすかさず、

「金田、お前だけが本物のプロだ！」

と声をかけたら、声の主が誰かわかりもしないのに、こちらに向かって片手を挙げて手を振りそのままベンチに引っ込んでしまったものだった。

そんな彼が突然、当時は最強のジャイアンツに移籍してしまい、憤慨した僕があるスポーツ紙のコラムに彼の去就について、ヘミングウェイの小説の題名を借り、「勝者には何もやるな」という題でぼろくそに非難して書いたことがあった。

その頃はすでに彼と知己《ちき》を得ていたが、彼からすぐに電話がかかってきて、

「あんたはなんで俺につらく当たるんや」

と抗議するから、

「それはね、あんたがまさに金田正一だからだ。他の選手だったら俺はあんなことは書かないよ。俺たちは君に孤高の大選手でいてもらいたかったんだよ」

いったら、

「あんたにはどうあがいても優勝できぬ者のつらさがわかるかいな」

と答えが返ってきたが。

まあその気持ちもわかりはするが。

その彼がジャイアンツに移って何年か後、四百勝の大記録にあと一歩というところで足踏みしてあっぷあっぷしていた頃、何ヶ月ぶりかに勝利してあと一勝で大記録というところまできた時、これまた偶然に彼と銀座のあるバーで出会ったものだった。

その時僕がまた、

「金やん、もういい加減にせんかね。あんたはあと一勝して記録を作ったらそのまま引退すべきだよ」

いったら彼がむきになって、

「何いってる。俺はこれでも来年は十勝できるわ」

気色《けしき》ばんでいうので、

「俺たちは、あっぷあっぷしているような金田正一を見たくはないのよ。あんたは絶対に、偉大な金田のままで辞めるべきだぞ」

「あんたはなんでいつもこの俺につらいんや」

「それはね、あんたがまさに金田正一だからだよ」

というような、かなり険悪な会話があったものだった。

そしてその後暫くして彼は待望の一勝を上げ四百勝という大記録を達成した。僕としてはそれを聞いて密かに彼のために乾杯したものだが、なんとその翌日、突然彼から僕に電話がかかってきた。そして、

「あんたのいうとおりやな。俺はこれで引退することにしたよ」

いきなりいった。

「ああそれはよかった。誰のためよりも君自身のためによかったと思うぜ」

僕としては心から彼の決心を祝福する気持ちだった。

そしたら彼が、

「俺はな、野球しか知らない男なんだよ。野球を辞めるとなると、すぐに監督という訳にはいかんし、この後何をしたらいいのかね」

しんみりした声でいうので僕は咄嗟《とっさ》に思いついて、

「それならテニスの選手に転向してくれよ。日本のテニス界には世界で通用するようなろくな選手がいなくてね、あんたなら一年頑張ったら間違いなく日本のチャンピオンにはなれるぜ。あんたのその左腕がくり出すキャノンサーブを想像するとぞくぞくするなあ」

いったら、

「そうかテニスか」

「そうだよ。あんたなら客を集める名選手になれるよ、間違いないよ」

いったら、

「そうか、テニスか。よし、やったるかな」

いうので僕としては胸をときめかしたら、

「テニスはいいが、テニスというのは金になるんかい」

問われたので、

「いやあ、テニスはあまり金にはならんがね」

いったら即座に、

「なんや、それならあかんわ」

いわれて僕の夢は即座に潰されてしまったが。

まあプロ中のプロだから採算のとれぬ仕事に興味も湧くまいが、しかし彼ならば採算を別にして全く別のスポーツの世界で名を上げてもらいたかった。かなりの年齢でなお活躍していた女子テニスの伊達公子を眺めれば、あの金田正一なら僕の夢はきっとかなったと未《いま》だに思うのだが。

宿命に甘んじるのが本当の男というものだ

報酬も名声もなしの男の世界ならではの、それ故にいかにも男らしくて男ならではの生きざま、というかまさに死にざまがあるが、それで何ももらわぬ勝者こそが男の中で男らしい存在だと僕は思うが。

数年前のエベレストでのある出来事を知って僕は感動させられたんだよ。あれは男の行為の意味を極限的に表象、象徴する出来事だった。

はるか九十年前、イギリスの登山家ジョージ・マロリーは世界の最高峰エベレストの登頂を目指して出かけていき、ノースコルのラストキャンプ（第六キャンプ）を出てさらにイエローバンドを越えそのまま行方不明となった。

彼が有名になったのはその登山家としての力量への期待だけではなしに、ある時誰かに、君はなんであんな危険な山に出かけていくのだと尋ねられ、端的に、

「それはそこに山があるからだ」

と答えたからだ。

彼の端的率直な答えは、多くの男たちのさまざまな挑戦の、人生を背にした意味と意義を証していると思う。

昔の日本の侍はいつもその死に場所を探していた。『葉隠』の有名な一節「武士道と云《い》うは死ぬ事と見付けたり」というのはそれを直截《ちょくせつ》に表している。

ジョージ・マロリー（上）とパートナーのアンドリュー・アーヴィン（下）。
提供：Mary Evans Picture Library／アフロ

エベレストに消えたマロリーの、何故あんな危険な山に登るのかという問いへの答えも等質のものだ。そして彼はあの山で行方を絶った。

それから約三十年後の一九五三年にニュージーランド人のヒラリーがシェルパのテンジンとともに最初の最高峰の登頂を果たし、その名誉をたたえられサーの称号をもらいもした。以来彼が開拓したルートをたどり世界中から登山家が集まり登頂を果たしているが。

ヒラリーは最後のキャンプを張る高度八千メートルのサウスコルには死の匂いがするなどと気の利いたことをいっているが、二十五歳の若さで実際に登頂を果たした日本の登山家野口健君の話だと、置き去りの死体がごろごろしているサウスコルには、キャンプのゴミをついばみにあの高みにまで飛んでくる鳥たちはいても、何の匂いもなく何の音も聞こえぬそうな。そのために彼は二度目の時からあの高度での自分を確かめるために女のきつい匂いの香水を持っていって嗅いでいたという。

彼の話だと年によってエベレストの気象は大きく違っていて、雪の少ない年には遭難した登山家たちの死体が露出してきて思いがけないところに多くの死体が見られるそうな。

彼も最後のルートの途中で赤い登山服を着た遭難者の死体を目にしたが、その顔は鳥につ いばまれて白骨が露出していたそうだ。思わず目を見張る彼に同行のシェルパは、

「鳥だ、鳥だよ。今年は雪が少ないからね」

といっただけで立ち止まりもせずに行き過ぎたそうな。確かにそれが誰でいつの遭難かを確かめたとしてもそれでどうする術《すべ》もありはしまいが。

クライマーたちは誰しも必死での登山だからそんなものに気をとられている暇も余裕もなく、皆見て見ぬふりで通り過ぎていくという。そんな異常な世界だから突然発狂してしまう

者も多くて、同行しているシェルパたちは誰もそれを無視して過ぎるらしい。

　現に野口君は念願の登頂を果たした下山の途中、最大の難所であるヒラリーステップでイギリス人が登頂を果たした後なのに突然狂って彼に向かってピッケルを振りかざしわめいて襲いかかり、危うくそれをかわしたらそのまま走りだして真横の数千メートルの断崖から飛び下りて姿を消してしまったそうな。


　そんな状況の中で、物好きな者たちが数年前に、一九二一年の第一次登攀《とうはん》隊以来挑戦してきたエベレスト登頂に、一九二四年、三度目の挑戦を試み、彼ならば今度こそはと期待されていたが、同僚のアーヴィンと第六キャンプから出発しそのまま帰ることがなかったマロリーの遺体を捜しに出かけていき、驚くことについに彼の遺体を断崖の下で見つけたんだ。死体の着ていた物からは記録に残されていたマロリーの所持品の数々が見つかり、それがまさしく彼の遺体であることが確認された。

　そしてさらに興味津々たることに、彼が登山の折必ず身につけていた物の中のただ一つの物だけが見つからなかったそうな。それは彼が危険な登山という冒険の折にいつも胸のポケットに入れていた彼の愛する妻の写真だった。

　ということは、彼はおそらくその写真をエベレストの登頂を果たした時、あの世界一高い山の頂に置いてきたに違いないということだ。

頂上にはそれに載せるような石もありはせず、手で掘って埋めるような土もあるはずはあるまいが、しかしなお彼はその写真を胸に収《しま》って世界の最高峰にまで登った心のパートナーのためにあの山の頂に残してきたに違いない。僕はそう信じるな。

とすれば、あの世界の最高峰に世界で一番先に登った男は、サー・ヒラリーではなしにマロリーということになる。しかしそれを誰もこの今となって証すことなど出来はしない。しかしなお、僕はあのマロリーこそがあのエベレストを世界で初めて征服した男だと信じるがね。

このなんともいえぬ悲しくも美しい挿話の意味とは何なのだろうかな。つまりヘミングウェイのいった、「勝者には何もやるな」ということだ。

それが本当の男の宿命ということだよ。そしてそれに甘んじるのが、本当の男ということだ。

君らもそれを覚悟して生きていってくれ、そんな男が少なくなった今だからこそ、僕は君らにそれを期待してこのエッセイを終わることにするよ。

この作品は二〇一六年四月小社より刊行されたものです。

JASRAC 出 1801646-102

男《おとこ》の粋《いき》な生《い》き方《かた》

石《いし》原《はら》慎《しん》太《た》郎《ろう》

平成30年4月10日　初版発行
令和4年10月25日　3版発行

発行人――石原正康
編集人――高部真人
発行所――株式会社幻冬舎
〒151-0051東京都渋谷区千駄ヶ谷4-9-7
電話　03(5411)6222(営業)
　　　03(5411)6211(編集)
公式HP　https://www.gentosha.co.jp/
印刷・製本―図書印刷株式会社
装丁者――高橋雅之

幻冬舎文庫

ISBN978-4-344-42715-0　C0195　い-2-12